出离

谢伟 / 著

都市人的乡居生活

成都时代出版社
CHENGDU TIMES PRESS

图书在版编目（CIP）数据

出离：都市人的乡居生活 / 谢伟著 . -- 成都：成都时代出版社，2017.6

ISBN 978-7-5464-1852-0

Ⅰ . ①出… Ⅱ . ①谢… Ⅲ . ①随笔－作品集－中国－当代 Ⅳ . ① I267.1

中国版本图书馆 CIP 数据核字（2017）第 112948 号

出 离——都市人的乡居生活

CHULI ——DUSHIREN DE XIANGJU SHENGHUO

谢伟◎著

出 品 人	石碧川
责任编辑	李卫平
责任校对	张 巧
装帧设计	上易堂 028-86089658
封面设计	许天琪
内文插画	朱 锐
责任印制	干燕飞

出版发行	成都时代出版社
电 话	（028）86742352（编辑部）
	（028）86615250（发行部）
网 址	www.chengdusd.com
印 刷	成都市金雅迪彩色印刷有限公司
规 格	165mm×220mm
印 张	19
字 数	260 千
版 次	2017 年 7 月第 1 版
印 次	2017 年 7 月第 1 次印刷
书 号	ISBN 978-7-5464-1852-0
定 价	58.00 元

自序：一片幽情暗处浓

在这部书里，我讲述了 10 例都市人实现乡居梦想的故事。

他们是一群特立独行的人，是"逆城市化"现象中最具代表性的人物。

所谓"逆城市化"现象，是一位美国学者提出的一个社会学概念。换句话说就是，在大量小城市和农村人口涌向大都市寻找更大生存空间的同时，城市知识阶层中的一部分却逆势而行，向小城市和农村迁移。

在大城市里讨生活代价是昂贵的，城市越大，人就变得越小，你在那里算不得什么，你身体有多累，心里有多苦，没人会关心。这便使越来越多的人感到惶惑与焦虑，也开始了对高速度、高能耗、高压力的"三高"生活模式的反思。他们觉得这样的生活性价比实在不高，极少能体会到生活的乐趣，甚而戕害了身体，弄丢了魂魄。于是，他们从灯红酒绿的繁华中出走，从千人一面的生活里消隐，去到幽寂的山林间找寻身心的归宿。

当我关注到这一现象的时候，不由得产生了浓厚的兴趣。但我不是社会学家，不能将其作为课题进行全面深入的调研。我也无意去做那样的工作。作为作家，我更愿意去关注这股时代潮流中个体人物的命运；作为与他们心性和价值观都十分相近的普通人，我更希望能够深入到他们的内心世界，去感知他们的疼痛与欢欣。

于是，我开始了对他们的寻访。但我不知道他们躲在什么地方，因而寻访的过程漫长而艰辛，我为此耗掉了近三年的时间。但我付出如此之多的时间、精力与金钱的成本并不仅仅为了出版一部作品，在我的履历上多增加一个书名号，我只想与他们的灵魂靠近。所以这部小书仅仅是我寻找同类过程中所获得的一件小小的随赠品。

我选取了所寻访的众多人物当中的 10 例写入书中。他们是一群与时代习惯性脱臼的人，天生与外界有着一种疏离感，喜欢自个儿待着，喜欢做自己一个人就能完成的事情，希望过一种少一点心机、多几分从容的简单生活。我称他们为"乡村生活家"。

这群"乡村生活家"崇尚的是一种向内而安的生命状态，把追求生活的适意与乐趣看作至高的人生目标，对主流社会追捧的所谓成功不以为然。他们无意于仕途，也不汲汲于富贵，更不想成为耀眼的明星，大都市对他们来说也便失去了意义。

他们是悠游于乡野的闲云野鹤，却又不是人们以为的隐逸之士。中国古代的隐士多因政治原因遁迹山林，而他们却对政治毫无兴趣，更不是政权的异见者。他们也非志慕仙佛的修道人，更不同于消极遁世的落魄鬼，抑或逃避压力，一味追求安逸的懒惰汉。相反，他们对生活充满了激情，避居乡野只是为了让身心远离烦嚣，更专注于自己所热爱的事业。

在大都市里，他们都曾奋力拼搏，也都活得鲜亮，有的还相当成功，但他们最终发现那不是自己想要的生活。别人眼里的光芒四射，终是敌不过灯火阑珊处的那份安然自得。那样的生活最是顺乎他们的本性。他们最终幽隐于山岚青云间，做了闲袖双手的烟霞客。

所谓闲袖双手，并非无所事事，只是喻指抽身事外而获得身心的解放。而事实上他们的双手更加忙碌了。他们都有着各自的爱好，并磨炼成精湛的技艺，更将其发展成为安身立命、安妥灵魂的事业。他们乐此不疲，靠着诚实的劳动获得生活的基本所需，也收获了身心的自在欢愉。

他们让我懂得，拥有美妙的日子其实并不需要太多的银子，清风明月、鸟鸣溪唱全都无须付费，此东坡所谓"江山风月，本无常主，闲者便是主人"。故而谁能得闲，谁便可以坐拥风月与江山，就成了自己与世界的主宰。这样的人生看似并不绚烂，却也是另一种成功与完满。

　　但在一些人看来，他们的转身葬送了大好的前程，但他们更愿意活在自己的本性里，而不是别人的评价中。于是他们亮出了"断舍离"的勇敢，将人们艳羡的东西尽数抛却。在世人眼里，他们的人生似乎因此变得幽暗了许多，但我以为所谓的幽暗，实则乃幽情所散发的暗香，借用纳兰词句，便是"一片幽情暗处浓"。

　　我知道，选择任何一种生活都无所谓对错，但我还是毫不掩饰自己对此款人生的认同与赞美。因为我与他们大致可以归于同一科属。我也曾在红尘中拼打，意图让生命绽放光华。而当我遍尝人生苦乐，便知悉了生命的真相。我于是步步后退，从热烈喧哗到平静安详，为的是去清寂处与失散的灵魂幽会。虽是暂未遁迹林泉，心神却也早已邈远，便觉闭门即是深山。

　　我无意鼓动大家都去效仿这样的生活，若非此类的人，也做不来此类的事。我只想通过讲述他们故事，提供此款人生的鲜活样本，告诉读者朋友，在这个日趋多元和包容的世界里，有着那样一些人过着那样的一种生活。而无论选择怎样的生活，只要活出了生命的光彩，便是人生最大的赢家。

　　所以，您将要读到的是一部有关生活方式与价值取向的作品，而与政治和佛道无涉。为完成这部作品，我倾注了极大的热情，也耗费了甚多的心力与体力，却也享受了酣畅表达的快意。我在别人的故事里悠悠地说了一些自己的心事，我便是祈望着这份心事能够有人懂得。

作于蓉城花影楼

2017 年 3 月 8 日

目录 Contents

周小林 & 殷洁

幸福像花儿一样绽放

活在这珍贵的人间
人类和植物一样幸福
爱情和雨水一样幸福
——海子《活在这珍贵的人间》

　　初春时节，川西坝子的各种花卉陆续绽放，大片的油菜花也盛开在万里平畴，轰轰烈烈，欣欣向荣。这时，去蓉城的郊外踏青、赏花的人就多了起来。一刷朋友圈，只觉乱花渐欲迷人眼，一片烂漫热烈，全是些有关花事的消息。我便觉得已经没有出门的必要了，在家看朋友们的现场直播就已是很好的享受。

　　刷屏刷到手软的时候，一个帖子随着向上的惯性滚到屏幕的中央，点开来，是朋友不知转自何处的一条消息，说是在成都近郊的金堂乡下，住着一对中年夫妇，他们弃繁华而退隐乡野，撂下在广州经营多年的事业，来到乡间养花种草、读书绘画，过着桃花源般的日子。帖子中的四张图片有三张都是一望无际的花海，另一张是夫妻二人在室内读书、画画的情景。我的心跳立即就加速了，浑身毛孔大张。我知道，这便是我要寻找的隐者。

　　但我如何能在"金堂乡下"大海捞针般地找到"一对中年夫妇"呢？

四处打听均无消息，让我十分沮丧。过了月余，偶看电视，竟有新闻短片介绍这对夫妇种花的事情，记者竟然还是我的同事，便要来了他们的电话，正所谓"得来全不费工夫"。这就择了晴日，驱车出东门，行百余里，便寻到了一片灿烂的花海。

我没有急着去见那夫妇二人，远远地站在坡地上欣赏这山谷里花的巨阵，身心都被震撼了。这是初夏，空气携带着一些甜润的气息在山谷里流连，这片花海便随了它的节奏作即兴的舞蹈，从远处看过去像是花海的层层微浪；鸟儿们从全局出发，自高处鸟瞰，如此巨大规模的花事已经超出了它们的见识，便连珠似的扔下无数脆润的惊叹和赞美；这个时节，阳光很干净，轻灵透亮地在花叶间跳跃；蜂和蝶与花儿们卿卿我我，低声私语，它们是花儿的闺蜜……于是，这山谷里便有了一种寂静的喧哗。

穿行在花丛中，踟蹰流连，如入仙境，竟一时忘却了来意。忽见山顶花木掩映间静卧着一排红色的平房，才想起是要来寻这里的主人。此时，依稀见到屋前有些人影移动，想必是他们两位出户迎我来了，便加快步子奔过去，这就逢到了一对奇异的璧人。

周小林

从广州回到成都，把家安在近郊的乡下，周小林就开始专心种花了。这片被他辟作花田的地块面积很大，一眼望不到边际。早前，这一片地都是祖居此地的多家农户耕种，是插根拐杖都会长叶儿的良田，这几年却半荒在那里。庄稼是要人伺候的，可伺候庄稼的壮劳力都一拨拨让都市的繁华给勾了去，剩下老的和小的，守着肥肥润润的地，却年年见不着几个收成。

周小林却恰是相反，他让乡村迷了心窍，把经营多年的那摊子事情撂下，让它们荒在了都市的繁华里。

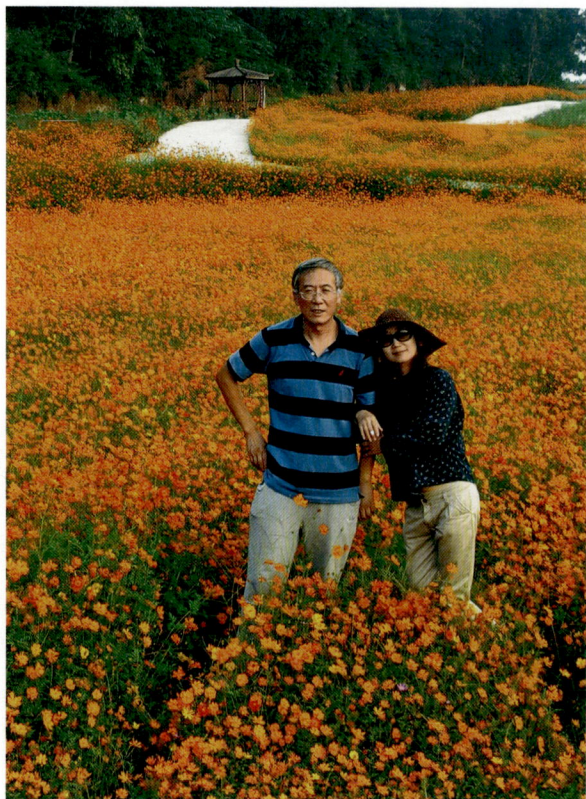

有一天，殷洁突然对周小林说，这么多年我们都在路上奔走，真想安顿下来享受一段清静的日子，好想有个自己的花园哪。周小林愣了一下，没有马上作答。过了半晌，他对殷洁说，给我一点时间，我会送给你一个全世界最美的私家花园。

周小林来这里已经两年多了，他梦中的花园已然成型。在这个浅 U 形的山谷里，数百种花卉齐齐盛放，连成一片五彩的巨毯。在为自己的花园起名字的时候，周小林几乎不费思量，顺手便拈来"鲜花山谷"四个字，倒也十分地熨帖。

周小林每日里都起得很早，天一亮就下地去看他的那些花儿。他得了解土壤墒情，监控病虫情况，还要观察花的长势，记录花期，安排园丁们一天的工作。这是他每日必做的事情。

那年，乡上和村上的干部陪着周小林来相地，还召集村民开了会，说周老板想在这里种花，问愿不愿意出租他们的地，还说了一二三四的好处，又讲了甲乙丙丁的办法。村民们下来一合计，划算，比原来的收入翻了好几番，就签字按了手印。几十户村民的 1000 多亩地就集中起来，交给周小林去经营，按时下最流行的说法，这叫"土地流转"。周小林做了多年的花园梦终于逢到了一片可以落地生根的好土。

当初，乡上和村上的干部跟村民们说，周小林是广州来的大老板，要来这里投资，但他具体干什么营生村民们并不清楚，反正老板都是很有钱的。可他们并不知道，周小林不是他们想象的那么有钱。他早年做旅行社，自然是有些家底的，却也多不到哪里去，为了建这个花园，他把广州的那套房子也给卖掉了。

周小林其实是蛮会挣钱的人，颇有经营头脑，总能把满脑子奇思妙想付诸行动，时常剑走偏锋，每每出奇制胜。二十多年前，他就率先在国内将专卖店的概念植入到了旅游线路的经营当中。所谓专卖，就是只做一条线路。他在四川阿坝州长大，熟悉那里的山山水水，深知九寨和黄龙的旅游价值，就专拣这条黄金线路来做。很快，在广州乃至广东地区，游客要游九寨—黄龙，基本就认准了他的"友多"品牌。后来，他又继续在川藏地区考察，发现了美如仙境的米亚罗和丹巴，便又把挣得的钱砸进去，策划、营销，全副精力投入，向国人介绍他家乡的美景。如今，这两个景区已经有了非常响亮的名声。

这一来，周小林在业界也便有了一些声誉，提起来都知道他是旅游景区策划营销的高手。但鲜花山谷一带的村民却对此不甚了了，他们只晓得周老板是个"花痴"，镇日里都在这花丛中转悠，皮肤晒得黝黑，穿得也极是随便，活像个地道的花农。

但周小林不是普通的花农，他花了很多时间，下了很深的功夫研究西南地区的高山野生花卉，生生把自己从一个门外汉培养成了花卉专家。眼下，鲜花山谷里已经种了600多个品种的花卉。而周小林打造鲜花山谷的目的却并非"产业转型"，他做这些，只是因为爱花，只是为了兑现给夫人的一个承诺。

他的夫人殷洁也是个爱花的人。约莫是在八年之前，有一天，殷洁突然对周小林说，这么多年我们都在路上奔走，真想安顿下来享受一段清静的日子，好想有个自己的花园哪。周小林愣了一下，没有马上作答。过了半晌，他对殷洁说，给我一点时间，我会送给你一个全世界最美的私家花园。

话说得漂亮，也着实浪漫。殷洁了解自己的老公，他是个踏实干事的人，从不吹牛，可要建一个全世界最美的私家花园也非易事。殷洁微微一笑，并不当真。但老公的这份心意倒是让她满心感动，即便只是说说，也觉得暖心暖肺。

可没想到他真的干起来了，而且玩得这么大，这有点出乎殷洁的预料。甚至连周小林自己也没想到这个梦竟然就做成了真的，偶尔，他也会觉得有些恍惚。但这么多的花就在眼前烂漫地绽放，像是无数个称许的微笑，他就相信这不再只是个梦了，心里就生出一份快意。想这几年里，相地、租地、整地，播种、育苗、施肥，还要除草防虫、修路造屋，实在是苦忙苦累。不过，现在好了，花开起来，在风里摇头晃脑，向他致以崇高的敬意，他就低声自语，说这么多年的辛劳，是该有点回报了。

周小林每天上午几乎都在地里忙活，下午就在屋子里待着，搞他的花卉研究。这个季节，临近中午的时候，日头已经有些烈了，周小林就打算回屋去休息。他下地的时候是不戴手表的，却能把钟点掐得很准，像农夫一样，他不看表，看日头。他知道，这会儿殷洁该起床了，她总是睡到自然醒，一般都是早饭、午饭并作一顿来吃。

这当儿，身后就传来了小狗丑妹的叫声。周小林一回头，就看见殷洁和丑妹一前一后地奔地里寻他来了。这个场景几乎天天都在重复。

殷洁

殷洁的每个日子基本上都是从这个时候开始的。她习惯晚睡，第二天也没什么非得去办的急事，啥时候醒就啥时候起。她几乎都是被一顿饱觉给撑醒的，生物钟也就记住了她的这个作息规律。殷洁是学医的，很清楚这样的昼夜颠倒是不健康的习惯，却无意去扭转，每一颗文艺的大脑都是夜用型的，各种奇思妙想总爱在幽寂辽远的夜色中轻舞飞扬。

上个世纪 80 年代，殷洁和众多的年轻人一样，一不小心就"文艺"了。她喜欢写作、绘画和音乐。跟着老公四处奔走的那些年月，这些爱好都不曾丢掉，给风尘仆仆的日子平添了几许浪漫和欢愉。

白天里，有了闲暇和心情，她会涂上几笔。虽是没有经过正规的训练，却靠了直觉作画，便也没有条条框框的约束，画布、石头、木板、盘子都可以当作绘画的材料，作品出来倒也别有风致。夜里她会码些文字，把所经历的事情和感想分享给网友。前些年，她和老公隐居在丹巴的山水间，四载寒暑中，尽过着半人半仙的逍遥日子。那段经历被完整地记录在他们俩合著的《绝色丹巴初体验》和《在丹巴发呆的日子》两部书里。书里的文字勾勒出一对远离红尘的神仙眷侣似隐若现的身影，让那些困顿在都市里的房奴、车奴、孩奴们垂涎欲滴。生活中还真有这仿佛传说中的神仙哪！而于多数人来说，羡慕归羡慕，却究竟没有勇气了断与尘俗的千般纠缠，便自徒然叹惋。

而殷洁和周小林却是行事果决的人。但取舍之间自有一场疼痛的撕裂。而痛过之后，便有了无限乾坤。殷洁一直相信，遵从了心的指引，才能得到身心的安妥。腰缠万贯的未必都是富人，而吃喝不愁，手里还攥着大把日子可以自由支配的主儿才算得是一方"富豪"。这辈子得做了自己的主才算真正的高人。这么一来，她便得了巨大的自在，日子过得就不再仓皇，在各种境遇里也能把生活打理得井井有条，人也风风雅雅。她就这样任由一匹散漫的马儿信马由缰地将自己从文艺的青年驮运到了文艺的中年。

这一日，临近中午的时候，殷洁照例带着丑妹到地里寻找周小林去。见了他，殷洁便满脸笑意地迎上去，夫妻二人就在花丛中说了许久的闲话。周小林指指身旁的黑色蜀葵，说这黑蜀葵开得好是热闹，是不是特别地好看？殷洁四下里瞅瞅，黑蜀葵在一片红绿杂陈的花海中开得极是耀眼。黑蜀葵是稀有的品种，周小林千辛万苦弄来了一些花种，若干次栽培

§ 最普通的材料在殷洁手里都能玩出艺术的感觉

实验后，终于有了收获，殷洁就雀跃了。周小林麻利地抄起相机，对着她就是一通连拍。

殷洁总是出现在周小林的镜头里。她仿佛是一幅花卉特写中停靠在花朵上的一只蝴蝶、蜜蜂或者蜻蜓，有着点睛的神效，也有了抒情的意味。周小林喜欢看到花丛中的殷洁，有了她，画面就更有神采了。

殷洁在花丛中自在地穿行。她在文章中形容这大片的花就像是海，而置身其中的感觉则像是鱼。在花海里她如鱼得水，摆出的任何姿势都像花儿一样好看。她的神情也极是烂漫，恍若又闪回了少女的时节。事实上，她确也显得十分年轻，总戴一顶浅黄色的棒球帽，留着两条细细的小辫子，身形依然如少女时那般的玲珑。岁月简直没能把她怎么样。她的内心亦如她的容貌，也正当青春，正当纯真。她很早就离开了密集的人群，不大懂得人世的纷争和处世的机巧，只专心做好自己和周小林的太太，心就简简单单，世界一片纯净。她就像长在这山谷里的一株蜀葵，只要有阳光、土壤和水，花期就会变得很长。

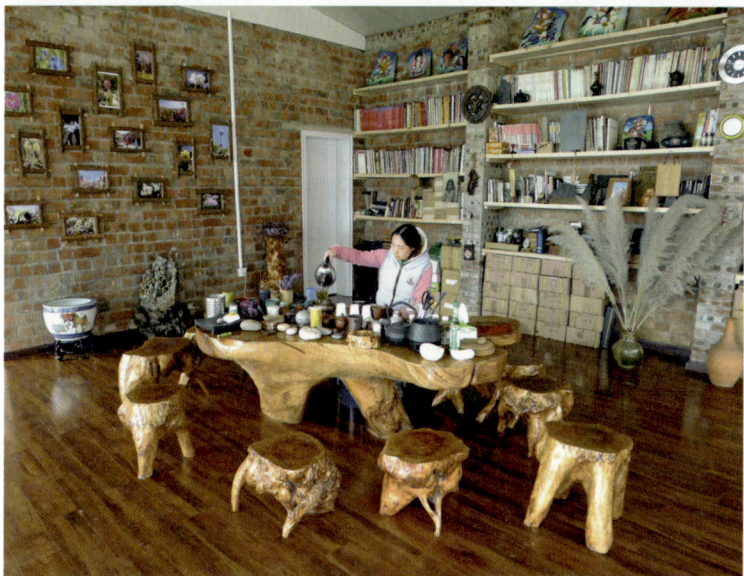

§ 手工、插花、发呆，品茶、读书、园艺，这是殷洁一直向往的生活

吃过午饭，殷洁喜欢磨一杯咖啡或者沏上一壶清茶，坐在敞轩的沙发上慢品。初夏的阳光显得颇为和气，锋芒要到七月才会显露。这个时候阳光爬到身上来，软软的像一只黏人的懒猫。殷洁靠在敞轩的沙发上读一本闲书，风吹过来，风铃荡得脆响。她漫不经心地翻动着书页，偶尔抿嘴微微一笑。她很享受这样的午后时光。

殷洁手里的那本书讲的是一位名叫"塔莎"的美国老奶奶幽居乡野的故事，跟她现在的状况和心境很是贴合。近来，好多朋友都说，她简直就是中国版的塔莎奶奶，每日里种花养草、绘画写作，好不风雅，女人便应当这样优雅地老去。她就把这本书找来翻一翻，然后会心地笑了。

塔莎奶奶隐居在佛蒙特州的深山里几十年了。当年，她还很年轻的时候便已是著名的插画作家，一度名满天下。但她却割断了对红尘的眷恋，隐居乡间，过着农妇般简朴的生活。她总是以度假般的心情享受着每一个日子。她说，我真正想要的并非物质，而是心灵的富足。我满足于身边的任何事物，无论房子、庭院、动物或是天气，这里的一切都令我满足。

殷洁极喜欢塔莎奶奶的这段内心独白。殷洁自己也是能够在寻常事物中得到满足的人，她现在居住的这个地方，应当不输于佛蒙特的山里。这里是天府之国的川西坝子，历来风调雨顺，处处地肥水美。在这里建个花园，四季就都会有花看。她和周小林在地里忙活了好几年，现在终于可以坐在家门口静待花开，闲看花落了。这是殷洁期待了许多年的简单生活和寻常的幸福。

山谷里的家

他们的家建在山谷的上方，踞额冲位置，视野极佳。从这个角度望出去，整个山谷尽收眼底，茂林修竹遍植其间，远山近水相配得宜，全作了一盘完整的棋局。此可谓：碧落虹霓挂，环屋草木华。山塘盈绿水，幽谷绽繁花。

山谷的下方是一条刚刚完工的高等级公路，像一条柔美的弧线轻轻划过山脚。现在，去金堂县城方便了不少，只有20来分钟的车程，到成都也不过一小时出头。这远近便正当适宜，访客也不会因了畏途而却步。这是一个与红尘若即若离的距离，避开了车马的喧哗，却也算不得深乡僻壤，既能得都市之便，也可享乡野之幽，是一方隐然出世的佳地。

当初，他们在西南诸省相地，相比之下，这个地块显得相貌平平，既不显山也不露水，但综合诸多因素，他们还是决定把往后的日子安放在这里。周小林生在成都，长在阿坝，在外漂荡了几十年，该是回家的时候了。再好的地方，作长久的客居，心都不能完全地安妥下来，乡愁总要无事生非地来招惹一番。殷洁懂得他的心思，就跟他一起带着他们的花园梦回来了。故土从不拒绝倦归游子。

他们的居所看上去并不堂皇，是一组红砖红顶的简易平房，显出稚拙的真趣，为一种不典型的田园风格，与环境恰是相宜。房子有600多个平米，跟广州的公寓比起来简直太过辽阔了，思绪和奇想可以在屋顶下飞翔。这房子的立面材料多为玻璃，空间就显得开阔、通透，也不挂帘幔，是主人诚邀阳光的一种特别的安排。

房子是周小林自己设计的，刻意地不精致，只大刀阔斧地塑出雏形，这是他特意留给殷洁细雕慢琢的一件艺术半成品。殷洁确也有时间和耐心来做这样一件事情，她从山溪中、河滩上拾得一些鹅卵石，去山里寻来一些干葫芦和老丝瓜，涂上各种颜色，或是描出一些图形，就成了别致的小摆件。又做一些小幅的装饰画和构思奇巧的工艺品，都摆到书架和几案上去，再配几组插花，屋子就添了几分亮色，便和主人一样有了一些文艺的气质。这屋子原本像是一块粗琢的玉，总握在手里摩挲，就变得润了起来。

让人心安才是家，这大都市不能让他们的心安顿下来，自然就不当这里是家了。而在山水间，在行进中，他们反倒有了回家的感觉。

　　除了绘画、阅读和手工，殷洁还喜欢园艺，她把许多时间都用于打理自己的小花园了。她原本只想要一个袖珍的花圃，可以看草木荣枯，听鸟啼虫吟，不想，老公竟送她一个一千多亩的大园子，一个巨大的花卉王国，她就有点"hold"不住了。大园子还是交给老公去玩儿吧，他是个一不小心就会把事情玩儿大的家伙。而殷洁只想做个一事无成的小女人，花花草草地过一生。她便又在书房的一侧辟出一块小巧的园圃来，种一些不甚要紧的花草，与它们相伴晨昏。

　　殷洁近来特别着迷于多肉植物，一排排摆在木架子上和地上，像是创意奇巧的工艺品，有很强的装饰性。这些小伙伴们模样呆萌，个头乖巧，简直就是植物界的萌宠。她常常看着这些"肉肉"们，心生怜爱。

　　每个晴和的日子，到了黄昏时分，天边就会烧起一片赤霞，日头红红地滑向山坡上的密林，在树冠上油油地铺一层金色的光焰。这时，倦鸟归林，树丛间便咋呼成一片。远处，偶尔传来一两声含糊的犬吠，农舍的屋顶上也袅娜着灰蓝的炊烟。乡村的黄昏是一幅浅淡的水彩，殷洁总爱站在她的小花园里长久地瞩望，目送夕阳入林，残霞燃尽。

　　不多时，月亮便又升了起来。碧空清远，月色撩人，山谷里洒满了月的清辉，视野中就满是幽蓝的调子。殷洁叫来周小林，夫妻俩就一起坐在敞轩里赏起月来。

在城里，赏月是件奢侈的事情，逢着一轮明月也是小概率的事件，但在乡下，就不算稀罕，星星也可隐约见到。可他们还是不愿意错过任何一个月华如水或是漫天星斗的夜晚。这样的夜晚，还常常会遇见萤火虫在山谷里举行荧光舞会。一点一点清灵的荧光在夜空中随风轻漾，像是天上的星子成群地飘入山谷。周小林和殷洁总是相信，这是星子们嗅到了山谷里的花香，便趁夜下凡造访来了。

此番情形常令人在一瞬间里晕眩，以为是跌入了童话里的某个清涧幽谷。殷洁和周小林第一次目触此景也感觉极不真实，而现在他们已经习以为常了。这里四季都会有看不完的美景，便有了道不尽的欣喜。他们就希望和朋友们分享这里美好的一切。

周末的晚上，他们邀请了几位成都的朋友来山谷里度假。但时辰不早了，朋友们却迟迟未到，殷洁就有些急了，她怕朋友们错过了这么美的一个夜晚，就打电话去询问。回答说，周末晚高峰，出个城太艰难了，稍等勿躁啊。周小林就对殷洁说，没事的，晚就晚点吧，这萤火虫的舞会一时半会儿还散不了场的。

殷洁就坐下来和周小林一边喝茶、闲聊，一边赏着夜色中的流萤。不多一会儿，远处的夜幕下就射出来两束车灯的光柱。殷洁就嘟哝一句，说这帮家伙倒还有点眼福嘞！就转身进屋准备夜宵去了。

爱情故事

远远近近的朋友陆续来到鲜花山谷看望他们，大多会小住二日，感受乡居生活的趣味。回到城里还一时回不过神来，觉得是梦，就在朋友圈里发些感慨，讲周小林和殷洁的故事。说起建造花园的动机，难免就要引用一下周小林的"名言"——给我一点时间，我会送给你一个全世界最美的私家花园。有人心里就偷偷羡慕，却要撇嘴说些酸话："都四五十岁的人

了，讲话竟还这么的肉麻！""真把自己当巴比伦王了？建个举世无双的空中花园，就为讨得王妃一笑！"

朋友们倒并不觉得周小林的话矫情。他们两口子感情好，大家都是知道的，几十年形影不离，连脸都没红过一次。周小林兑现一个对殷洁的承诺，也就相当地正常。这一对文艺的中年用比较抒情一点的句子来谈话说事，也就很是符合人物的身份。

不过，他们在情路的始端却经历了一些曲折。故事讲来有点离奇，却能见出当年的一对文艺青年行事的不同凡俗。

1985 年，周小林玩砸了高考，只上了个阿坝师专，学的是政史。他幼年时就随父母进了州里，一待十几年，考学也没能帮他走出大山，不免有些郁闷。大二的时候，他就已经蓄足了力气要出山去见见世面。假期里他便奔了成都，到一家旅行社做起了实习导游。旅行社的头头知道他是来自州里的孩子，了解当地的风土民情，地界儿也熟，就让他负责带一个去九寨沟的团。这趟九寨之旅便注定了他和殷洁的一世情缘。

殷洁生在北京的皇城根儿下，是中国第一届护理专业的大学生，毕业后分配到北京的一家大医院里，不久就升任了护士长。那年，九寨景区刚刚开发，迅速火遍全国。殷洁心里就很是痒痒，便撺了几个姐妹，攒了数天补休，就一路奔去成都，急火火地要报团进沟。

周小林那时还是个未经世事的学生娃子，带团经验自然不多，却也少了几分油滑，待人很是诚恳，又热情周到，自然就很招人喜欢。殷洁对他的印象也相当不错，交谈又很投机，一路下来，便成了要好的朋友。

旅行结束，殷洁回了北京，周小林就给她写信，天南地北地神侃。殷洁也热情回信，聊得很是欢畅，往来信件就愈加频繁，交谈也更为随意和轻松。信中大多聊些学习、工作上的事，也会说些见闻、趣事之类，偶尔还会谈论人生感悟和未来规划，话题唯独不涉及个人情感。

其实，周小林见了殷洁的第一眼心里就欢喜，但通信很长时间都未有丝毫的表露。他是故意按兵不动，想试探一下殷洁的态度。而在殷洁看来，周小林只是一个身在远方、可以深入交谈的笔友，至于恋爱，那是从没往那边想过的，周小林也从来不曾打动过她的心。

后来，周小林大学毕业，分配到汶川的乡村中学教书。不久又辞职到了成都，加盟一家旅行社。再后来，他又去了广州，开了自己的旅游公司。这期间，他和殷洁的通信仍然继续着，感情却毫无进展。周小林等不及了，就主动出击，捅破了那层窗户纸。

殷洁对他的表白感到有些意外，她觉得这事对他俩来说实在太不靠谱了。一来她比周小林大了六岁，再者他们分隔两地，在那个年代，北京到成都近似于地球到月亮的距离，况且，那时她已经有了男朋友。总之，她婉拒了周小林的示爱。

殷洁以为周小林从此就不会再来信了，可他的信依然保持着原有的频次，信中也再不提那档子事情，好像从来就不曾发生过。他总是有一搭没一搭地说些个日常的淡事。殷洁预料的那种尴尬的局面并没有出现，他们的笔谈就一如既往。这样，就过去了五个年头。这五年里，不管殷洁的态度如何，周小林总在心里把她当成了自己的女朋友，每一封信都仿佛是写给远在天边的爱人。

1991年的冬天，某一日，殷洁值完班走出医院大门，就见一旁的花台上坐着个年轻的男子，一堆行李扔在地上。那年轻人一脸疲惫，见她过来立即焕发了容光，朝她挥手微笑。殷洁定神一看，吃惊得不行，说周小林你怎么在这里？是来北京出差的吗？周小林说，我是来结婚的。

结婚？跟谁呀？

跟你！

跟我？

对，跟你！

殷洁就急了，说我什么时候说过要跟你结婚哪？周小林说，我不管你的，这回来北京就是来跟你结婚的。

殷洁意识到自己遇上赖皮了，摊上了世间最荒谬的事情。她一时没了主意，急得原地转圈。

周小林说，我就是喜欢你，必须和你结婚。他说他已经跟家里讲了要去北京结婚的事，家里就把为他攒好的彩礼钱给了他。他跟同事、朋友也都说了，礼钱也收下了。他还在单位开好了结婚证明，并把所有的家当都带来了，就是地上这一大堆的箱包。

殷洁只觉眼前火星子直溅，说你以为你是谁呀，想跟谁结婚，谁就跟你结婚，也不问问人家愿不愿意？！

周小林却不急，说事情就是这个样子了，你看着办吧，反正我是准备死在北京了。

殷洁说，你凭什么认为我会嫁给你呀？！

周小林说，我相信我是世界上最好的丈夫，我会好好待你的，你不嫁给我真的是亏大了。再说了，这辈子除了你我想不出还可能跟谁在一起。你要狠心再拒绝我，这辈子我们的日子都不会好过！

殷洁知道自己摊上个耍死皮的无赖了，她完全没有办法说服他，赶也赶不走，看在五年笔友的情分上，她找了一间朋友空出的房子让他暂时安身。那是一幢老旧的筒子楼，没有暖气，屋里像个冰窖。殷洁心想，周小林这根长在南方暖阳下的嫩苗哪经得住这北国的严寒，要不了几天他就会卷了铺盖卷儿自行撤退。可她小瞧了心里烧着一团火的成都"瓜娃子"，他竟然像寒松，如蜡梅，傲霜斗雪，巍然挺立，天天痴守在医院的门口。有一天，殷洁发现他脖子上多了一条厚厚的围巾，就知道这家伙是头轴性的壮驴，是打算要跟自己死磕到底的了。

殷洁的同事们都知道她遇上个痴情的疯子。女孩们每每见了周小林心里都有一丝感动，就暗自祈愿有痴情的汉子也为自己这么疯狂一把。但感动归感动，落到现实中，却又极力地劝阻殷洁千万不能答应他的求婚。一

她只专心做好自己和周小林的太太，心就简简单单，世界一片纯净。

个京城里大医院的正式职工怎么能嫁给一个没有任何背景的外地仔呢？

就这么死磨俩月，殷洁像是让鬼魔附了身，竟然决定要嫁给周小林了。很快，她就和吵吵闹闹的男朋友分了手，还辞了工作，别了京城，随周小林去了南方。

这个急转太缺乏逻辑，爹娘亲朋都难以接受，却没有谁能拦得住她。临别那天，爹娘兄姊全都泪湿襟袍。殷洁是家里的幺女，爹娘的心尖肉，这别离就如刀子剜着心。娘说，闺女呀，要过得不好就回来，啊？殷洁紧抱了娘，说，婚姻就是一场赌博，那家伙那么拧，兴许会对我好，兴许我就赌赢了这一把！要是输了，也不怨谁，马上离了就回来，也不蚀二两肉的。

娘就放她出了门。

结果她赌赢了。周小林给了她这世间最多的爱，还给了她一个别样的人生。

结婚之后，周小林继续经营他的旅行社，总也萍踪不定。他怕殷洁守着空房镇日寂寞，便将她也带在身边，两人就一起去漂。这样的生活殷洁倒也适应，还渐渐地喜欢起来。她心里永远都住着一个值得期待的远方，就觉得每个日子都很鲜亮，都有盼头。

他们总在最美的山水间流连，和花鸟虫鱼、林泉青岚为伴，后来甚至关掉了广州的公司，去丹巴过了四年隐居的生活。那段日子他们过得甚是逍遥、快活，他们养鸡养狗，种菜种花，晒太阳、听音乐，也和志趣相投的驴友一起去大山里探险，考察羌族的碉楼和西南地区的高山花卉……他们越发觉出大自然中生命的纯然，也安享了身心的自在和快慰。

这一来，便与红尘有了一些隔膜。广州是不常回去了，那里只是一个菜市，购了粮油就得赶紧离开。所以，他们不打算在那里置办房产，每次返回都是租住酒店。这多少有些"临时"的感觉，但他们都不以为意。让人心安才是家，这大都市不能让他们的心安顿下来，自然就不当这里是家了。而在山水间，在行进中，他们反倒有了回家的感觉。

他们就把身心都交给了大自然。周小林越来越觉得他和殷洁是天造地设的一对，他们总是那么的合拍，凡事总能想到一处。他很是窃喜自己当初用近乎不要脸的霸道和执拗娶到了殷洁。这是一个千载难遇的好女人，她不像一般女人那样希求所谓的稳定，也就不看重一个写有自己名字的房本，他们也就幸免了沦为房奴的命运。不把房子当爹妈供着，就有了行旅天涯的川资，就有了说走就走的洒脱。

在无牵无挂的二人世界里任性了几年，孩子的问题就摆在了面前。殷洁已经深爱了这样的生活，他们不能带着孩子去漂，孩子是需要付出所有去呵护的，她不确定自己能做得很好。她不可以做一个不负责任的母亲，便忍痛掐掉了刚刚萌出的母爱的嫩苗。而周小林却是很想要一个孩子的，他是家里唯一的男丁，延续香火是他的责任。若是摆出这条理由，殷洁也是会同意的，但他没有。

有一年的情人节，他送给殷洁一件礼物。那礼物只是一封信，信里讲了许多爱的蜜语，还郑重地宣布了他对生育权的放弃。殷洁很是感动，也有些不知所措，一时不知该说些什么，眼圈忽地就红了。

她也庆幸自己嫁对人了。多少甜蜜相恋的情人走到一起才发现对方是满身的毛病，时间越长就越是厌恶；而他们没有恋爱的过程，直接进入了婚姻，日子越久却越能发现对方的优长。殷洁就总是对人夸耀自己的老公，说他智慧、坚韧，懂得体贴，是条刚毅温柔的汉子。作为周小林的妻子，她感到自豪和幸福。

周小林也是孜孜不倦地夸奖自己的老婆，说她是"最有才的女，最贤惠的妻，最疼我的人"。不光朋友面前夸，遇了记者来访也夸，全不顾人家想要问些什么，挖空心思要把话题引到那个方向。有一回，有个记者始终不接他的茬，最后周小林都快被憋断了气，好几天心里都郁郁不快。

他们就这样二十多年不离左右，弃绝繁华，徜徉于青霞山岚间。所谓琴瑟和谐，所谓长相厮守，大抵如是。

那些花儿

那些年，周小林和殷洁隐于丹巴的山水间，过着神仙般的日子。他们以为生活就可以一直这么美下去，就可以终老在这画图般的美景中。没承想，那里要建水电站，周小林和殷洁只好收拾起一段如梦的记忆，一步三回头地泪别仙境。

回到广州，也没有落脚的地方，才又紧急买下一套公寓。但烦乱鼓噪的城市是怎么也住不惯了，殷洁便有了那句想要一个花园的感叹，周小林也就有了那句抒情的承诺。建这个花园既是兑现自己的承诺，也是逃离都市的战略谋划，更是他对丹巴生活的一次深情的怀想。

周小林和殷洁对花儿的热爱很有些年头了。在丹巴的那些日子里，

出门便是花，种类也丰富到难以想象。他们就被那些花儿迷住了，无可救药地做起了"花痴"。他们后来还组建了一支山野考察队，常年跋涉在高山密林间，对横断山脉的植物资源进行了深入的考察和研究。但研究成果都只是落到纸页上，是该让种子落到泥土里的时候了。周小林决意亲手栽培，让花儿们为自己绽放一回。

这便有了"鲜花山谷"。

一开始，他并没想把摊子扯得这么大，干着干着就有点收不住缰了，花卉品种越来越多，规模也愈发宏大。周小林心一横，把钱都归拢起来投进去，却竟然还有缺口，就只得把广州的房子也卖了。最后这一哆嗦把家底儿抖了个精光，这便没了退路，干脆就孤注一掷往大了做，不光是送给夫人的礼物，也是献给家乡的一份厚礼。他甚至有了一个野心，想把鲜花山谷弄成一个中国花卉的博览园。

周小林被自己的宏大计划鼓舞着，他相信自己能够干成这件事情，他躲到乡下来不只是为了晒晒太阳喝喝茶，他是要干自己喜欢的、有意思的事。他一直很不理解，中国这个花卉大国竟然没有国花，花卉大省四川竟也没有省花，杜鹃、玫瑰、山茶、木兰、百合……这些原产中国的名花在世界各地大放异彩，而许多国人竟以为它们是来自西洋。想起这些，周小林就觉得羞耻，他想花个十年二十年的时间，把原产于中国的花卉都搜罗起来种在自己的园子里，到时候，他就可以骄傲地对来此赏花的人说：喏，中国的花儿都在这里了！

他的计划就从种植蜀葵开始。蜀葵自然是蜀地的原住民，也叫一丈红、大蜀季、戎葵、斗篷花，它的俗名还有很多。这种草本花卉花大、花艳、花期长，花形也好看。几百年前蜀葵就被引种到了世界各地，在许多西洋绘画中便能见到蜀葵的身影，它们曾盛开在梵·高、莫奈等大师的作品中。塔莎奶奶更是特别钟情于它，在屋舍周围遍植此物。周小林就生出了一个宏愿，他想让那些绽放在世界各地的蜀葵品种都回到故乡。于是，他花了很多钱，也跑了很多路，从国内外收集回来多达 120 个蜀葵品种。他现在逢了人就会自夸，称自己是"蜀葵之王"。他对蜀葵的了解和所拥有的品种数量，即使在全球范围确也无人能匹。

周小林还有一个长远的计划，他要尽全力对蜀葵品种资源进行收集和保护，建立系统的蜀葵繁殖培育体系，创新开发蜀葵这一中国传统名花，让更多的人欣赏到蜀葵的美丽。鲜花山谷中占地 20 亩的"中国蜀葵品种园"就是他这一计划的首个成果。

眼下，他的花园里已经有了五六百种花卉，而这对周小林来说仅仅是开了个还算不错的头。他并不着急，他有的是时间和耐心经营这份花儿的事业。他付出一分，花儿们就会回报他一分，它们从不辜负他的苦心栽培，总是五彩缤纷地盛放，报之以明媚的欢颜。周小林觉得，这份事业辛

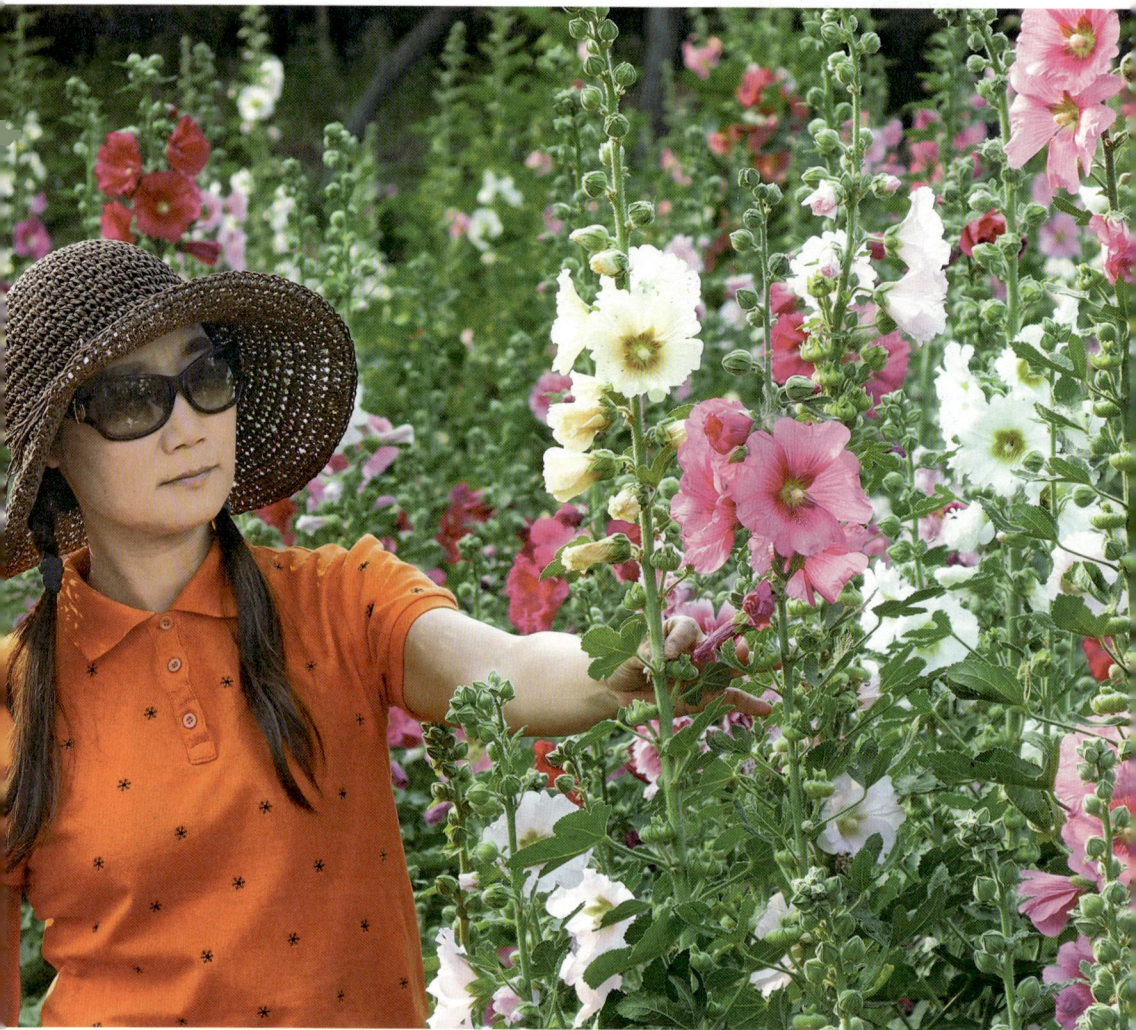

苦是免不了的，但有花儿簇拥着的日子鲜亮而甜美。每一天，他和殷洁心里都会萦回着一丝淡淡的挂念：下一个清晨，不知会有哪些花儿将挂着露珠迎风炸蕾？

鲜花山谷建起来已逾两载，这期间偶有外人来访，消息就传了出去，就有爱花达人和摄影家们远途而至，记者也不时造访，就逐渐热闹起来。周小林和殷洁原本是不想让人关注的，人一多就不免会搅扰到他们的生活。但这么美的花儿不与人分享，还真是有些可惜的。既然挡不住寻芳而至的人们，就不妨开收门票。养这园子的费用实在也是不少，日日都在往里砸钱，门票收入多少可以贴补一些养园的费用，否则将会难以为继。但他们也不打算搞成游人如织的赏花旅游项目，那与他们的初衷就有所背离了。

周小林和殷洁来到这里已是两度的四季轮转，春、夏、秋、冬，鲜花山谷都有不同的美丽呈现。这西蜀的气候温润可人，四季中，春、夏与秋都甚为分明，只是冬日里罕有雪来，这便成了一桩憾事。这山谷里若年年能得春之勃发、夏之狂野、秋之蕴藉、冬之雪藏，那便是最圆满的天赐了。

现在，一切都好，就等一场瑞雪来访。

补　记

　　写完周小林和殷洁的故事，身心都有些困乏，我半躺在书房的凉榻上静息。这个季节，园子里春红渐褪了艳妆，绿意正当酣畅，鸟雀们忙着恋爱，猫咪还在继续思春。这方小小天地是我精心剪裁的大自然之一隅，此时，在这玲珑山水间，一切都显得那么昂扬激越。想那鲜花山谷里的万物更当是生机勃发，在天地的秩序里，正走向一年当中最阳刚的时节。

　　无论是在城里还是郊野，有一个园子真真是好的，能让人回到世界的轮转当中，感知时序的更替。在一方私享的空间里，思想最容易存活，灵魂也得以安妥。如今，周小林和殷洁正过着园林式的生活。他们的园子虽不及文人园林那般的精巧，却是最为天然的山水之园。不需刻意雕琢，把自己放在山水间，便可尽享天地之大美、生命之纯然。这鲜花山谷便是那陶渊明的田园居、王维的辋川别业、白居易的庐山草堂，还有杜甫那座万里桥西的宅子。

　　"久在樊笼里，复得返自然。"像晋人陶渊明一样，周小林和殷洁逃离了繁华，避居在乡野。他们不是不爱繁华，他们是不爱都市的繁华，都市的繁华里有太多的繁乱，心便安妥不得，便寂寂荒芜。他们喜欢在乡野的清风里盛开着的繁华，那是繁花似锦，是枝繁叶茂，是繁荣昂扬的心情。

　　在乡间，他们便按自己的方式生活着，雅也雅得起，俗也俗得来。雅自是古代士大夫的那一套，琴棋书画诗酒花。俗则与农夫相类似，他们下

地刨坑撒种，上山摘菜收瓜；春来酿些蜀葵花酒，入冬自制香肠腊肉。其怡然自得之态，实非言语可以尽述。

想这夫妻二人在这大千世界，于那千万众生里能相遇相爱，便是前世的造化，还能思于一处，不恋红尘，乐为田夫，共享别样人生，那更是生命之最大幸事与成功。他们的幸福就如那山谷里的花儿，正当灿然绽放。

2016 年的秋天，在第一次去鲜花山谷大约一年半之后，我又一次去拜访了周小林和殷洁。他们的日子依旧过得那么单纯惬意，而他们的鲜花事业更是蒸蒸日上，不断取得令人欣喜的成绩。周小林的最新著述《中国蜀葵品种图志》已经出版了，这是他数年来执着研究蜀葵的一项成果，他正在一步步接近于他的梦想。

辛七 & 七师娘

把日子种进故乡的泥土

没有故乡的人寻找天堂，

有故乡的人回到故乡。

——熊培云《一个村庄里的中国》

西白山为绍兴嵊州所辖。嵊州之名始于初唐，在此之前，秦汉以降，此地称作"剡县"，有剡溪流经此域。因了李白的"湖月照我影，送我至剡溪"这两句诗，我记住了这个相对生僻的"剡"字，它是汉字里性格内向的一类；而"西白山"也同样是个古意森森的名字，我在古籍里与它们相熟。记得东晋人葛稚川就曾隐于山中采药炼丹、修道著述，犹似神仙。

经嵊州前往西白山的途中，我的脏腑就已然沸腾，我将要去到古籍里由几个邈远地名拼写出的意境中了，这样的期待对一个幼好典籍，以方块字为积木自娱的人来说，实在是妙不可言。而且，此行还要去云雾山中寻访一对现世中的仙人，他们就逍遥在种满典故的山林里。我对这样的行旅早已心向往之。

进西白山的路倒是不险，却如我的心情一般蜿蜒。蜿蜒的山路成了我蜿蜒心情的导航，我沿着一段历史的指纹盘旋而上，直穿透云霭的腹部，穿越回岁月的深处。

此一时节，清明刚过，江南的微雨便缠绵地飘起来。我站在海拔 600

§ 远望群山，苍翠绵延。到了近前看时才发现是春雨催长的新茶。
茶农们早早起来，披一身的春光，开始采摘嫩芽了

多米的山脊，西白诸峰尽收眼底。只见那远山一痕，秀如青眉；近处岩壑，轻岚徘徊，似是无心出岫；而漫山绵延的茶林则苍翠招摇，引得采茶的人们指尖飞舞，却又欲罢不能。

在接近山顶的地方，三王堂村像一只酣眠的懒猫，以一种最舒服的姿势蜷卧在大山的臂弯里，而那些星罗棋布的农舍则像是猫儿身上的花纹。我便猜想，辛七和他的夫人七师娘会是隐在了哪一朵花纹的里面呢？

辛七的曾经

辛七不是辛七的本名，辛七只是辛七的网名。辛七酷爱读书，从古籍里翻检出这么个怪怪的人名安在了自己的头上，他说那个叫作辛七的人有着超能异禀，而自己又正与之性情相近，便借来一用。我猜想，那厮多半是志怪小说里的人物，形貌举止均不同常人。辛七似乎就是希望自己能过上一种与众不同的人生，故而以此明志了。

他确也是个与常人不大相同的家伙，性好自由，素爱丘山，寂寂不多语，行事无常法。

话说辛七十五年前从浙大环境保护专业毕业，很快便考入了一家知名的杂志社设在杭州的分部，做起了摄影记者。那时纸媒正当兴盛，不像如今这般惨淡，做记者也就很是吃香。辛七大学里学的是理工，与新闻或者文艺全无瓜葛，中间隔着个楚河汉界。但这个理工男偏是做了文艺腔，他的转行倒也如锦缎一般的顺滑。其实，他骨子里是文艺的，他生在书香之家，父亲是江南一代的文化名人，是颇有成就的书画家，曾就读浙江美院（今中国美院），师从潘天寿等国画大师。从小到大，出入家中的多是些文艺界的名宿、大咖，辛七多少还是有些文艺细胞的。

上中学的时候，辛七是文理兼善的全才，成绩门门皆优，高考语文成绩在绍兴地区名列首位，是响当当的文状元。而选择理工是受了时代思潮的影响。那时，人们普遍认为学文科只能长成花花草草，而理科生方可成为栋梁。但辛七以栋梁的姿态认认真真地发育了一阵，还是觉得自己长不成参天巨木，就甘心做一株小花或是小草了。这就转行去做了记者。

入行之初，他暗自发愿，要好好干出一点名堂来。可干不多时，就愈发觉得日子过得拧巴起来。初出茅庐的年轻人，不大知道在体制内求生存是需要智慧的，更不晓得意识形态的事情有时怪诞得会让人瞪爆眼珠。他没有办法将平皱皱巴巴的心情，挨过了半年的时间就辞职不干了。他放任了自己的意气，也放浪了僵硬的形骸。

说这辛七也真是牛劲得很，就为了不让人管着，就为了图个自在，竟半点也不犹豫就扔掉了带着光环的身份，轰隆一下扎入了小商小贩的人堆里面。当初，也不知他碰上个什么机缘，便干起了帮人设计、印刷宣传册和广告单之类的营生。刚出校门的娃娃，哪有什么积蓄，创业自是难事，所幸干这行要不了几个本钱，靠着熟人朋友的介绍，订单便见着一日日地多了起来。

这辛七确也有些美术天赋，做平面设计竟是无师自通。既然设计都能自己做了，其他工序也就不在话下，从头到尾他一竿子杀通，自然就不需店面不雇帮工，就自己一人在杭州租住的小屋里经营这小本的生意，倒也有着不错的收入，还有着大把的时间和轻松的心情，这让他可以随心所欲地四处晃荡。

辛七的平面设计做得确也有品，但他却不打算设计自己的未来。他是个散淡的人，喜欢顺着性子走，跟着感觉飞。他胸中盛不下什么宏图大志，对所谓成功和名利亦觉不甚要紧，自在与快乐是他心中最高的利益。他只想自在无忧地过活，不打算拿自在的日子去换取人们所谓的锦绣前程。

他确也活得自在洒脱，每挣足一笔盘缠，就会背包去远行。十年里，不断在山水间行走，行走中，他参悟了许多人生至理，满眼映射着山川秀色，全身招惹了草木馨香，心里的欢愉也夯得满满实实。

辛七的故事讲到这里，我脑子里忽地诌出两句话来：天地大律乃吾师，世间万物是我友。我想，旅行的意义应当就在于此吧，将天地来做了参照，才知道自己有多么的渺小；把身心融入了自然，方明白生命短暂却又美好。于是乎，辛七就变得愈发洒脱了，既不汲汲于富贵，亦不戚戚于贫贱，只因了是非成败转头即空，才放任自己做了天地之间一放翁。

但话又说回来，这辛七潇洒归潇洒，却干着一项不太稳定的工作，若是出个什么岔子，生存又当如何维系？多数人都会有这样的担忧，便希望谋到一份旱涝保收的职业，获得一份实实在在的安全感，还有上升的机遇。这便是人们生存发展的基本逻辑。对辛七诗与远方的活法，亲朋们也仅有一瞬间的艳羡，啧啧之后便是为他的未来担忧，甚而暗怨他过于任性，对明天不负责任。

而辛七不以为意，他不打算在别人的节奏里运转，更不能为房和车抵押了青春。他不允许自己苟且着过活，他自信不靠着任何人也有能力获取生活的所需。所谓安全感其实是能力的体现，有能力就能主宰自己的命运，做自己的上帝。

辛七确实具有较强的生存能力，他的嗅觉非常灵敏，像荒原上的大象，可以从风中嗅到几十公里外水源的气息。辛七从时代的风潮里判断出一个全新市场的方位。在做了六七年平面设计和印刷业务之后，他直觉这个行业必将萎缩，而互联网产业定会日益兴盛。彼时，淘宝开始兴起，他立即开店，销售老家嵊州一家企业生产的围巾和领带。一开始，生意稍显清淡，他并不心急，只要能够维持生计便好。这一来他更加自由了，只要有网络就可以打理网店，游玩、经营两不耽误。于是，他便荡得更远更久了。

§ 辛七曾经做过摄影记者，相机是他不可稍离的伙伴。在背包远行的那些日子里，他用自己的眼睛观察世界，用镜头记录旅途的生活

后来，他把旅途中的感受写成文章，再配了图片发在淘宝论坛上与网友分享，不想，却呼啦火了。网友对他的生活心驰神往，就追到他的店里去逛，生意也便随之火了起来。

辛七再一次完成了漂亮的转身。他的生活就是这样，随性而为，没有刻意的设计与谋划，却总能水到渠成。再后来，他遇到了他的爱情，迎娶了七师娘，然后和她一起住进了大山里，还开了一间很有格调的民宿——西白山房，实现了他的第三次华丽转身。

当然，这些都是后话，容我稍后再叙。

且说那辛七来到了三王堂村，日子过得更加滋润了，就忍不住又要与网友们去分享，便在天涯论坛开帖，晒出他们山居生活的日常，网友们又是一片啧啧称好。我便是在天涯论坛上发现他的，便紧咬跟踪数月，也对他的生活产生了兴趣。

那一日，去到三王堂村，远远地就看见他们夫妻二人已经站在门口迎我了。我们就在屋旁大树下的石桌前坐下，喝茶闲叙。他们就零零碎碎地跟我讲起了自己的经历。

七师娘的过往

七师娘当然也不是七师娘的真名，七师娘是嫁了辛七之后才改叫七师娘的。在村子里，老老少少也都叫她七师娘，她的真名反倒被慢慢地淡忘了。她觉得这个称谓也蛮不错的，叫起来上口、亲切，在乡下，女人嫁出去了，多半也就随了男人的姓氏，这个习俗古已有之，她也就欣然地领受了。

七师娘就生在三王堂村。这个高山村落有七八十户人家，多以种茶、制茶为业。茶农当中虽鲜有大富大贵的，而穷困潦倒的也几乎没有。茶农的收入相对稳定，日子倒也过得悠闲。七师娘的父母早年也是干这个营生的，父亲有一套手工炒茶的绝技，也做过多年的茶商，还去山外闯荡过一阵子，是见过些世面的人。生在这样的家庭，七师娘也就没受过多大的委屈，顺顺利利地长大，考上了省城的大学。

七师娘学的是外贸服装专业，毕业之后很快就进入了一家著名的香港服装贸易公司设在杭州的分公司，也便顺理成章地留在了杭州。

七师娘入行的第一家公司堪称行业之翘楚，管理非常严格，对新人来说，会受到良好的职业规范的启蒙。她先后做过销售和质监，都是相当重要的业务岗位，还曾被派往香港总部工作。有了这样的经历，在行业内跳槽就比较容易。后来，她去了上海，便又顺利地加盟了一家实力更强的台资服装贸易公司。她在这个行业里干了五六年，再坚持下去，应当会有更大的上升空间。

但七师娘也和辛七有着相似的性情，实在散淡得很，于所谓前程不甚挂心。工作应该是蛮不错的，收入也甚为可观，但她突然地就把工作给辞了。其实，对工作她也没有特别的不满，也不是什么"压力山大"，连她自己也不太说得清楚这其中的缘由。总之，她就是把工作给辞了。

辞职的时候，她有一个说服别人也说服自己的堂皇理由，就是母亲生病，她需服侍左右。其实，母亲的病并没有那么严重，要服侍也未必需要她放弃工作。我便想，那时她大约是产生了一种职业的倦怠，无由地想脱离那个永不停歇的轮轴，去过一段没有时间和责任挤压着的闲散日子。

七师娘这便回到了嵊州。她想过一过无所事事的生活，虚掷一把美好的年华。正巧，朋友知道她闲着没事，就邀她入伙了一个自行车俱乐部。接下来的一段时间里，她就和骑友们心无挂碍地游山玩水，一起出汗，一起狂欢。

她不曾料到，加入这个团队会使她的人生轨迹发生根本性的改变。

欣喜遇见

再说那辛七。自从开了淘宝店，人就愈发地自在了，一年到头到处游走，行旅八方，可谓是四海为家。玩着玩着就把钱挣了，挣得钱来又继续游玩，这日子实在是美到了不敢多讲，讲多了容易招人嫉恨。

这一日，辛七突然一念生起，想回嵊州老家去住上一段日子，一来看看父母、朋友，二来也想静静地待上一阵。长时间在外漂游，他也感到有些累了。

可回了嵊州，待着待着又觉得无聊起来，就想出去活动一下筋骨，便加入了当地的自行车俱乐部。一到周末，一伙人就风风火火地骑着山地车冲到郊外去。一向独来独往的辛七这次体会到了群欢的乐趣。

在这群骑友当中，辛七发现了一个好看的身影，目光便不能移动了。那女子有着修长的身段和姣好的面容，举手投足均是温婉可人。辛七一向好读古籍，这时候脑子里就冒出了若干锦言佳句，诸如"眉如翠羽，肌如白雪""绰约多逸态，轻盈不自持"之类的好词都一劲儿地往那女子身上

堆。在有情人眼里自然就出了一枚艳艳的西施。

这女子便是后来的七师娘。那时，她当然不叫七师娘了，大家都叫她小钱。小钱姑娘其时芳龄二十有六，辛七乃三十有一，便都正当年华。辛七觉得，这么多年来他一直等待的人终于出现了，他决不能让机会擦身而去。于是乎就开始计划如何向她靠近，并把心意向她巧妙地表达。

再说这小钱姑娘。结识一帮骑友之后，不时相约骑行，大家嘻嘻哈哈、吃吃喝喝，甚是喜乐。忽有一日，骑友某君前去找她，说俱乐部里有位做淘宝的大哥想请她帮忙做时装模特，他要拍些图片在网上秀上一秀。小钱姑娘此时正当有着大把空闲的时间，便一口答应了下来。

于是，她就见到了被称为"淘宝大哥"的辛七。辛七性偏内向，不善言辞，遇上心仪的女孩，更显出几分拘谨。小钱姑娘倒是落落大方，主动问起应当怎样配合他拍摄。辛七就一二三四地讲了他的意图和注意事项。之后，小钱姑娘就穿上新品时装，骑上单车在郊野里兜风，辛七则骑了一辆电动摩托跟在后面抓拍她的倩影。拍着拍着，彼此也就熟络起来，摄影师和模特之间就有了更多的默契，每每片子出来，双方都颇为满意。

片子拍完，辛七也就可以顺理成章地向小钱姑娘表达谢意，请她去吃个饭就显得很是自然了。这以后又有了几次这样单独相处的机会，交流很是顺畅，心情自然愉快，他们就成了比普通骑友走得更近一些的朋友了。

首战告捷，辛七心里暗喜，想这计划一步步顺利推进，拿下这个高地当只是时间问题。但在小钱姑娘看来，这样的交往和任何一位普通朋友没有什么差别，全然不曾发现对方的意图。再加之，那时她还未有恋爱结婚的打算，人生正处在一个稍显迷茫的时期。工作五六年了，感觉不好不坏，可就这么一直打工下去，似乎又有些不大对头。想做些自己想做又值得终生去做的事情，却又一时没能找到方向。她此时正在思考与调整当中，对辛七的那点小小心思全然未曾察觉。

不久之后，好几位骑友都向她讲起，说，辛七怕是对你有些意思喔！

小钱姑娘便开始在心里琢磨这辛七到底是个怎样的人。一开始她对他是没有什么感觉的，可日子一长，就慢慢地发现，他倒还是个不错的人，斯斯文文，做事踏实，为人诚恳，不夸谈浮躁，模样还有些憨厚，偶尔微露一丝羞涩，便有了几分的可爱。他读书不少，行路很多，也算是见多识广了。他还颇善料理家务，竟还做得一手好菜……怎么看这都是个过日子的标准暖男。

小钱姑娘这么一想，就觉得这人也并不是不可以考虑。后来，两人单独接触的时间就更是频繁起来。不知不觉中，他们便走到了一起。那天，他们跟我讲起那一段经历的时候，横竖是记不起谁对谁曾有过什么求爱的明示。

西白山房

西白山房是辛七和七师娘在三王堂村的家。这幢老宅子原本是七师娘祖上的产业。七师娘的父亲在十多年前发了一点小财，就在进村的大路旁建起了一幢砖混结构的二层小楼，这祖宅也就被荒在了一旁。三年前，辛七和七师娘决定回到三王堂村长住，也就动了心思把这房子好好地改造一番。

§ 这便是由七师娘家的老宅改造而成的西白山房，外观依然是农舍的模样。

门前一棵大树恰如箭矢，直指苍穹

改造之后，农房脱胎换骨，瞬间在村子里脱颖而出。但外观上还是刻意地保留了乡村民居的质朴憨态——绿荫中的老宅仍以原木为筋骨，以黄泥做肌肤；片石铺于地，红瓦盖其头；一门独院静，鸟鸣山更幽。

进得室内，开篇便是露天的水景，锦鲤悠游于池中，黄狗憨卧在门边；池岸杂花繁茂，水面云影悠闲。堂屋与水景紧相连接，天井诱导着光亮进得屋来，屋子自然也就不显得阴冷了，反而颇为素洁与敞亮。而白壁之上高悬一匾，书"西白山房"，顿觉满室雅韵，四壁生光。

给自己的居所起一个贴切的雅号，多半是文人墨客的做派。辛七骨子里其实就是一个文人，所打造的居所当然也就比较文艺。他的微信公众号也以此命名。我就是在他的公众号上见到这幢房子的，故而那天进村子便一眼认出了它来。

这西白山房除了自住，也兼做民宿，接待那些从各地赶来的网友。不过，当初他们改造这老宅的时候倒是没有打算用作经营，只想自己住住。但后来情况却发生了变化。辛七夫妇的山居生活着实羡煞了城里朝九晚五的上班族，陆续有人不惧舟车劳顿寻到山里，要亲身体验一番他们山居的味道。来过的人回去就绘声绘色地讲他们的故事，说的人眉飞色舞，听的人心里痒痒。这样，来的人也就日渐多了起来。

于是夫妻俩就将老宅再行翻修整饰，又精心布置一番，用以接待诚心而来的远客。走到这一步，他们事先是不曾想到的。在此之前，他们是住在七师娘父亲建的那幢二层小楼里的，再之前，也是没有回到山里的计划。这一切更是没有预先的谋划与安排。他们总是愿意让日子和着心意一起漫游，如微醺时湖上泛舟，任轻风和水流将人与船一起带走。

再回头来说这辛七与七师娘，当初怎么就抛下了城里的一切，跑到山里来长住呢？

那年，在自行车俱乐部里结识之后，两人就互许了终身。辛七继续摇摇晃晃地边玩边做淘宝，七师娘也不再出去工作了。辛七的父母为他们在嵊州买下一套新房，希望他们不要再去外面游荡了，只盼着一家人能有更多的日子聚在一起。这样，他们就在嵊州城里安居了下来。

就这么过了大约两三年的时间。有一年夏天，天气异常燥热，辛七就提议去七师娘的老家待上一阵，避个暑热，寻个清静。没承想，这一住就再也不想离开了。山里的日子实在是契合了他们的心性。

七师娘生在这里，一切都很是习惯，而辛七原本就是喜爱山水花树的散人，到了村里，就像是鱼儿跃入了碧渊。且不说这山里晨夕变幻的景色是何等的迷人，也不讲那甜润的空气和甘洌的山泉又怎样地滋养身心，就单说那与村民、族人融融的关系，心里就美得难以言喻。

辛七特别喜欢这样的氛围，人与人之间没了利益的纷争，一起分享天地的馈赠，个个都平和素朴，见面几句寒暄，饭后一番闲谈。不说什么股市、房价，更不谈奥巴马和叙利亚，"相见无杂言，但道桑麻长"，这便是庸淡人生里最正宗的绵长滋味了。

正是这份乡情和亲情留住了他们。

在城里，这些都是奢侈的东西，心比在乡野里更加闭塞和寂寞。

熟识辛七的人都觉得他是个内向的人，他也觉得自己讷讷而不善辞令。其实他是不知如何与城市对话，也找不到与城里人交流的方法。到了乡间，他毫不费劲就能与自然和乡邻沟通，拉起家常来语势滔滔，喝起酒来更是豪爽，乡亲们也就慢慢地喜欢起了这个"倒插门"的城里书生，觉得他一点都不装，穿着打扮、说话行事都越来越像山里的村夫，就把他当了"自己人"来看待。

辛七也当乡邻们是自己的亲人。辛七有着传统文人的悯世情怀，总希望能帮着乡亲们谋到一些实惠，就日日在脑子里琢磨点子。那年，进入茶季不久，山下的茶商照例进山来收茶，价格总是压得很低，辛七心想，这么好的茶应当可以卖个更好的价钱，脑子转几转就来了灵感。于是就在网上一阵吆喝，卖出的价格也就真的漂亮得多。村里人腌制的山笋品质也是

乡村生活很悠闲，辛七和七师娘都喜欢这种漫不经心的
调调。他们已完全融入乡邻当中了，彼此间没有任何的
隔膜。

极好的，却总是苦于寻不到销路，辛七又在淘宝上帮他们代为推销……做着这些的时候，辛七心里鲜花盛放，他总是希望大家的日子都能一日日地好过从前。

就这样，辛七两口子把他们的日子种在了三王堂村向阳的坡面，日日沐浴着山光云霭与清风雨露，还饱受了乡音乡情的滋养，那新长出来的日子就像极了山间的春笋，水灵、清脆，欣欣然向上，更有恰到好处的一丝微苦和清香。他们就决定让这新笋长大成林，与青山共老。

既然云已无心出岫，这西白山房就成了收纳他们身心的山间云巢。他们在这里与来自山外的远客共享着山居的况味。这样的日子，总会让宾主都觉得极美也极妙。

山居的美意

西白山房的改建着实耗费了辛七不少心力和体能，设计、监工、购料，还不时亲自上阵帮工。轰轰烈烈的基建工程持续半年时间，去岁入秋之后才算基本告一段落。

当辛七和七师娘亲手点燃炉膛里的干柴，听着噼啪的声响，看着火苗轻舔着锅底，他们就觉得这幢荒在时间与山风里的老宅子又重新活过来了，他们全新的生活也会像炉膛里的火苗一样，摇曳生姿，呼呼向上。

这数月的辛劳也便是值了。

虽说周边环境的美化与配套设施的完善尚需他们付出更多，但在辛七看来，辛劳并非苦痛，反是妙趣横生。去转山的时候顺便背几块形状别致的石头回来做屋旁小院的铺地石或者堡坎，也不费太大的工夫。兴致好的时候，去山后打野兔，下溪中抓石蛙，到林里打栗子摘香榧，还可以顺手刨几株喜欢的藤蔓或是树苗种到院里。有一搭没一搭地磨点手上的细活，也倒是有着一番特别的趣味。山居的日子里能有啥惊天动地的大事呢？无非就是这样鸡零狗碎的日常活计。会过日子的人总能将玩耍和工作融为一体，这方面的高手就正是咱们的辛七夫妇。

辛七和七师娘把日子梳理得顺溜了，就在渐浓的秋意里把心绪也捋捋平顺。白日里，七师娘张罗着家里的杂事，迎来送往外乡的客人。辛七一日三餐都亲自下厨为客人们烧火做饭，七师娘见缝插针地去到灶间，往炉膛里添几根柴火。一会儿，屋子里就飘起了饭菜的香气。夫妻俩配合默契，气氛轻快温馨。有时，客人们的兴致也被这气氛引诱上来，忍不住卷起袖子秀一把厨艺。开饭的时候，就有了一大桌子的"满汉全席"。

忙完灶间的活计，辛七就出来陪客人吃茶聊天，客人们也个个都乐呵。在大宾馆里，你很难见到主人，最好的服务也都是雇人来做的。设施虽很高档，却也总是缺乏温度。而民宿就大不一样了，你可以和主人共进家宴，热热乎乎地闲扯漫谈，互换各自的经历和心事，互赠家乡的土特产品。这情味就绵长了，人情也有了醇香。这便是辛七坚持以家宴待客的原因。为此，他日日打磨厨艺，为的是让客人们在舌尖和心底都留下暖暖的回忆。

但他做这些，母亲却很是不能理解。当初考上重点大学，总算是冲出小县城了，可他却偏偏放着大好的前程不要，又跑回老家来猫着，还在网上做起了小商小贩。做个小商小贩也并不打紧，却还扔掉城里的房子，带着媳妇儿跑去山里当起了农民。当农民也就算了，还要当挑夫和石匠。做了挑夫和石匠也还没完，这回又做起了伺候客人的厨子！

母亲一想到这些心里就窝火，不时就要在电话里酸他几句。辛七脾气蛮好，只是听着，嘴里呵呵，从不跟母亲置气。他有自己的活法，别人理不理解与自己的生活终究没有多大的关系，这事儿他心里是再明白不过的了。

自从辛七两口子回到村里，就打算像农民一样地过日子了。他们每日里要做的体力活儿着实不少，但靠汗水吃饭他们觉得心里踏实，这样的享受也让人坦然和满足，而没有付出的享受，在他们看来多少都有那么一点可耻。

§ 辛七做菜，七师娘烧火，夫妻俩配合默契。客人们便总能尝到他们的美味家宴

　　累过之后，辛七会温一壶黄酒，抱一册古籍，伸展了四肢，心安理得地享受一段悠闲的时光。七师娘则在一旁沏茶、抚琴。此时，厨间笼屉中微火蒸着的扣肉飘来阵阵的香味。肉香伴了清音，屋子里便流溢着温馨的情调。

　　初涉人世的时候，他们和所有的年轻人一样，憧憬着诗与远方。而如今生活里尽是些柴米油盐，却竟能品出几许眼前的诗意来。这样的日子并非苟且，反觉踏实而明亮，内心充实又清朗，恰如那山间清秋里的明月。这是他们长久以来梦想的生活。在这山里，他们同时做着生命中最重要的两件事情，那就是建设物质的家园和灵魂的居所。

累过之后，辛七会温一壶黄酒，抱一册古籍，伸展了四肢，心安理得地享受一段悠闲的时光。七师娘则在一旁沏茶、抚琴。此时，厨间笼屉中微火蒸着的扣肉飘来阵阵的香味。肉香伴了清音，屋子里便流溢着温馨的情调。

入冬之后，客人便少了许多，辛七和七师娘就和山村人家一样，迎来了一年当中最静谧安详的闲暇时光。但冬季里，山村的生活却并不寂寞，最有滋味的日子便在他们眼前顺序地铺展开来。

白日里，辛七和七师娘常会去山林中挖些冬笋，拾点柴火，回来时顺便挑一担石块，用来铺砌屋侧的那条小路，再将一些春天开花的植物种在房前屋后，然后就开始盼着来年三月的那场轰轰烈烈的花团锦簇。

夜里，七师娘会把白天挖来的冬笋腌制起来，再腌几大缸子的咸菜，这够吃到来年的春天了。当年那个在大都会写字楼里穿着高跟鞋笃笃走路的白领小妹，如今穿着宽大的棉衣，麻利地干着乡村主妇的日常杂活儿。这个变化实在巨大，却又是如此的自然和顺乎逻辑。

而辛七则跑到坎上十二叔家里喝酒去了。十二叔和辛七已经交好多年。这个时节，天将下雪，寒气紧逼，一擦黑，他们就常常互邀来家小饮。十二叔对"晚来天欲雪，能饮一杯无"的风雅是断断不知的，但辛七肯定是心中了然。不过，那样的画面入不入诗都是很美的，日子有了滋味自然也就酿出了诗意。每每有了酒兴，他们就站在门前喊上一嗓，对方就

能听见，就会乐呵呵地小跑过去。这又酷似杜诗"肯与邻翁相对饮，隔篱呼取尽余杯"的意境了。

十二叔是快奔六十的人了，早年老婆不辞而别，把个幼小的女儿留给了他。十二叔心疼这女儿，想要把她培养成材，吃多大的苦他都是愿意的。辛七就帮他在网上卖茶，自然是多挣了不少的票子。十二叔就把女儿送到城里的学校上学去了。十二叔这就和辛七成了一对忘年的至交。

他们都是善饮之人。酒可以将情感熔了，然后掺入话里。十二叔和辛七酒酣耳热之际，就会说许多掏心窝子的话。十二叔有时还会莫名其妙地对空发一通牢骚。偶尔，其他乡邻也会过来蹭酒，场面就更是热闹了。辛七已然成为他们当中的一员，尽说些日子里的淡事，说天气，说干笋的价格，还有年猪的肥瘦，说野兔不像以前那么好打了……辛七每每回家的时候已经是子夜时分了。

山村里的冬夜，风已经可以彻骨，辛七裹紧厚厚的棉衣，偏偏倒倒地回到家里。"吱呀"一声推门进去，小狗黄黄和小乌就蹿过来，喉咙里呜呜地响着，绕着他的腿亲热一番。辛七弯腰摸摸它们的头，说乖乖乖，快睡去。

　　七师娘这时已经睡了，听到动静，含含糊糊地嗔怪两句。然后，这山里的夜就静得没有一丝的声息了。

　　翌日，便是腊八节。辛七宿醉晚醒，头有些沉，便猫在暖气边上喝茶、看书。七师娘一早起来就熬了一大锅的腊八粥，这会儿满屋子都飘散着腊八粥的香气。七师娘盛上一碗放在辛七的面前，也不说话，然后就出门给乡亲们送粥去了。辛七心里一暖，感觉屋子里也更加暖和了起来。

这样的场面会不时地出现。辛七寒夜读书兴浓，七师娘就会煮一碗热热乎乎的面条，悄悄地放在他的面前，也是不说一字，转身走开。辛七挑起面条，里面有麂子肉、冬笋和咸菜。麂子是前几天他们一起去山后猎获的，冬笋是他们一起挖的，咸菜也是一起腌的。辛七心里又是一阵暖意泛起。他想起还是单身的年月，偶尔憧憬未来的生活，其中就有这样的场面。每每这样的时刻，他就对能拥有今天这一切满怀感恩。如今这样的年纪，还有较远的前程可以奔赴，有许多的岁月可以回首，有健朗的双亲可以侍奉，有亲密的爱人可以厮守，有至交的兄弟可以挂念。人生至此，夫复何求？

小寒过后，年节的气氛变得越来越浓了。村里便陆续有人开杀年猪。杀年猪在村里算得是个春节的序曲，谁家要杀年猪，四邻都去帮忙、庆贺。辛七一早出去买肉，就被一帮村民拉住，竟然喝了生平第一顿早酒。然后，他拎着一大袋猪肉一路哼哼唧唧地转回家去，脸上挂着轻盈盈的喜色。

过了几日，村里又逢到一件热闹的事情。市里的越剧团送戏下乡来了，一口气连演六场，这在山村里又算得是大节预热的小小高潮。七师娘穿了件蓝染的纯棉长袍，搬张凳子往戏台正对着的高台上一坐，谁也挡不了她的视线了，不一会儿就很深地入了戏里，脸上遂翻起这人世间喜怒哀乐的风云。

接下来就要置办一些年货了。辛七为此特地下山一趟，回来的时候，除了年货，还扛回一大麻袋的书。就快要下雪了，大雪一封山，哪儿也去不了，就索性猫在炉膛前一边烧菜一边读书。这也算得是冬日山居的一大乐事了。

这时候，酒缸已经空了。春节还得喝大酒，辛七就自己动手，要赶在年前酿出几大缸子的米酒来。酿酒的原料并不复杂，也不稀罕，都是些寻常之物，糯米、白药、酒曲，再加山泉，还要放进一些幽寂清洌的冬日时光，与它们一起去发酵，然后酿出一冬的醇香来。

天越发地冷了。光有酒还是不行的，一定还要弄一个红泥小火炉，才能配合着完成那首诗的意境："绿蚁新醅酒，红泥小火炉。晚来天欲雪，能饮一杯无？"白居易是这么问的刘十九，而他辛七该如何去问与他对饮的十二叔呢？

雪说着说着就下了起来，连下了数日。今冬的雪大得出奇，恍似是在北方的雪国。三王堂村被厚厚的积雪覆盖，冰挂像水晶帘子一样挂满房檐，山村的景色美得难以言说。西白山房的天井也为大雪所掩，几株蜡梅傲雪绽放，散发出缕缕幽幽的冷香。

中午，辛七领了黄黄和小乌去十二叔家蹭饭，一路上两个小家伙在雪地里撒欢儿，留下凌乱的脚印。辛七看着这个画面，觉得颇有美感，就心情愉快地随口哼了几段曲子。黄黄似是让这小曲儿撩起了兴致，冲着天空"汪汪"了两嗓子，随即便听到一些同类来自远村含糊邈远的回应……

转眼间，春又到了江南，山村呈现出另一番美态。这时节雨水就多了起来，植物们吸足了水分，昼夜不停地旺长。整个村子便又欣欣然地活了起来。此时，茶园翠如碧毯，和风吹面不寒，春燕擦地低飞，毛笋破土向天。

辛七和七师娘一早起来就到山里去挖新笋了。在竹林里穿行，七师娘一不小心就被笋尖绊倒，而肇事的新笋也便会最先挨上一锄。忙活一上午，他们总能背回两大筐子肥肥壮壮的新笋。将它们摊放在小院的地上，二人便坐在小板凳上说着闲话，不慌不忙地将笋箨剥开，取出嫩嫩的笋尖，水灵鲜嫩得就像地里刚刚长出的第一茬春色。这时，春阳落在背上，便觉得全身都有些微热了。

很快，茶季到了，山村里便弥漫着不绝如缕的兰花般的茶香。三王堂村的高山茶就有着这样特殊的香气，这香气就会引来远方的"茶亲"。

所谓"茶亲"，便是那些爱茶懂茶的"茶痴"。茶季一到，他们就去各地寻茶，希望喝到这一年里最新鲜的佳茗。三王堂村每年都会迎来各地的茶亲，他们多借宿在茶农的家里。他们总是捷足先登，将最顶级的好茶收入自己的囊中。

春茶上市的时节，辛七家里也会住上几位来自北京和山东的茶亲。关于茶，辛七和他们总也有说不完的话。但只是谈茶喝茶还是不能将气氛和情感推向高潮，得靠了酒才行。辛七就会打开一坛年前酿好的黄酒，这一喝彼此也就成了兄弟。

山东人的豪爽劲儿会和醉意一起蹿上头来，便听那山东大哥拍胸许诺，说回去后定要寄给辛七一些老家的上等花生下酒。辛七听着，也并不将这酒桌上的话当真，只是呵呵地笑上一笑。不承想，过些时日竟果真收到了寄自山东的邮包。辛七就倒上一壶酒，就着山东兄弟的花生"独笑还自倾"，心里便想念着那些远方的朋友。他觉得这是一桩颇有古意的事情，很是风雅与惬意，不觉一壶老酒很快就下到肚里。

……

辛七和七师娘的山居生活一点也不寂寞，反倒是丰富得让我难以一一详说。

我是在今年清明刚过，茶季近于尾声的时候进山拜访他们的。我所讲述的仅是他们从前日子里的故事，而新的故事已经下种，正在山村的泥土里悄悄地生长。他们还将一些日子封存在了酒缸里，与时光一起酝酿。

这个故事该要收尾了，我却一时找不到合适的句子。踌躇间，忽忆起宋人的诗句来，便道是"归卧山村作老农"。这像是为辛七夫妇专门造出的一句。

他们不必像失却故乡的人那样去寻找天堂，他们只需要回到出生的地方。故乡便是他们当然的天堂。

周小舟

在木板上雕刻流年碎影

书卷多情似故人，
晨昏忧乐每相亲。
——【明】于谦《观书》

　　我去扬州拜访周小舟的时候，正值农历三月之既望，无意间竟撞进了"烟花三月下扬州"的诗境当中。

　　彼时，江南春深，风物尤美，心里便是有些暗喜。原本是打算年前就去的，却逢了江南大雪，深寒久滞，不得成行。其后又遇了年节，待诸事排脱干净，春已烂漫一地。恰此时节，小舟亦略有空闲，便是这机缘的暗合，促就了这次阳春里的相聚。

　　我自蜀地前往江南，一脉长江勾连了两地。我住长江头，君住长江尾，春之三月顺江而下，这"下"扬州，解释起来就并不牵强；回首千载，有唐一代，藩镇之盛，扬州居首，益州其后，极天下之繁侈，已远超了长安与洛阳，乃是"烟柳繁华地，温柔富贵乡"。而益州，便是今日的成都，是我长居的天府美地。

　　想这两地、两人间竟牵连着这多文史的因缘，就觉得这扬州之行多少含了些画意诗情。那日，我驾车奔去郊外找寻小舟和他的"器曰书坊"，恰遇骤雨初歇，春阳高挂，这春风十里扬州路上，便是苍绿满目、鲜花载途。正流连那四周的美景，车竟误入了歧路，迷失在一片连绵无际的油菜花丛之中。

　　这像是不可违逆的天意，我便将错就错，顺道赏起花来。遂想起我平畴沃野的川西，此一时令，春已在枝头老去，无边的金黄转成了青绿，而这江南的菜花却正金亮灿烂盛放。我索性放慢了车速，大开着车窗，与花儿们去亲昵。

　　忽忆起吴越王钱镠写给嫡妻的那句暖语："陌上花开，可缓缓归矣。"我便也对自己说："陌上花开，可缓缓寻矣。"不急不急，既然到了江南赶上了春，就该慢慢地赏这一地的繁花。我便流连于花丛中，暂且忘掉了此行的目的。

缓缓前行，路愈显狭窄，花枝侵犯了陌垄，车身就沾满了金色的粉蕊；这时，阳光透亮，均匀地铺洒在花地里；蜂蝶与春意在花枝间嬉戏、喧闹，陌上便蒸腾着袅袅的暖气；燕子在碧空下频繁地炫技，做着俯冲和拉升的动作，顺便剪裁几片春光，在檐下建造一捧新居。

不远处是一面澄碧的湖水，湖上碧空，纤云弄巧，流连不去，只为梳妆照影。湖中浮起一朵小岛，岛上佳木密集，四周轻雾迷离，自远处望去，恍若蓬岛仙境。我便猜想，那小舟应当就在附近了，此间风光甚好，又无闹市喧嚷，可养眼，能养心，还能踏实做事、悠然作诗，过的岂不就是蓬莱仙人的日子？

有书的日子最美丽

当我心满意足地驶出花丛，小舟已立在湖边的小路旁等我。身后的楼院便是他的器曰书坊。

楼院面湖而立，四围大树荫翳，阳光被树叶搅乱，在地面和院墙上摇晃着稀疏的碎影。树丛中忽起一声鹧鸪，挑破辽远的清寂。不知谁家的柴犬，含糊地轻吠两声，试图与飞鸟调情。乡村的风味扑面而来，泼成一幅清淡的水墨。

我和小舟盘腿坐在二楼茶室的草席上，慢品着今春的一款新茶，话题在闲谈中缓缓地展开了去。

之前只听说小舟供职媒体十载有余，却没料到我们竟是同行。在电视圈里混着，对各台状况自是知晓一二。扬州台历来在市级台里颇具实力。小舟大学毕业那年，便从数百人的比拼中脱颖而出，进台做起了记者，后来又做了编辑，还担任过广电集团旗下报纸的主笔，亦曾涉足新媒体和出版业。他才华横溢，能力不凡，三十出头就已跻身中层行列，前程自是不可限量。

但就在此时，他做出了一个惊人的决定，他要辞去公职去开一片书店。小舟很是决绝，没有一丝的犹豫和留恋。此举倒并非厌弃了电视，十几年的电视生涯使他得到了磨炼与成长，他内心是感恩的。只是他一心想着要去做他一直想做的事情。

这个消息着实给了同事、邻里一个狠狠的惊吓。放弃大好的前程，去开一间小小的书店，这实在是让人有些费解和遗憾。

小舟自然是理解旁人的惊诧，但他实在无法向他们阐明离开的理由。该怎么说呢？说他无心仕途，只想做个与书相伴的人？怎么说都显得苍白无力。他就只是笑笑，不再期待获得谁人的认同。他知道，世人大多只做是非的评定，而他要做的却是价值的判断。别人视若珍宝的东西，在他眼里或许毫不足惜。那所谓的仕途，所谓的前程，于他而言，只意味着让内心徒增焦灼。他不能任由琐碎无益的事物谋杀了他的时间。他只想日日与书籍待在一起，那样，日子才美好，活着才更有价值。

一件事情有无价值，有多大的价值，全由了主观的判定，哪有什么客观的标准？做一国之君该有价值了吧？明熹宗却觉得无趣得很，为了做天下一流的木匠，连天下都不要了。

书这东西，实在煞有魔力，要不天下怎会有那么多的书痴？小舟当是其中之一了。小舟生在江苏的如皋，祖上世代务农，他却生个读书人的苗子。说来也怪，没有书香世家的熏陶，更无多少接触书籍的机会，他却是爱书成痴。要说启蒙识字，上学之前父亲倒是教过他一些的，但父亲识字也不多，只能算是引他上了路。后来他竟借助字典识下一大箩筐的汉字。能识字了，就能懂得书里说的那些事情，就觉得书里藏着另外一个世界，那里实在神奇无比。

平日里偶得几个零花钱，他无论如何也不舍得花出去，悄悄攒着，估摸着够买一本书了，就溜到镇上的书店里去。这个过程实在太美，从盼望到实现，心里的快乐无与伦比。而对小伙伴们乐此不疲的那些游戏，小舟却不大提得起兴趣。以前也跟他们一起去掏鸟窝、捉泥鳅、钓鱼虾，现在他觉得，还是书里的世界更为精彩。慢慢地，他就变得异常安静了，甚至还有些孤僻，时常猫在角落里，无声无息地翻着书页，或者琢磨一些奇怪的问题。

入了小学，同龄的孩子才开始咿咿唔唔地拼音识字，小舟已是无师自通地学会了作文，一年级的时候就有文章在正规出版物上刊发，表现出写作的天赋来。后来他的处女作还被编入了《全国小学生作文选》，在学校里就出了一点小名。同学们都暗自佩服，老师对他也是刮目相看，这便让他受到了莫大的鼓舞。那时，他心里就有了一个愿望，今后要当一名作家，还要自营一间书店，便可以坐拥书城了。一想到那样的日子，他就美得像要飞起来。

这之后的十年间，他心里都揣着这个梦想，就一路往这个方向去使劲。他的精力大多用在了课外书籍的阅读和写作上。这样，到了高考那年，便当然地填报了中文系。入学不久，他小试牛刀，参加了著名的"新概念作文大赛"。他的参赛作品从众多稿件中脱颖而出，获得了二等奖。而拔得头筹的则是一名小他一岁的高三学生，名叫韩寒。

虽与一等奖无缘，但写作能力还是得到了肯定，小舟就继续往既定的方向去努力。他的课余时间几乎都泡在了图书馆里。渐渐地，他发现自己对中国传统文化兴趣日益浓厚，大学期间，他便研读了大量经典著作。他尤爱"红楼"，不仅熟读原著，还遍寻相关书籍，日日勤奋钻研，总能心无旁骛。

小舟好学，人皆敬服，却也叹其辛苦。读书这桩事情实在也是特别得很，不入此境，难得其妙。小舟是总能浸淫其间的人，遂以为乐事。工作之后，他依然读写不辍，锐意精进，学识日增，文章也大有进步，后来还获得了朱自清文学大奖。但越是对学问研究得深，他就越是往学者的方向偏移。创作上也对带有学术意味的文字更为钟情，那些单纯抒发情怀的文字逐渐减少了，他后来出的几部作品便都是多年研究传统文化的心血集成。

许多年了，他总是在故纸堆里与旧时光相遇，那些流年碎影中偶尔闪现的吉光片羽让他心潮翻涌。他发现许多古代伟大的作品已沉入岁月的深潭，心里就浮起来一个念头，要打捞起这些中华文明的金玉珠贝，让它们在今日的艳阳下重放异彩。

他就决定要去实现藏在心里多年的这个愿望，他要从事善本再造与古籍修复工作，将历代业已绝版的经典用传统雕版工艺重新制版刊行，让今天的人们也能领略到古人的智慧，即便只是感受一下雕版本身的视觉美感，也是了不起的文化传承。他实在太爱这些古籍了，不忍心眼看着它们绝迹，心中就升起一种强烈的使命感，仿佛这是他责无旁贷的事情。除了雕版，他还希望尽力去修复那些流传至今却已残破污损的古籍，每每看到它们，他就心痛不已。

他想起小时候曾经特别珍爱一本《外星探秘》的小书，因为反复翻阅，以至破损，难过了许久。他原本很想再买一本，但他终于没买，他觉得那本破损的书是一个受伤的生命，他不能弃之不顾。于是，他就试着去修补。当那本小书终于在自己手里焕然一新的时候，他的心里快乐无比。这是一种难以言说的情结，它伴随着小舟多年，在心底里珍藏发酵，竟至影响了他人生的轨迹。

但小舟知道，要做这样一件事情非全力以赴难以完成，两头兼顾最终将会是顾此失彼。当他一愿生起，其实便已无有他路，他只能辞去公职，全心而为。但辞职之后又何以立身呢？他心里已是有了主张，他决意开办书店与书坊，售书做书，圆他童年的梦想。他相信，从事这一营生虽是富贵不可期，但生存当不是太大的问题。此外，古籍再造与善本修复亦有一定的市场，此消费群体虽是极其小众，却相对稳定与忠诚，总也能带来一点基本的收益。

此人生之重大转折，小舟虽自信这一圆梦立身之业可以持续，却也他从分秒必争的世界里退到了朝花夕拾的时光中，生活不再是别人的抹布，而全然由自己来主宰了。他能自由地支配时间，干活劳作，或是思考小憩，全能随了自己的心意。他越来越觉得自由是他放弃现实利益所获得的最大福报。

不能独断孤行，还必须征得妻子的同意。妻子为师多年，知书识礼，深明大义，深知小舟的心愿——他是个有着强烈价值追求的人，若不能得偿所愿，内心必定荒芜。与其在体制内恍恍惚惚，还不如为理想生活风风火火。只要不成为家里的拖累，就该给他一个机会。

小舟深深感动。他心里也暗暗盟誓，决不要拖累了老婆孩子，否则所谓的为己圆梦，就是一种自私的行为。

尽管领导、同事都诚恳挽留，但小舟去意已决，最终踏上了寻梦之路。离开的那天，他在微信签名上留下了两句东坡先生的词句：

小舟从此逝，江海寄余生。

书中日月自久长

我反复吟味着这两句词，觉得小舟引用于此颇富深意。一个"逝"字，道出了涅槃重生的勇气——苍茫时刻里，小舟一叶入江海，天宽水阔，浪高风急，怎可惧怕前路艰险，只需放胆勇往直前。我知道，执念中人皆有此等无畏与坚韧，唯其如此，方能抒出胸中豪气，遇见神往的风景。

器日書坊
偷得浮生半日闲

§ "拾房书院"是一方充满书卷气和时尚气息的文艺空间

按初定的计划，小舟倾其家资，在市区租下一处民居，创建起一间工作室来，并以"器曰"名之。"器"乃指器物，他要做雕版，让古籍重生；还要自制文房用品，分享给有缘之人。那所涉之物便尽皆为"器"；而所谓"曰"者，则有言说之意。器虽不能言说，却是一种媒介，制作者的思想与情怀以及美学意趣，通过它们可以无声地传递。

工作室建起来，小舟并不急于启动那些承载着他宏大志愿的文化项目，他必须首先考虑生计，且还得具有一定的经济实力方能使宏愿落地。于是，他在"淘宝"上注册了一家网络书店，同时推出"器曰书坊"公众号，以做推广平台。他几乎每周都要撰写短文，与读友分享读书心得，并推荐他认为值得一读的上乘书品。

多数的书店不过是做简单的买卖，与卖菜卖鞋几无差别，只因经营者多半不是爱书之人。书之优劣，多以销量而论，便常是人云亦云，热趋那些所谓的"畅销书籍"。而小舟的做法却与之大异，他是个真正的读书人，几十年扎下的功底使他具有非同一般的鉴赏目力。他的阅读量极大，先替书友们做了淘选，然后再做推荐。他坚持一条原则，自己未读的或不喜欢的作品不做推荐，故而所荐书籍多偏于冷门，却有着较高的艺术价值与文化品位。而这些书籍必然小众，于经营无益。

但小舟始终不改初衷。他认为书籍是特殊的商品，经营者不仅要以书盈利，还需要通过书籍传播知识与文明，传递智慧与情感。所以，他定位自己的小店是"具有一定商业性的文化分享平台"。他宁可牺牲一些商业利益，也要让信任他的读者感受到他高于商业的人文情怀。也正是这一点，使他的书店做出了自己的特色，受到了大批读者的关注。

小舟的路子别人无法复制。首先他是诚恳的，他做的是有情怀的商业。而他的商业模式之优长，则是二十多年不断读书的深厚积淀，再发诸笔端，于书评中传递出高品位的艺术审美趣味。具体操作上，小舟坚持走小众与精品路线。许多显得偏门的书籍，只要他喜欢就会收集，至于市场，他不多于考虑。他相信，这世间总会有那么一些与他性情相投的人，会和他喜欢同样的作品。他便任性地按照自己的喜好集书与荐书，也还真的遇到了不少的知己。

小舟极爱画家韦尔乔的作品，多年来集齐了他所有的画集。他与韦尔乔素昧平生，但他却通过作品对画家有了深入的了解，并产生了极深的情感与价值认同。画家不幸早逝，小舟竟有痛失知己的悲伤。他从画家的名字里拣出一个字来，命名了门前那面人工湖泊。于是，"尔湖"便成了他对这位灵魂知己的永远纪念。

喜欢韦尔乔的读者不独小舟一人，他们正四处寻找画家的作品，却很难集齐全套。有意无意间，他们找到了小舟的书坊，便欣喜地得偿所愿了。

小舟的书品，除了一水儿的高品位，还往往是最全的，或者独家的。爱家便逐渐聚集于他的周围，并产生了一批黏性极高的书友。他与书友们相互间便建立起了超越商家与客户的关系，而成了情味相投的知己。

逐渐地，他发现，光有网上书店似乎还是不够的，网络是最便捷快速的沟通渠道，但多少还是有些虚幻，他决定再开一家实体书店，给那些爱书的人和尊重传统文化的人一个真实的去处。甲午（2014年）岁末，适逢无锡田东方文化旅游园区落成，小舟于园区之中觅得一方僻静的空间，开办了一家规模不大的实体书店。书店位于市郊阳山镇的拾房村，故名"拾房书院"。

"拾房书院"有屋舍两间，灰墙黑瓦，为传统的建筑形制。此处曾是民国时期的一所小学，历经战乱与世事更变，如今仅余这两间破旧的老屋。但小舟却很是喜欢，在学校旧址上新开一家书店，倒是件相当文雅的事情，也不失为一桩接续传统文脉的善举，讲起来更有顺理成章的历史逻辑。

小舟花了不少的工夫再做整修，有意保留了老屋的形格与岁月的肌理，再植入些许现代元素，便有了一方古雅清秀的文艺空间。屋舍四周有大树环绕，门前留出一方空地用以植绿，似国画里的留白，院落便显得疏朗而且透气。

无须多时，书院便聚集了一批雅好传统文化的书友。他们都认同小舟所倡导的读书理念，将读书视为与浮躁世界保持距离的一剂良方，也渴望着通过读书进入回归自然、清寂内省的人生境界。于是，小舟便不时在书院里开班讲学，与书友们当面交流，彼此均有不小的收获。

小舟这便觉得，书店做成这样实在也是不易，比之那些只做书籍贩卖的书店，当是更具情怀更有境界的了。他心里便有了几分欣慰和得意。

让器物说出它们的心事

书店的运转逐渐步入了正轨，小舟心里踏实了许多。做到这一步，他用了两年多的时间。现在，他可以做他最想做的事情了。

前面说到，小舟心心念念的是善本再造。所谓善本，乃是校勘严密、刻印精美的古籍。古之典籍，刊印工艺极为繁复考究，先由善书的写样师于纸页上写出书稿，再由刻板师上版镂刻，这叫"镂像于木"（鲁迅语）。既成，敷以颜料，覆以纸张，再行刷印，并装订成册。

此为中国古代书籍印刷的重要方式，称为"雕版印刷"，乃人类印刷史上最早最伟大的发明。雕版印刷始于唐而兴于宋，后历代延续，至现代印刷业兴起，方渐趋式微。如今，雕版印刷几无实用意义，却保有极高的审美与文物价值。它是中国贡献给世界的礼物，因而入选了《世界人类非物质文化遗产代表作名录》。

不过，作为一项古老的工艺，雕版印刷也存在着较大的局限。木质的雕版并不耐用，印刷使用过程中极易磨损崩坏。一套雕版并不能无限量地印制书籍，一旦损毁，便需翻刻。翻刻即是将留存下来的某一版本的典籍作为刻板的底本再行刊刻。故而一部典籍被不断翻刻，才能代代相传。此为善本再造。

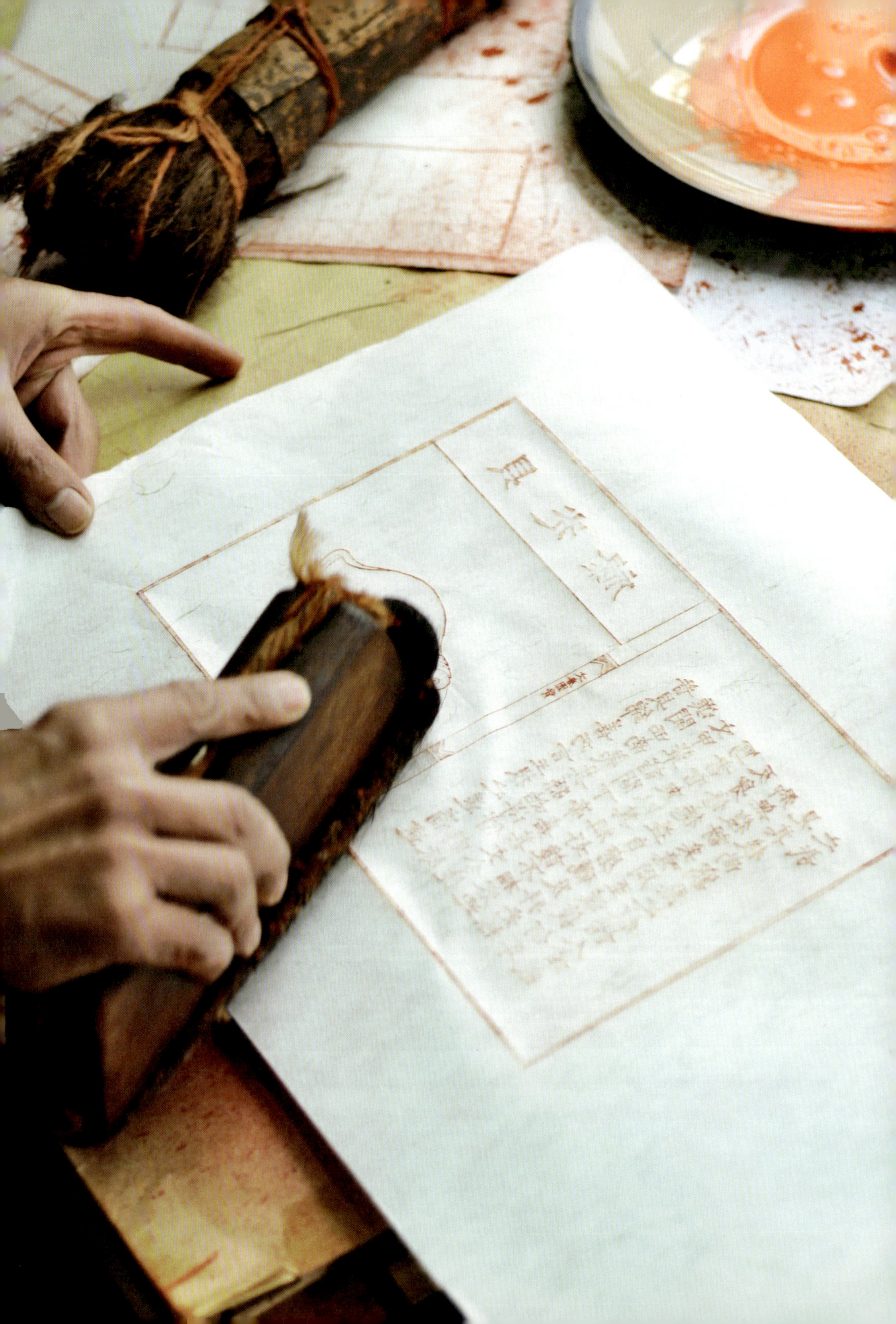

善本再造工艺流程 ▶▶

1. 写样。由善于书写的师傅（写样师）将书样写在纸上。

2. 刻板。由刻板师将书样贴付在木板上，并依样镂刻。

3. 印刷。由负责印刷的师傅将所需颜料（以黑色为多）涂刷在雕版上，再将纸张覆盖上去，并用鬃刷轻拭纸背，所雕刻的文字即被印在纸页之上。

4. 最后由装订工人按一定的开本规格裁剪装订成册。

再造过程中，会对原版进行一些修正、增补，字体、版式也会根据不同时代的审美标准加以调整。这便是古代典籍的传承方式。

通过雕版书籍，我们可以直观地感受到古代典籍的魅力，也能获得古人那种一卷在握，身心俱美的体验。

雕版印刷工艺发展到宋代已臻于完美，其文化价值堪与唐三彩、元青花、明家具比肩。宋版书用材考究，字体俊美，做工精细，谬误甚微。其形式上亦极具美感，摒弃了繁缛矫饰，以简约为尚；字大悦目，行格舒朗；纸色苍润，秀雅古劲；而风格亦多变化，却又合于法度；成本也甚为低廉，故而非常实用。其大雅大俗大美之境界已达巅峰，令后世仰止，成为精雅的宋代文化品格的体现。故此后历代，雕版印刷业均以宋版为宗。

扬州为雕版印刷术的发源地，至宋已发展成为雕版印刷的一大中心。雕版技艺在此世代延续，大师辈出，至今健在的尚有陈义时大师等一批为数不多的雕版艺匠。作为雕版印刷文化遗产项目代表性传承人，陈大师依然执着于这门古老的技艺，不仅收徒传技，还亲刻典籍。正因了他们的坚守，雕版技艺虽已衰落，却终未失传。

小舟深爱雕版书籍，不忍看到它衰微灭迹，便也参与到这项非遗绝技的保护传承工作中。当下，传统文化正有复苏迹象，一批雕版匠师依然在世，重启再造典籍的时机业已成熟，小舟便将酝酿多年的计划付诸实施了。

小舟对宋版情有独钟，尤其喜爱植物类的书籍。生活中，植物也是他不可或缺的友伴。在研读植物类书籍的过程中，他发现了一部我国最早的植物学经典著作——《南方草木状》。该书为三卷本的植物志，对岭南地区八十种草、木、果、竹类植物的形貌、生态、功用、产地等进行了介绍，还讲述了一些相关的历史掌故，是研究古代岭南地区植物种类与分布状况的珍贵资料。

《南方草木状》成于西晋，作者为嵇康之侄孙、西晋著名文学家嵇含。嵇含酷爱植物，多年观察研究，并以文人之笔状写草木，以笔记手法叙事说理。其叙述典雅，词意俊逸，为文学性极强的状物小品，亦兼具史学价值，与《世说新语》《水经注》《齐民要术》等人文著作具有同等的地位。

于是，小舟遍访名师，欲举微薄之力，再现这套典籍的魅力。当他向陈义时大师阐明自己的创意意旨时，陈大师深为感动，如今尚有此等情怀与文化使命感的年轻人实为罕见。交流中，他们发现彼此对文化，对这项非遗绝技都有着共同的认识：经典是从前人那里传承下来的，我辈亦当传之于后世，每一代人都成为一段文化的链环，经典方可薪火相传。于是，《南方草木状》的翻刻再造工程很快便启动起来。

作为植物类的经典著作，《南方草木状》自宋版刊印行世以来，历代均有翻刻。但近一个世纪以来，中国社会的急剧动荡使传统文化遭受了重创，许多典籍已经濒于失传。《南方草木状》最后一版刊刻于1925年，原版早已澌灭，书籍仅存一二。而文人周小舟与雕版大师陈义时的携手，又使崩断于峥嵘岁月中的那根链环被温婉地连接起来，在时间里淤滞的一筋文脉也被重新打通。

拾房书院于乙未（2015年）岁首启动的刊刻工程，以宋版为底本，耗时一年完成。这是民间力量拯救经典的范例，小舟与陈大师均付出了许多的心血。陈大师负责雕版，小舟则承担着创意、投资、印刷、装订、销售等工作。这套雕版做下来，小舟投入了十多万元的资金，五年之内也难以收回成本。

在许多人看来，生意实在不是这个做法，但小舟执意要这么做下去。小舟觉得传承雕版印刷的意义远大于一套古籍的出版。他相信这是一件善事，是值得去做，也是值得欣慰和骄傲的事。他还立志用二三十年的时间倾力做出更多的雕版书籍，给这个世界留下一些中国文化的精髓，让身后

古逸叢書 南方草木繪

宋刊本 南方草木狀

器曰

蕙草

叶如麻两两相对
气如蘼芜可以止疠

§《南方草木绘》及《南方草木状》内页

《诗经名物图解》

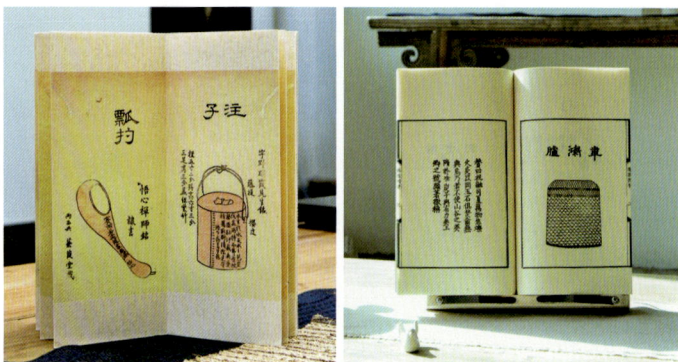

《卖茶翁茶具图赞》

《茶具十二先生传》

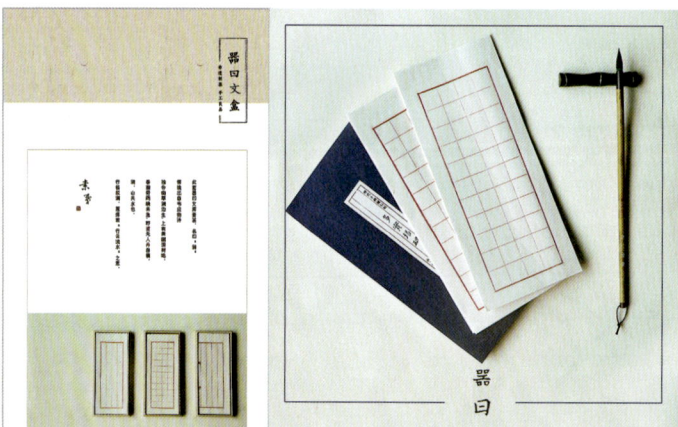

古法印制的素笺

的人们还能看到实实在在的雕版书籍。

《南方草木状》依古法再造，却不尽拘陈式，做出适当微调，便显出极高的品相，令古籍重放异彩。此时，小舟始得心安。

而此时，他又萌生一念，要做一部《南方草木状》的姊妹篇，曰《南方草木绘》，为《南方草木状》的绘图配册。

《南方草木状》堪称植物类的一部奇书，问世一千八百多年来版本甚多，然书中所状植物，却未有图形参考，读者仅能品读文字，发挥想象，却未必能真实还原植物们的具体形貌。小舟查阅大量文献，将书中介绍的植物与实物一一对应，并邀请一位画家朋友将其描绘出来，让人们获得对这些植物最直观的视觉认知。

又历数月，这部以国画方式呈现的绘本欣喜告罄。那些在文字里芬芳了一千多年的花草果木，似又再逢甘霖，便是在那柔软馨香的纸页间更加青葱妖冶起来。此为《南方草木状》唯一的一次视觉表达，也是前所未有的创举与升华，更是对这部不朽典籍的一次跨越时空的致敬。

这是一次成功的试水。小舟由此对善本再造有了更大的信心。他还计划做一部《〈离骚〉草木疏》，将《离骚》中所描写的植物进行图像呈现。同时还会刊刻更多与植物有关的传统典籍。

除了《南方草木状》和《南方草木绘》，小舟还完成了《诗经名物图解》等系列作品。

除此之外，他还做了一些较为实用的文房器物。之前推出的"器曰文盒"广受赞誉。文盒以红木为质，卯榫相契，又施以精工，内有笔、墨、素笺与镇纸等文房用具，外覆草木浸染的布套，共整合进了七项非遗工艺。

从创意到完成，他用了整整两年的时间。他把心全都放在了所热爱的事业上，心就更加沉静了，犹如碧水一潭。当灵感造访，便似莲花盛放。

小舟的"器曰出品"均为可以出售的商品，但它们又与普通商品大有差异。制作它们的目的并非只为销售，而已然成了他传达情感与审美意趣的介质。所以，他倾心地去付出，并不期待巨大的收获。收获只是一种理想，而非必须完成的指标。他相信所有手工良品都能言说制作者的心情。良品需要文火煨炖的慢工，效率自然是谈不上的，但他不急，并不将这仅仅看成是生意，而是生活本身的意义。于是，他感觉到在缓慢流动的日色里，生活变得优雅无比。

幽草

器曰 文盒

幽居湖畔听风雨

自从搬进了湖畔的院子，小舟就开始了他的乡居生活。说是乡居，他却并没有把家搬来这里，只是为器曰书坊选择了一个新址。不过，他待在这里的时间确也是最多的。他的生活也极有规律，与从前并无太大差异。像上班一样，朝九晚五，日日如此。晚上则会与家人待在一起。

与以往不同的是，现在所做的是他喜欢的事情。他一向不主张为了理想而颠覆正常的生活，当初辞职也没有乱了家庭与自己的基本秩序。他所颠覆的只是被普遍认同的某种生存逻辑。他的生活并未变得轰轰烈烈，依然按部就班，平平淡淡，只是多了几分安详，添了几许诗意。

幽居乡间的确更易孵化诗情。只与自然万物为伴，不与人事多纠缠，心绪自是更加的宁静妥帖了，诗意便在日子里轻快地流溢。

"如果你来访 / 我不在 / 请和我门外的花儿坐一会儿 / 它们很温暖。"

去见他之前，我在他的微信上读到了这些句子，心里忽地热了起来，心说好一个胸盈诗意的人哪！所以，那天我就先和他门前的那些油菜花儿待了好一阵子，它们散发的暖意让我美美的心情难以言喻。

许久以前，小舟就决定将城里的工作室迁址乡间，他想离繁华再远一点。趁着旧房拆迁的契机，他给器曰书坊来了一次提档升级。现在，他拥有一幢三四百平米的楼院，一层为坊间，他和父亲及两位助手在此制作书籍；二楼设茶室与书房，他多数时间待在那里，读书、写作、思考，偶尔会会朋友；院里种花种草种春风，还养些鸡犬龟鱼，便得一派生机。

他越来越喜欢这里了。这湖畔小筑，他当初是一眼相中的。其实，要再找下去，他相信还会找到比这更加价廉物美的院子，但他喜欢那"一眼相中"的感觉，珍惜那"一见钟情"的缘分。那种感觉，令他想起沈从文的话来："我看过很多地方的云，走过很多地方的桥，喝过很多地方的酒，但只爱过一个正当好年华的女子。"他相信，一眼相中便是缘定的一次美丽邂逅。

现在，他愈发觉出这院子的好了，他当初确实没有看走眼。小院临湖而卧，四周是密植的香樟和玉兰，风来枝叶弄影，鸟雀啁啾其间，已然是画意诗情了。而小舟却贪心地还想锦上添花，便又在院子里种上了些葫芦、牵牛和天竺；在水塘里养了荷花；在墙角植了一株凌霄和几枝蔷薇。一年多了，它们欢欢喜喜地生长，早已爬满了院墙。

植物与动物，小舟都是极喜欢的。他花去不少的工夫养着它们，但他并不觉得是他在养着它们，它们也同时养着他的眼也养着他的心，他看着它们就有了好的心情。世间万物相伴而生，没有谁是谁的主宰。其实，物并不需要人，而人却不能没有物。他希望和这世间的万物和和美美地在一起，友爱、尊重、怜惜、春风化雨。

他常常在湖边散步，总会随手摘回一些野花的种子，积存在一个大盒子里。然后将它们随"器曰"出品的素笺和书籍一同寄出。他希望这些成熟在湖畔的花种能带着他的情意播撒到遥远的地方去，可以与那些有缘的人们长相伴随。这样，花草们会有一次意想不到的转世，而有缘人的日子里也会有一季寄自远方的花开。这是小舟通过植物实现的一次浪漫的分享。

对这一切，小舟是珍惜的，更感恩所有的获得。他在微信里写下了这样的一段话语，以表达内心的喜悦：

我的门前就是湖，这是最让我欣慰的事情。早晨有风，窗外的湖面波光粼粼，满是风的影子。从天上看，小湖像一只回旋镖。中午的时候，我吃过饭可以围着湖走一圈，方圆两三里地一片净水，镶嵌在天地之间，倒影婆娑，天光徘徊。

春日里，湖面笼着轻雾，日头升起来的时候，阳光慢慢地刺穿雾帘，要将它们撩开了去。而轻雾飘逸着，却又稳重地躲闪，光与雾的纠缠要持续很长的时间。此时，湖面上总有一些野鸭或者鸬鹚成双地游动，在水面上拖出伤一样的波痕，慢慢漾开，与雾一同消散。这番景致尤为壮观，小舟常常久久地目视，欣喜于自己拥有这么美的一方天地。他觉得，心静了，住在哪里都像是在瓦尔登湖畔。

湖畔的生活确有许多细微的乐趣。除了打理网络书店和书坊的日常事务，他总是待在书房里，沉浸在自己的世界中。读书、写作之余，他还会抽空练练书法。

以往，他对书法是没有一点概念的，连钢笔字都写得不成样子。辞职之后，他有了时间和心境，便对书法有了一些兴趣。夜里，他把儿子安顿睡去了，便横撇竖捺地习练手上的功夫，日日如此，雷打不动。有时，白天里他会在湖畔书房里练上几笔。几年下来，他已写得一手秀雅的小楷，着实令人心生艳羡。

身心都静下来，便可以进入书法的妙境里了。小舟觉得，书法不仅是书写的方法，更是可以于书写的过程中去领悟天地之大法。如此，身心便都能得到安抚而变得更加沉静与恬适了。

书房的窗外总会飘来鸟儿们清丽的啼啭；间或，狗吠深巷里，鸡鸣桑树颠；还有偶尔路过的磨刀人的吆喝声和村人的絮语；有时也会有风声和雨声飘入窗棂。这自然之声仿佛是在背景上流动着的乡村音乐。在这音乐的伴和下，灵魂就好似被从肉体里抽出来，拴上细韧的丝线，放飞到辽远的天际里去了。

小舟对现在的生活感到十分满足。他从分秒必争的世界里退到了朝花夕拾的时光中，生活不再是别人的抹布，而全然由自己来主宰了。他能自由地支配时间，干活劳作，或是思考小憩，全能随了自己的心意。他越来越觉得自由是他放弃现实利益所获得的最大福报。

有这样一方不被打搅亦不打搅别人的小小世界，他可以做许多深入的思考。这是他最喜欢做的事情。思考是燃指般的修行，会留下舍利一样的结晶，那些晶体便是他不断推出的新品和文字。他创制的器物间接地传达

着他的思考，而文字则直接表达出他的思想。

　　对一个善思的人来说，胸中总也充盈着精神的能量，而写作使之得以释放。写作是输出思想的一台打字机，是丰饶的灵魂独对世界时的喃喃自语，是快乐和忧伤时随口哼唱的小曲。小舟爱着写作，他觉得这是他与世界交谈和与自己相处的最佳方式。

　　读书更是他几十年来从无稍歇的坚持。书籍是喂养灵魂的饭食，不可缺之一日。但他从未指望通过读书来改变命运，带来更好的生存境遇。读书是非功利的，它只是一种生命中长长久久的伴随，是生活的一种最美好的滋味。

　　每日清晨里，他驾着车送儿子去上学，然后便奔向湖滨的书房。看着日头升起，一想着可以在阳光下读书，或者冥想、发呆，他就有点小小的激动，心里泛起一阵美意。现在，没有谁逼迫他做这做那了，便可以任性地做自己想做的事情。他不用再出门去应酬，也极少接待来宾，独自守着一方宁静的空间，在书页里游历，去文字间遇见想遇见的人和事，体味人生的各种苦乐悲欢。他便觉得能这样平静地度日，便是生活的至美境界。

他的生活就是这样的平淡而又诗意。他是以自己的好恶在筛选着生活。器曰六年了，没有做出惊天动地的轰动效应，不是小舟不能，而是不愿。他依旧保持着自己清冷的风骨，远离了喧腾，不为世风所动。如果说是有所坚守的话，那便是坚守了他个人的志趣与审美标准。不管是售卖还是修复，他总是尽力地让书籍烙上他思想的印痕。

他很骄傲，他没有为了利益而把这间小小的书店做成自己厌恶的样子。他同时也很庆幸，自己有了一颗有所归属的灵魂。他在书籍中得到了极大的快乐，还获得了一项赖以生存又乐此不疲的事业，便有了一个安放身心的和乐世界。

我便想起一位西方哲人的话来，他说："必须选择一个世界去沉浸，否则就会在另一个世界里迷失。"小舟便是为自己选择了一个爽风习习的清凉世界。

那日，与小舟于湖畔书房一叙，彼此竟未有半句的客套，似是故友的重聚。话题纵横天地，心意出入古今，心湖里的几圈涟漪便荡得很远。结识此君，不虚此行，我心里自是一阵的欢喜。

日近黄昏，依依挥别，我却停车湖畔，流连辗转。夕阳沉下去的时候，一些句子从心里升了起来：

> 湖水平如镜，远山翠色酣。
>
> 邻家新酿酒，桑果正堆盘。
>
> 临牖摊书坐，瑶琴信手弹。
>
> 柴门绝市扰，心静自悠然。

张放

碧螺峰下一放翁

莫言冷落山家，山翁本厌繁华。
——【宋】施乘之

　　苏州，我是去过大约不下十次了。二十多年间，我不断从西蜀奔去江南，为的是要看看那里的园子。少年时我即痴迷于古典的园林，苏州的那些著名的私园总是让我心心念念，且百读不厌。唯有这次，我并非专为去看园子，而是特地寻晤一位遁迹山林的飘然逸士。

　　此君幽居太湖水域之东的一座岛屿之上。岛曰东山，为东北西南向纵深入湖的狭长半岛。从地图上看，极似一根手指，正小心地探入湖中，要去试试那水的温度。

　　我驾车自市区出发，一路向南，沿半岛西岸行40余公里到达目的地陆巷古村。沿途风光绮丽，实在始料未及。一向以为深爱着苏州，且对它有足够的了解，却不想，将那吴门烟水的帘幕撩开了去，便又见着了糯糯软软的姑苏城外另一番诱人的风姿。它不仅有着园子里的软水温山和园子外的幽巷水陌，还有着气象宏阔的万顷烟波，以及意蕴绵绵的苍然山色。

　　我驶向高处，面湖极目。此际，正值仲春，近处堤岸，柳绿花红；水天之间，帆影微动；湖中汀渚，其色如芷；沙鸥低回，御风展翅。相较那小桥流水的温婉，实在是其趣大异。

在千辛万苦脱离乡土二十多年之后，他又做回了农民，又回到了生命最初的状态。繁华看尽，他还是觉得，头枕碧螺峰，足濯太湖水，这实在是最美，也是最舒适的一种姿势。

而陆巷古村则又是一番江南乡村的风韵。水乡人家多是粉墙乌瓦，前门临巷，后牖枕河，一湾碧水，一窗清波。古村街巷依然是明清时期的基本格局，祭祀先贤的牌楼、宗祠保存完好。古村先人历来崇文重教、崇德尚贤，育化出许多风流人物。其中声名最响的非宋代大词人叶梦得和明代宰相王鏊莫属。至今，他们的故居宝俭堂与惠和堂依旧巍然如昨。

在陆巷古村，如王鏊这般的名门望族尚不在少数，故而高堂大宅也是星罗棋布，据说竟有72座之多。我此次便是奔了这72堂中的鉴山堂而去的。去鉴山堂自然不是为了考察建筑，而是拜访那位幽居其中的老宅的主人。

鉴山堂主

岁月流转，人事代谢，陆巷古村72堂如今多已难觅其主，而鉴山堂却是为数不多的有主之宅。长居此间的是这座古宅的传人，此君姓张名放，自号"鉴山堂主"。

那日，我去寻晤堂主张放君，一路驾车赏景，不觉到了陆巷古村。那村庄前临太湖柳岸，背倚东山主峰，地势由湖岸向山地缓慢爬升，古村便像一位悠闲的公子哥儿，舒适地斜靠在一架逍遥躺椅之上。一股细瘦的溪水从山里出发，缓缓地穿过村庄汇入太湖，村里人将此溪唤作"响水涧"。我便沿着响水涧岸边窄窄的石径悠缓地溯流而上，但见沿途屋舍俨然，村人情态悠闲。村里的日子很是温顺，像这门前的溪水一样微有响动，却不扰人。这古老巷陌实在称得上是幽居的佳地。

此时，天正微雨，我踩着石径上泛起的水的清光穿巷过弄，在村庄最边缘靠近山腰的地方见到了一座气色苍古的深宅，它像一位修行的老者端坐在一片浓荫之中，淡定悠然。但那宅门不甚气派，窄小而古旧，门楣之上也未挂匾额，甚至不设门牌，但我直觉这便是那座名叫"鉴山堂"的明代古宅。

　　试叩宅门，却久无人应，正犹疑中，门轴"吱呀"一声，两扇门扉分开左右，便见一人伫立其中。看那形貌，约在五十上下，虽发已微斑，却是神情朗然，身形精瘦而不儴软。身着粗布玄服，脚蹬白底布鞋，有尘外幽人的风度。他微步而前，抱拳于胸，算是一种无语的寒暄。

　　我并不期待他会春风满面地迎我入户，印象中他便一直是这冷冷的调调。之前的几次约访，他均语调低沉，只一句"已是归隐之人，怕是没有必要了"，不免让我心绪颓然。但我心有不甘，软磨硬缠，才勉强得允前往晤面。其后，因我行程难定，造访时间几番更变，他却又宽谅不嫌，只道是"见与不见，何时相见，一切随缘"。

我们终归还是有缘的。千山万水我都奔了去，诚意足可得见。他便有些兴致，带我七弯八拐穿行于古宅的房舍之间，最终在二层的一间茶室里坐定。他麻利地摆好茶具，拿出亲手炒制的新茶，开始煮水烹茗，以待远客。

三泡之后，他便打开了话匣，全无从前的冷峻了。他笑语朗然，言词机巧，竟与我畅谈尽日。午间，我受邀共用家宴，并与他对饮一壶老酒，闲说柴米油盐，及至散席，宾主尽欢。忽忆起孟浩然的句子来——"故人具鸡黍，邀我至田家。绿树村边合，青山郭外斜。开轩面场圃，把酒话桑麻。"

言谈间，见那堂主并不拘于礼数，言词亦甚真切、天然，想必是遇上了一位任性的神仙。他必是在这山水之间放任了形骸，也放宽了心胸，着宽松布衣，享宽阔天地，人亦更为宽厚了，实在也是一位放达之士。心下便暗称他为"放翁"了。

几番茶酒之后，那放翁已不当我是外人，笑语嬉言间断续地向我讲起了他传奇的人生。实难想见，眼前这位布衣蔬食、茶书自娱的清凉居士，竟也曾是欲望都市里的凡夫俗子、众生眼里的成功人士。

跳出农门

我是在媒体上零星读到了些有关他的消息，便奔去要与他一叙。这放翁真是让我折服，他是将许多的东西都放下了，才成了放浪天地间的白头山翁。放翁曾是深圳 IT 界的先锋，在现实世界中颇有成就，于虚拟世界里，他是闪着炫光狂奔的电流。不想，在那光焰璀璨的关头，他却选择了从繁华中悄然出走。

话说放翁当年，离了鹏城，便来到这太湖之滨的陆巷古村。这是他的家乡，他就出生在鉴山堂这座老宅子里。他的父亲当年也是诞于此地，长在堂中，但那时这宅子也仅是一户普通农家的栖身之所，它的历史和先祖们藏在砖石间的故事都显不出多少的价值来。而跳出农门则是他们一生最高的追求。

于是，父亲拼命读书，考入了同济大学，学了土木工程专业，毕业后便留在上海，做了建筑设计师。父亲的成功跨越成了村里颇为轰动的一件大事，让村人联想起明朝那位"朝为田舍郎，暮登天子堂"的王鏊，还有那些先后从陆巷古村考出去的状元、进士和秀才们。张家的门第着实光耀了一阵。但父亲却只是改变了自己的命运，他没有办法让母亲也随迁去上海，三个孩子也就走不出乡村。中国的户籍制度有很奇葩的规定，孩子的户口要随了母亲。所以，他们也就无法走出山村，一家人只能天长日久地两相离分。

就这么过了许多年，他们终于得到一个可以转运的机会。上世纪80年代初期，改革风起，一个叫作深圳的小渔村获批了国家级的经济特区，一时间各地的人们潮涌而去。父亲也便动了心思去那里试试运气。那时，求贤若渴的深圳给出了一揽子吸纳人才的新政，其中，户籍制度开始破冰。于是，作为人才引进者的家属，母亲和三个孩子终于跳出了农门。

这放翁也就进了城里的学校去读书。他倒也是个聪明好学的孩子，求学之路走得颇为顺利，高考进了深大，专业选了物理。在大学里，他依然求学上进，还弄出了一些创造发明，但毕业之后便不太循规蹈矩了。天性里他是个散漫的游侠，这样的人多半都梦想着仗剑天涯，自是无法习惯像多数人那样上班打卡的生活了。于是，他便闪到社会上去，要谋到一个自由自在，又能安身立命的营生。

这个念头发乎本能，却超乎现实。人们大都判定这样的事情多半只存在于梦想的天堂，一般都落地即死。但梦想还是要有的，万一实现了呢？赶巧了，这放翁就真的逮着了一个像泥鳅一样容易滑脱的"万一"。

网络达人

话说毕业那年，放翁伸长了双耳四处探听各方消息，捕捉潜在的商机。忽有一日，友人自国外归来，带回一款电脑游戏，便是后来风行一时的"俄罗斯方块"。这种游戏对当时的国人而言，实在是新奇无比。放翁上手一玩，立即上瘾，无论如何理性地自警，也总是欲罢不能。放翁随即作想，这"瘾"便是一种难以割断的依赖，是一种不易根除的顽疾。但对创业者而言，这一产业便是一片辽阔的沃野，可以种出大片的稻菽果菜，又何愁钱财不来呢？

将想法与朋友一讲，立即欣喜击掌。这深圳确也是改革开放的前沿阵地，创业环境自比内地优越，人们的观念也更为开放。那些来此闯荡的青年和在深圳长大的"深二代"都有着更为敏锐的市场嗅觉和创业意识。很快，朋友三四便攒起了一间小厂，专门生产此款机器，又设法从国外购来芯片，再行组装上市。于是乎，他的跨界首秀一战而捷，不费太大的周折便挖到了第一桶黄金。

但这样的游戏机也算不得什么高科技产品，复制极为容易，再加之各种新款游戏不断推出，这个行业也就没有了更远的奔头。放翁和他的小伙伴们便又开始寻找新的出路。那时，正值上世纪90年代初期，电脑开始逐渐普及，放翁又嗅到了这块市场肉糜的喷香。他又再次尝试跨界探路，迅疾切入了这个行业，并自学了相关技术，成了电脑安装调试的行家。

说这放翁脖子上还真是顶着一颗好用的脑袋，学的是物理，却介入电子领域，并成了这方面的专业人才。那时候原装进口的电脑价格奇贵，一般人自是不敢问津。放翁觉得，在这块市场上他可以舞刀弄剑，大有作为，便跟一位潮州老板合作，他出技术，老板投资金，很快就捣鼓出价廉物美的"组装机"来。所谓价廉，那是跟原装进口的机器相比，而其中利润却着实不低。任何时候，眼尖手快脑子灵的人，都不会没有挣钱的路子。

但市场总也如高天之流云，时刻不停地变幻着姿态。几年后，电脑市场便一日日地饱和起来，利润则一天天地滑落下去。眼见着又要失去一快蛋糕了，而恰在此时，网络便又兴起。放翁意识到了网络所具有的强大力量，它将根本性地摧毁人类固有的生活与思维模式，并创造一个全新而绚烂的世界。于是，他再次跨界，成了第一批进入这一领域赶潮的人。

放翁又是放胆一搏，开了网络公司，做起了网络建设、维护等基础性的网络服务。同时，他更看好网络域名的投资，认定域名将成为一种互联网时代的重要资源，且那些具有特定含义的域名更具有巨大的升值空间。而这项投资本少利大风险小，不依赖于雄厚的资本，全凭了超前的眼光。

他确也是有着快人一步的直觉。他意识到，这虚拟空间里的所谓地址，虽无色无味又无形，虚幻得像是梦境，但网络就是人造的梦幻世界，而域名就是这梦幻落地长芽的那片土地。当手里捏着闲钱的人们开始热衷于房产和股票投资的时候，放翁已将数十个他看好的域名攥在了手里，而其中又大多是如今十分稀缺的三字母域名。

时间和市场印证了他的判断，十多年后的今天，他注册的所有域名均已大幅升值，他便一跃而成了身价不菲的"域名大户"。

这当然是后话了。当初，他攥了一大把的域名，也还一时见不着效益。但他知道，这不是立竿见影的投资。他曾经是农民，很清楚播种与收获之间隔着较长的一段距离，这需要一点耐心去等待，也就并不着急。身在现实世界里行走，心在虚幻世界里神游，他在这浩浩荡荡又密不透风的大都市里游刃有余地过活着，理直气壮地消耗着上天配给的一个个奔向中年的日子。

一次邂逅

就这样晃晃悠悠地过着日子，他忽然发现自己还没有找到一个可以让内心真正安妥的地方。他想要一个家了。当然，这得随了缘分，得能遇上一个人，正好与自己有着相同的气味。他知道这是件难事，像域名的升值一样，需静待时日。

他是将许多的东西都放下了，才成了放浪天地间的白头山翁。

有了这样的念头，他就留心去发现。终于有一天，命里的那个伴侣就忽闪一下在他的眼前出现了。

话说那一日，一位来自湖南的姑娘初到深圳谋职，却没有特别的本事，听人讲起，要进任何一家公司做事，最起码也要学会电脑操作。她就按照小广告上的地址，一路问到了电脑班所在的大楼。她有点摸不清门道，怯生生四处张望，就阴差阳错地撞到了放翁的面前。

放翁见眼前的女子有着娇小的身段，还有着山清水秀的容貌，言谈斯文，笑容甜润，便有了几分好感。就说妹子啊，电脑操作哪用得着学呀，玩玩就会的。那女子一听，既惊又奇，就问到哪里才能找到那玩电脑的机会？放翁就起身让座，将自己的电脑给她练手，也偶作一两下指点。这么一来二去，两人也便有了一些交道。日子一长，彼此又都觉得对方和自己有着相同的味道，便走得更近了。

这机缘还真就让放翁给等到了。毫不刻意，水到渠成，不到半年，二人便结了连理。再有一年，又添了个儿子。一切都是最好的安排，一切都顺遂了心意。照理他们就该和万千的都市人家一样，大同小异地把日子一泻千里地过下去。却不料，这放翁心里又忽地涌出了再次跨界的想法。

山野村夫

这个想法的产生，源自一次返乡的经历。

放翁在深圳生活了许多个年头，熟知它的秉性，这城市生来就是猴急忙慌，像尾巴着火的耗子。所以，世间也便有了一种叫作"深圳速度"的赶路。人们乘坐一部快速运转的时间机器，赶往据说很美的未来。放翁从童年踏上这部机器之后，就被带着一路向前。不知不觉间，就被运送到了自己的中年。

于是，他急忙结婚生子，居家度日。看着儿子，他便想起了自己的童年。童年是清苦的，那时，除了青山绿水，乡下什么都缺。但此时，他竟有些怀念遥远的故乡了，还有寄存在故乡的那段泛黄的过往。自从少小离家，就很难得再回到那里，故乡的音讯便是日渐邈远了。在楼高车快的大都市里，他莫名地生出了一丝乡愁。

　　当年，只觉故乡是被巨大水泽所围困的孤山僻壤，美的生活总在水天相接的尽头，在烟雨迷蒙的未知远方。而如今，遥念故乡，竟有些心湖荡漾。那太湖之滨的洞庭东山，云霭带雨，四季苍绿，万顷烟波，浩渺无际。故乡的山水便是常常入得梦里。

　　这样，放翁就忍不住想要转回故乡去，去探望留在老宅子里那个童年的自己。那天，快到陆巷村的时候，他心里竟有一丝不安，他不知道自己会逢到一个怎样的故乡，他也不清楚自己想要逢到一个怎样的故乡。他猜想，这复杂的心情或许就是古人所说的"近乡情怯"了。

　　当他推开鉴山堂两扇老门的时候，那声悠长的、饱含水汽的"吱呀"，惊醒了这座老宅的午睡。他跨前一步，一头一脸都沾满了蛛丝，他连忙薅了两把。他知道，就像碰断蛛丝一样，他打乱了一些旧时光在这幢老宅里的整体布局。但他还是继续往里走去，越走他越是讶异。时光是个持之以恒的慢性子，它总是舍得花工夫做一些海枯石烂的事情。它和雨水、日光和白蚁合谋，凿空了数根房梁，与山风联手，剥开了顽石的胸膛，它将几个朝代压缩折叠起来，硬塞进砖石的缝隙，活活撑塌了敦实的墙基。时光总是细嚼慢咽合它口味的所有东西。

　　鉴山堂在时光里硬扛了六百多年，实在力有不支，大半的屋宇都已瘫软于地。这个场景将放翁的心生生地戳痛，他不知道先祖留下的这幢宅子毁在自己手上算不算是罪孽，但不论怎样，这都会是羞耻的事情。他从此不再能够心安，鉴山堂曾收容了他的童年，而如今它已是垂垂老迈，就像一位衰老的祖母。他耳畔便响起来一个声音：归去来兮，田园将芜胡不归？他心里就有了一个充满使命感的念头，他要弃繁华而归桑梓，扶危楼于将倾。

这并非一个触景生情的草率决定，事实上他早有回归之意。在大都市里拼打了那么多年，他实在有些疲累，为了维持一个体面的生活，需要付出的实在太多。放翁现在极想过一种不需要太多心机的日子，如泉出岩穴、岚游深谷。

他还希望儿子也像他一样有一段乡村生活的经历。城里的孩子像无土栽培的植物，虽也看似草青苗壮，却总不如长在土里那般幸福和底气十足。他们是没有原乡的都市飘萍。他要让儿子在太湖的风浪里学会游泳，要像猴子一样能够灵捷地上树，要像猫狗一样赤脚在老屋的苔地上行走。男孩要晒得黑一点，不要那么白白嫩嫩，破皮流血不要随便喊娘；他要让儿子了解四季的物产，懂得生命与自然的关联。

然后，他征求妻子的意见。这么重大的抉择，她在听他讲起的时候，心里却是波澜不惊，好像他是在问一句晚饭的安排。她一边做着手里的活计，一边漫不经心地回答：你去哪里我就跟着去哪里。他心都化了，连说那好那好那好啊。他知道，若是得不到她的理解，他们依然还会留在都市，过着和以往模样相似的日子。

这是人生的重大转折，他不会头脑发热，不顾后果。他在各方面都做好了充分的准备。首先，他手里的那一大把域名便可成为全家未来生活的保障，何况乡下的生活也无须太多的花费。至于所谓的事业，对他来说已是不甚重要，生活有了基本的保障，就不应当贪恋更多。何况他并不需要断然终止所有的业务，只要有一根网线，在偏远的山村也能与世界对谈。

于是，在千辛万苦脱离乡土二十多年之后，他又做回了农民，又回到了生命最初的状态。繁华看尽，他还是觉得，头枕碧螺峰，足濯太湖水，这实在是最美，也是最舒适的一种姿势。

建筑技师

放翁处理好所有的事务，便带着妻子和刚满一岁的儿子回了故乡。儿子在乡村长到七岁，才又被送去深圳念小学，生活则由爷爷奶奶照顾。等小学毕业，他又将把儿子接回来，去镇上的中学读书。他要让儿子感受乡村和城市截然不同的生活。乡村生活能让人将根深扎于泥土，与大地血脉相连，生命才能有牢固的根基。而城市生活则可以让人触到时代的脉搏，不做闭目塞听的愚夫。他每个假期都把儿子接回身边，开学再送到深圳的学校里去。

这都是后来的事情。话说当初放翁携妻带子回到家乡，见那老宅已经塌掉一半，剩下的部分也已相当破败。心境虽是有些凄然，却还是鼓足了力气，将老屋一通收拾，勉强可以住人了，就将一家子安顿了下来。

放翁没有急着动手去修复垮塌的老屋，他知道这是一项长期的工程，而且，必须要制订一个相对完善的计划方可启动实施。

放翁就决定先把日子过顺溜了再说修房造屋的事情。于是，夫妻俩就开始了他们所向往的乡居生活。他们像农民一样，日出而作，日落而息，遵循着大自然的规律。他们在房前屋后开垦荒地，以植瓜果时蔬。偶尔搭车去一趟镇上，买回一些肉粮和日常用品。他们发现，过日子实在是不需要太多的东西，居有其屋，耕有其田，布衣蔬食，常得余闲。袋中尚有米，炉边备足薪，这种感觉比保险柜里储有一大堆黄金更让人踏实和心安。

夫妻两人每日里都要做些农活，隔三岔五还会对可以使用的几间老屋进行小规模的修补。干完这些活儿，身子就乏了，放翁便会坐在院子里呷两口小酒，醺醺然似不在人间。日头落入湖里，雾气浮上山顶，这又顺溜地过去了一日。

清晨，天色微明，鸟语、鸡鸣和狗吠便又把睡梦里的人唤醒，悠悠缓缓的一日又在古色古香的窗格中徐徐展开。

　　这样过着日子，不知不觉间，修复鉴山堂的方案便在放翁的脑子里日渐清晰起来。要让古宅重展风姿，修旧如旧乃是必守之基准。因而，必得利用原有砖石与柱椽再行重构，不足部分则需四处搜罗。动工之前，放翁便放出话去，谁家拆旧建新，恳请留下废料。同时，他也委托一些建房师傅广泛收集。这样，日久天长，就积得一定数量的老旧材料。这便请来工匠，择了吉日，正式起土建房。

　　自那一日起，工程至今已逾十一载，耗资百万有余。但工程似乎无有穷期，而大片的废墟仍荒在日子里。不是放翁力有不逮而致工程烂尾，他是并不急于完成。春夏两季总有不少的事情要做，春茶季节他们夫妻都得忙着制茶，茶季过后又得接待各地的友朋。到了秋冬，生活便安静了下来，这时，修房造屋的工程便又启动起来了。

§ 建房的时候，张放总是喜欢自己动手做些力所能及的事情。
有时也会顺便裁切一些木柴，用以做饭和炒茶

从西装革履到粗衫布衣，从网络达人到乡野村夫，繁华阅尽，淡然消隐。张放回到了故乡，回到人生开始的地方，回到生命最本真的状态。

　　起屋架梁的工作当然是得请工匠来做的，但铺地、垒坎和砌墙之类的活儿，他还是愿意亲手为之。他慢条斯理地干着，三天打鱼两天晒网。干几日，觉得累了就停下来，得个理由犒劳自己一番，来一盏小烧，就一碟太湖银鱼，剥几枚盐水毛豆，或者享用一壶自留的好茶，再断续地读上几页闲书。这不赶工期的活儿，节奏自控，张弛合度，干干倒也惬意。

　　至于房子最终要修成什么样子，他倒没有太细的考虑。这鉴山堂原初的模样谁也记不得了，他便只能大致按了原有的形制加以恢复，也偶有一些发挥。原本鉴山堂的建筑都是砖木结构的平房，他却不拘旧制，架出来一个二层的小楼，用作书房兼茶室。

　　那也是他最喜爱的地方。素日得暇，他常在此间品茗、阅读，也偶尔会会朋友。自茶室的后窗看出去，碧螺峰赫然在目，一片苍郁。我忽然明白了这"鉴山堂"三个字的含义，此处应是鉴赏山色最佳的位置。

　　而修复过程中产生的那些建渣，放翁则将其堆放在大门前的斜坡之上，垒起来一个高高的石坎，门前便多出了两方平台。新垒的石坎中间又增设了一道大门，这便有了现在的格局，成了有着两重大门的宅院。这放翁平日里也极少外出，十一年来，苏州城也就去过两三回，蛮像是旧时待字闺中的小姐，有点"大门不出，二门不迈"的意思。

这些都是他灵感忽闪的创作。于建筑他应当是有些天分的，这多半是承自做建筑设计师的父亲。放翁不知不觉间也干起父亲干了一辈子的工作，还兼做起了工地的泥水匠来。这似乎是命里早已设定好的一条路径，任你千山万水走遍，终归都是要转回到这里来的，因为上天往往赋予一些人特殊的使命。

乡村茶人

先前说到，放翁曾有过几次幅度较大的跨界转型，行业和身份都在不断地变化。回乡之后，他又做起了农民；为了修复古宅，再变身为建筑师；不仅如此，他还因为爱茶，竟又成了一位技艺高超的山野茶人。

爱茶之人大多知晓，这太湖东山一带出产一种名唤"碧螺春"的上等绿茶。鉴山堂就背靠着碧螺峰，我不太清楚是这茶因山得名，还是山因茶而得名，总之，这碧螺春茶就产自碧螺峰所在的一脉山系。据说，此地自唐代起便开始出产碧螺春茶了。至宋，碧螺春已成为皇室贡品。但那时碧螺春还不叫碧螺春，它有一个奇特的名字，民间唤作"吓煞人香"。后来到了清康熙年间，才有了"碧螺春"这个名字。据说此名还是康熙大帝特别赐予的。

放翁生在碧螺峰下，他母亲的老家也在那碧螺峰上的碧螺村中，他便与碧螺春茶有了前世今生的一点渊源。茶乡人家就没有不爱茶的，浸泡在茶壶里的风俗渗透到了乡人的骨血当中。单说那黄口的小儿，上学启蒙前的头一日清晨，父母或是族长便会沏上一壶碧螺春茶，让那孩子连喝三口，方可去入学堂。这三口碧螺春茶寄托着家族的期望，寓意连中三元，被乡人称为"状元茶"。这将是留在孩子一生记忆里的重要茶事。

　　放翁自然也是爱茶之人。回了乡里，那些留在记忆深处的茶事，便像遇了滚水的茶叶慢慢地窈窕起来，他便有了学习制茶的心思。在他看来，饮茶与制茶都算得是一种俗世里的修行。回归了山野，心就更需要平和淡定了，茶便是可以沏出一朵朵禅心来的。

　　每年春分之后，便进入了茶季。茶农清早起来就拎了茶篓上山采茶，新采的茶叶称为"茶青"。茶青采回家里便需摊晾开来，散去水汽，此为"晾青"。下午的工作便是将次等的叶芽剔拣出来，以确保茶青的品质。茶青便在这个过程当中自然萎凋，为炒制做好了准备。入夜，便开始生火炒制。茶青入锅翻炒，迅速脱去水分，此为"杀青"，紧接着是以手揉拧，致其蜷曲成形，然后起锅烘焙干燥。

　　这是炒制碧螺春茶的一套基本程序，外行如我者，很快也能理解并熟记。但要炒出一锅好茶，实非易事。这当中火力、温度、时间、手感以及揉拧力度的把控都不是可以眼见功到的事情，需得有日积月累的功夫。

　　放翁是舍得下功夫的，也舍得花钱买来茶青练手。这当中的成败得失自不必多言，一番苦练之后，技艺便见着日日增长。这放翁又偏偏是个执拗的人，做事非得做到极致，除了打熬这手上的功夫，还练就了最具鉴赏力的眼睛和舌头。他常常将自制的茶与他人的茶放在一起品尝、对比，观其形状、汤色，闻其香味，再体会茶汤缠绵在舌尖的微妙感受，予以综合品评，便能分出个高下优劣来，就知道什么是最好的滋味了。他甚至可以品出一款茶里制茶人的心情与秉性。你要是急火忙慌、心绪浮躁，那茶汤必掩不住一缕火工之气。而好的心境也会通过制茶人的双手传递到茶叶的体内。茶是灵物，能感受火的热度，也能感知心绪的柔软与坚硬。它最终将成为怒目的金刚还是低眉的菩萨，全凭了你指尖与心绪的塑造。

　　放翁不是一般的茶人，他已然成了茶痴。他对茶充满了敬意，他珍惜每一叶翠芽，在塑造它们之前，他心里充满着期待，希望这天地间的美丽尤物，经过火的锤炼与手的揉摸以及心的祈福，升华成人间的珍品。

　　每个茶季来临之前，他都会早早地编补好勾篮，整修好茶灶，打整好茶锅，准备好柴薪，收拾好心情，等待一个轰轰烈烈、清香四溢的季节被炉膛里的火苗点燃。

　　春分前后，开炒每年的第一锅茶，他对此极为慎重，以确保万无一失。这像是一个古老的祭灶仪式，寄寓着对新年新春新茶的美好期许。

　　等待了数月的干柴终于在炉膛里噼啪爆响，喊出了一冬的孤寂。锅也就热了起来，茶青如绿的飞瀑倾泻下去，一双灵巧的手充满力量与柔情，在锅里掀起阵阵绿浪。手如乐队的指挥，带着节奏与旋律，引领着如音符般的芽头上下翻飞，演奏着春天的序曲。挑、翻、揉、拧，手的力度、火温的高低都必须恰切适宜，既让嫩叶的细胞因适度挤压而破壁，毫无保留地释放出养分与香气，又不损伤叶片的形状。那春色便被凝固于一叶叶的毫尖，你只需给它一点滚烫的清水，就可以还你一壶浩荡的春色，你便能趁着袅袅的暖香品尝来自春野的青翠。

碧螺春茶制作流程 ▶

1. 清晨，茶农将自家茶园里的茶叶采摘下来。此时的茶叶称为"茶青"。

2. 中午，茶农将茶青送到制茶人家中（或自行炒制），制茶人将茶青放在簸箕里摊晾开来，散去水汽，称为"晾青"。

3. 制茶人将次等的叶芽剔拣出来，以确保茶叶的品质，称为"剔芽"。

4. 从午后到傍晚，茶青中的水分逐渐散失，开始打蔫儿，称为"萎凋"。

5. 入夜之后，制茶人开始生火炒制。茶青入锅翻炒，迅速脱去水分，此为"杀青"。

6. 紧接着是以手揉拧，致其蜷曲成形。一锅形如深绿色田螺的春茶炒制完全，故称"碧螺春"。

7. 最后，将其放入干燥炉中进行烘焙，使其完全干燥。

§ 时入初秋，竟意外地收到了张放君寄来的数袋上品红茶。记得初夏去拜访他的时候，
  他曾说过要寄给我一些自己觉得满意的红茶，没想到他果真兑现了诺言。我就择了
  天清气朗的日子沏上一壶慢慢地品味，心里泛起一阵暖意

茶季自春分始，至谷雨毕。这段时间放翁闭门谢客，全神贯注，将情感与精力注入每一芽叶片当中。说来制茶本不是他生计所需，而是情趣与情感所寄，故而格外地痴迷。想来他多半是陶醉于能在叶片里收藏一个春季，让那些爱茶懂茶的友朋也能分享一份来自山野的气息。茶友们总也能在他手制的新茶里品出别样的意蕴。如此，便引来了更多的同道中人，都认定了他的碧螺新茗。

茶艺得到认同，心中自多美意。但日子一长，便觉得有些力不从心，任他如何努力，产量依然不能满足茶友们的需求。于是，他将技艺授予妻子，希望她能分担一些自己的压力。产量不断增加，心绪难免失稳，新手上阵，品质也会偶失水准。但他严格把关，以"盲品"的方式淘汰一些欠佳的批次，杜绝其流出鉴山堂的大门。他决不能让茶友们失望，此时，茶品即是人品，人品是断不可有丝毫缺损的。

茶友们从放翁的春茗里慢慢品读着他的为人，便不由自主地向他靠近。放翁因此结识了不少的茶中同道，于是不断有人从各地前往拜访。我去鉴山堂的那天，便巧遇了来自北京的张婷。每年春秋两季她都会与丈夫和儿子专程前来探望。因了同为张姓，更因为情投意合，放翁与她已是兄妹相称。

每年春夏，各地茶友每当收到放翁寄去的新茶，往往都会回赠一些当地的美味佳馔。品尝着来自天南地北的美味，放翁的舌尖和心间都获得了极大的享受，便觉得这人生之致味即是这份清淡而又绵长的人间情谊。

清明前后，绿茶季就结束了，谷雨一过，他还会制一些红茶。到了小满，人就闲了下来。像是打完一场战役，战果且是丰硕，放翁就感到特别地放松和愉快，就可以享受一下闲暇的时光了。

这时，朱槿花开了。他沏上一壶茶，向院子里一坐，独对了花儿，慢慢品尝着在壶中徐徐展开的春色。每年3月，后院里那株老梨树都会绽放满树的白花，美得让人心惊。但那时正值茶季的高潮，忙起来不经意就错过了它的美丽，总是一件让他遗憾的事情。但现在，他不能再错过眼前的这些花和果了。这时节，石榴、枇杷、樱桃、杨梅也都陆续成熟了，房前屋后伸手就可以摘到，每每此时，他便会感到特别惬意。

每年暑假，放翁都会去深圳接回儿子，整个假期便和他玩在了一起。他会教给儿子一些成为一个男子汉的本事。正如他所愿，盛夏里，一家人去太湖里泛舟，儿子不知不觉就学会了游泳，又采回来一些莲蓬。还学会了生火烧柴，能熟练地除去院里的杂草，且能敏捷地上树摘果。他心里又是一阵欢喜。

入秋了，燥热过去，天地一片澄明。这时，桂子金黄，菊花满地，蟹肥藕白。放翁便有了兴致酌二两黄酒，剥几只太湖金爪，体会"九月圆脐十月

§ 他们教儿子如何积薪做饭。儿子也便明白了一个道理，如果不愿总是用方便面、洋快餐和盒饭糊弄肚子，就应该从小学会厨艺

尖，持螯饮酒菊花天"的滋味。逢了秋夜月明，他便沏上一盏淡茶在庭院中闲坐，看银盘高挂，听蟋蟀低吟。屋侧的水塘依然丰满，山溪缓缓注入，像是有缘人的絮语。偶有几声蛙鸣，引来一串夜鸟的梦呓，更觉这乡野之夜的宁静与恬适。

睡觉之前，茶是要喝好的，一天的事情就着茶打个总结，心里的郁结也让茶水溶解，入了胃肠消化掉，一切就都过去了。心里不存着念头，睡眠就很香甜。清早起来，沏一壶浓茶也是雷打不动的习惯。茶让血管涨潮，让精神赶超了清晨的生气昂扬。他便趁机梳理一下心情，想一想今天要做的事，心就变得安稳从容了。日子里哪能缺得了茶呢？那样总会显得有些局促和辛苦的。

茶对他来说是解忧的神草，是开悟的仙汤。你看那茶字，上面是草，下面为木，人居其中，草木就成了你的天地；草是极软的，木却坚硬，人在其中，得须软硬适度。茶给了他许多做人的启迪。

对他来说，过去的所谓成功，于今已没有了多大的意义。他觉得，这世上真正的成功便是可以以自己的方式度过一生。他一路就是这么过来的，回首这乡居的十一载，便觉满满都是幸福。他从不刻意求取什么，只尽心享受着上天的馈赠，顺乎天然，万事随缘。他相信，迎面而来又能让自己全情投入的事情就是当下应该去做的。至于昨天与明天，都不必挂怀，正是丰子恺所谓"不畏将来，不念过往，如此，安好"。

放翁觉得自己此生已是无憾了，绚烂过，又回归了平淡，平淡是人生最绵长隽永的清欢。他常常站在鉴山堂的绮窗前看那四季葱郁的碧螺峰，便觉这青山早已成了知己。它就这么天长地久地挺立着，默默无言，不悲不喜，不怒不怨。放翁的脑际就浮出了一串辛弃疾的词句：

问何物，能令公喜？我见青山多妩媚，料青山见我应如是。情与貌，略相似。

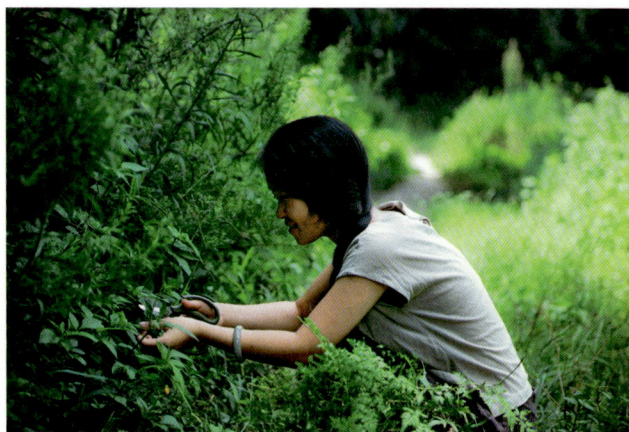

陈茹萍

发现一朵植物的更多可能

我要还家
我要转回故乡
头上插满鲜花
——海子《诗人叶赛宁》

　　仲夏微雨，只觉天低云诡、庭院风徐。便想，今朝风日正好，或恐远客将至？我即动手洒扫一番，在廊边置了条几和藤椅。恰在这时，收到了茹萍妹妹寄来的两盒铁观音，便自会心浅笑。想这小小丫头与我真是配合默契，刚刚整理完有关她的大摞笔记，正琢磨该如何来讲她的故事，她便寄赠好茶，捎来问询。我就向廊中坐下，索性将她这上好的新茶来冲泡一壶她自己的故事。

　　我起意要去找她的时候，有关她的信息其实相当稀薄。仅知她年方二十五，曾于央美就读，毕业那年弃了京城，回到闽南老家，后深居丛林，与所热爱的植物们相伴朝夕。

　　这些碎片式的信息来自乱云飞渡的社交媒体，其真实性几无可考。但我实在稀罕这个带着丛林气息的故事，也煞是好奇，那植物对一位小姑娘的吸引何以远胜了繁华的京城？她蓬勃的生命与清寂的岁月又怎得共和？她的内心是有着怎样的澎湃抑或无奈？

　　我被这迷惑与好奇怂恿了，便郑重地决定要去玩儿一次盲目的探寻。于是，我莽撞地闯进了那片亚热带丛林，遇见了一段花仙子与植物们的美丽奇缘。

森林小筑

　　诏安为福建漳州下辖的濒海小城。此地天气澄和、风物闲美。来自亚热带海洋的季风从不爽约，捎来恰如其分的降雨。阳光也来得亮堂，爽直且有担当。植物们便得了造物主的恩宠，衣食无忧，每一粒细胞都得足了养分，发育完整，便生得一副舒展磊落的模样。它们风风火火地旺长，连绵葱茏，像给泥土和房舍覆盖了一层迷彩的伪装。

§ 这是诏安城郊桥东镇的龟山村，此地林木丰茂，植物种类繁多，是一座天然的亚热带植物园

桥东镇一带有一大片极为繁茂的林地。原先，乡里人都在土里刨食，就容不得那么多的大树和野草。现在他们大多进城去了，自然就把地方腾出来，给了那些痴守在一旁的植物们。这里便成了植物们聚居的天堂。

　　在流经桥东镇的一条河的中央，凸起一座小岛，岛上林木繁密，荫翳深幽。此岛形若巨龟，便得名"龟山"。河水经过此地，遇了龟首，遂作二分，各流二三里，再于龟尾会合，龟山便被两股清流所环抱。

　　这山环水绕之处，确为幽居的宝地，据说，茹萍就住在这里。但要找到此地却是苦煞了我这行脚的远人。跨州过府，忽阻忽路，千里寻迹，山重水复。这一路的艰辛倒不必多讲，总之是颇费了些周章。而当我舟车辗转，气息奄奄地拨开绿障，忽见一位清丽女子立在一座篱院的门前，笑容灿烂温暖。

　　这便是我要找寻的那位名叫陈茹萍的姑娘。

　　茹萍身后的小院和房舍就是她要安放未来岁月的居所，建筑尚未完工，可见出些许人工的生硬。但远望此处，却也能觉出几分美意，气质上接近于童话里的森林小筑。

　　茹萍迎我进了屋子，她的母亲便笑盈盈地起身致礼，又用闽南方言朝里屋吱了两句，嗡嗡的噪响便立即噤了声息。随即就走出来老中青三位男士，他们分别是茹萍的继父、叔叔和先生。继父用手背抹抹额头上的细汗，朝我憨憨一笑，手里还拎着一把沉沉的电钻。他们都是来帮着建房的，设计图稿出自茹萍之手，施工的活儿则交由家里的男人们来完成。

　　我便有些惊异。这茹萍是从泉州的小镇考到了京城的央美，念的是美术的最高学府，算是鲤鱼跃了龙门。可刚一毕业，却又返回乡村，舍弃大好的前程，多半是会让父母们抓狂的事情。但这家人可是稀奇，不仅支持，更来支援，建设工地热火朝天。我便想深刨他们心里的根由，遂相邀围坐一处，来个散漫的茶叙。

　　茹萍的母亲熟练地煮水烹茗，一会儿工夫，铁观音特有的清香便在屋子里袅袅地弥散开来。

做个花仙子

想想这个二十出头的女子，竟然做出了如此的抉择，实在是很有些豪气。她的人生正待孔雀开屏，却决然转身，把锦绣的前程扔给了繁华的京城，再将京城遗弃在了北方的深霾里。在她心中，所有的诱惑均敌不过故乡的青山绿水，还有植物们的千娇百媚。她自小就狂爱着它们，她要和植物们做一世的闺蜜，要与它们晨昏相守、窃窃私语。她于是将未来许给了它们，她要让植物们美着她的每一个日子，也要创造一万种让植物们更加美丽的方式。

她没有多数学霸们的心那么大，无意成就所谓的大业。她一点也不想跟这个世界争什么，只想做一位自得其乐的植物艺术家，安静地与植物们合作，将奇思妙想嫁接于植物的身躯，让它们开出奇异的蕾朵。

但她并非从来就是如此地笃定、淡泊，她曾经也是常居魁首的竞技场上的勇士。

有关她的故事还得从头讲起。

话说二十五年前，茹萍的母亲生下她来，竟然引发了一场家庭的悲剧。在闽南乡下，一些人家依然固守着重男而轻女的陋习。生了她这个女儿，母亲便遭了婆家的嫌弃，被强令弃女再孕，否则就必须放弃家庭。母亲哪能割舍得下这骨肉情分，她自甘被婆家扫地出门，就带着茹萍回到娘家暂且安身。

好歹算是将孩子保下了，但茹萍便成了没有父亲的娃娃。其实没有父亲，茹萍倒还不觉得有多大的缺失，但在玩伴们眼里，单亲家庭的孩子却是值得同情或是可以欺负的。他们便因此顺手牵羊地从中获取一星半点的优越感或者自信心。

茹萍生得一副倔强的性子，她不能让别人将自己看低了去，凡事也都想去争个第一。她偏偏又生得个读书的材料，一不小心便可以名列前茅。

这是她借以维持自信与自尊的利器，一直以来她确也因此大受其益。从小到大，她都是学霸级的人物，还有余力兼顾各类爱好。她口齿伶俐，便登上了社区的文艺舞台，做起了小小主持人；她还具有美术天赋，便又自学起了绘画；她喜欢植物，也酷爱手工，两相结合，又打下了植物手作的基础。

高二那年，茹萍为自己选定了高考方向，她决意冲刺中央美院。此时，便有长辈分析提醒，说那央美可是国内最好的美院，万人窥伺，高手云集，需慎重行事。虽是好心提醒，但在茹萍听来，却像是在质疑自己的能力。报考央美原本也就只是脑子里一闪而过的念头，这下倒好，几句话挑起了她的斗志。她本能地想要证明自己的强大，央美立即就成了她必须拿下的目标。果然，大半年的苦拼让她如愿以偿，她成了县里有史以来第一个考上央美的学生。

入了大学，她仍是一往无前，总有胜人一筹的精力和高于他人的目标。她念艺术史专业，却又选修了版画，课余自学摄影，还拜师学习沙画，同时进修心理学课程，且考取了心理治疗师的资格。她打算出国深造，便又通过了托福（GRE）考试。她甚至筹资办起了艺术杂志，要在艺苑里发出自己的声音……她总是以一种所向披靡的气魄横扫一切，只要是想达成的愿望，她都能手到擒来。这样的思维模式与行事风格，几近于励志篇里的英雄儿女。

但这种高烧一般的状态终于还是让她感到了身心的疲惫。她也意识到自己似乎是有些透支了，开始调整节奏，重又拾起了过去的爱好。

她再次与植物们亲近了。她在瓷瓶里插花；用植物做成精巧的摆件和头花、胸针；她将干枯的植株嵌入木框，布置出一幅幅别致的画面……做着这些似乎毫无用处的事情，她的心里反倒觉得很是舒爽和平静。她全然投入了进去，忘掉了这个世界，或者说眼前的事情占据了她的全部世界，最终变成了她的全世界。

　　她发现自己并不像别人或者自己曾经以为的那么坚强和无畏，她慢慢觉出了自己的脆弱。她的心其实是渴望安慰的，当她和植物们在一起，当她进入手作状态的时候，她的心最是柔软和快慰。她开始默认了，其实，她不需要那么强大，强大或许只是别人眼里的风景。她许多时候都在扮演着一个她认为完美的自己，但那个人未必与自己有多大的关系。许多事情她都可以做得比别人更好，但那些事情未必是自己内心真正的需要。

　　她想起十五岁那年，她以第一名的成绩考入了当地最好的高中，但入学不久，她便开始极度厌学，一踏入校门就无由地落泪。现在想来，那时她的身心都已濒于崩溃。一个成绩优异的学生所背负的压力以及多年佯装的强大已经撑破了她稚嫩的心房。好在母亲明白女儿心里的酸辛，没有诱劝她继续学业，茹萍因此得以脱离那台高速运转的竞争机器，做了一个与世无争的闲人。

　　那段时间，她总是和植物们待在一起，以植物为原料的手作成为她无目的创作的开端。她还做布艺、纸艺，她绘画、听歌，她因此得以忘忧，得以回到自己那里。

　　只要待在万绿丛中，她就觉得自己变成了幸福的公主，她便疑心自己前世是森林里的一株植物。她记起幼年时，家里养了一盆含羞草，她碰到那些叶子的时候，它们便害羞起来，赶忙将叶子合拢垂下。她惊讶这是何等神奇的生命，植物们原来不是人们想象的那样，只傻傻地站立。她相信，它们是有情感的，喜怒忧思悲恐惊，全和人一个样子。从那以后，她便总是和它们絮絮叨叨地说话，她知道它们最能懂得自己的心思。

　　她越来越觉得自己离不开植物了。以前，尽管她也爱着植物，喜欢用植物做些手工，却觉得那只是不务正业的消遣，她需要做的是为理想去拼搏。可现在想来，她奋力去争取的未必就是真正的理想。当绘画、摄影、植物和手工邂逅的时候，就像一根坚韧的长线串起了一地的散珠，一个全新的世界在她的眼前开启了大门。

　　或许，之前的一切努力都是铺垫，都是在为她将要终生以求的那个梦想做着周密的准备。

　　终于有一天，她当众承认了自己与植物们深深的恋情。

　　在央美那样高大上的学府里，同学们睁眼时谈当代艺术，梦话里说前卫思潮，谁要是说喜欢什么花花草草，多半会遭人嘲笑。但当茹萍正视了自己的内心，找到了自己真正想要的东西之后，她便无所畏惧。她立即开通了一个微信公众号，公开宣称自己对植物的热爱，并把植物手作作品分享给和她一样深爱着植物的微友们。

　　这个公众号取名"一朵"，为英文 Adore（崇敬、喜欢）的音译，也寓意着她将全力发掘"一朵植物的更多可能"。

　　这个公众平台后来在植物手作爱好者中获得了广泛的认可，有着颇高的美誉度。这一年，茹萍正当大四，她人生的方向由此变得日渐明朗起来。

　　她深信，植物是身边最自然的存在，手工是匠人最专注的状态。专注地做好一件需要耐心的小事，她的心便可以得到抚慰和疗愈。她渐渐地明白了一个道理，做最喜欢的事情，让喜欢的事情变得更有价值，这便是最好的人生。

她就将自己好好地一番收拾，要做一个美美的花仙子。她要还家，头上插满故乡的鲜花。

"一朵"花开

茹萍没有想到，"一朵"甫一推出，竟引来微友们的热烈围观。她以出人意料的创意巧思统领着那些各自为政的植物们，朝着一个直击人心的美学天空迎风飞舞，那可人的姿态与风采让人触之于目而萦之于怀。

茹萍不敢相信，竟有那么多的人和她一样喜爱植物手作，短短数周时间，"一朵"的点击量竟达数千之多。微友们大赞她的作品创意独特、做工精巧，还急盼着有产品上线。

茹萍一开始并无营销产品的意图，只是将作品放上平台与大家分享，不料，竟收获满屏的赞美。她自然是深受鼓舞了，却也觉得飘飘然犹似梦里。这般境遇让她有些将信将疑。

假期里，茹萍将家里的两个房间打通，稍加改造，做成了一间工作室，开始了"一朵"系列作品的集中创作。这时，她情绪高昂，信心满满，以一周推出一款原创作品的频次密集轰炸，形成了"头花""指花""书花""花语"等系列作品。茹萍极力地探索将植物融入日常生活的可能性，要将植物与普通的生活用品巧妙地结合在一起。她的作品不单只有审美价值，还兼顾到了实用功能，作品中鲜明的个人特色释放出一种特殊的美感，迅速俘虏了崇尚精致生活的爱美一族。

她的嘴角便挂上了微笑。她觉得这世间的事情实在有些奇妙，做成一件事情认真努力固然重要，可有些事情也并非努力了就可以做得很好。随心为上，随缘便好，所谓无心插柳，或许正暗合了此理。想自己的路也实

在走得很顺，万千大众多以生计为要，梦想大多被埋葬在了饭碗里。而自己任性追梦，竟也可以不为苦谋稻粱，爱好与工作竟能结合得这般天衣无缝，这莫非是上天对痴迷与坚守的奖赏？但她也知道，选择这样的道路就注定成不了同学当中最有出息的那一个，可她有信心在最具幸福感的比拼中独登巅峰。

大四那年课程极少，茹萍基本上都待在家里。除了完成毕业论文，其余时间就忙着"一朵"新品的创作。

那一日，她去乡下为撰写论文搜集素材，偶遇了一位制作竹器的老人。老人制作竹器的时候神情专注，怡然自得，似忘却了周遭一切的存在。他手里的篾条经纵纬横，在无数次的交织中变得井井有条、情意绵长。

茹萍拿起一只簸箕细细打量，只见那簸箕模样敦厚，不设机巧，以手抚触，细密滑顺。她感觉这手里的竹器比想象中更重了许多。而重却不是因为重量，是因为质感。把心思和情感织进了细密的结构里，再寻常的物什都不会低贱，在懂得它的人心里便有了不一样的分量。

茹萍莫名地感动起来，她觉得这位老者值得尊敬。他认真地对待每一根竹篾，要让卑微的农具在自己手里诞生高贵的气质。这是真正的匠人品质，用心赋予器物以灵性，又让灵性的器物回赠内心一份快慰与安宁。茹萍觉得做一位勤勉而完美主义的匠人，内心必是宁静而丰饶的。将心绪与节奏调至悠缓，心里怎会有兵荒马乱？

茹萍就更是坚定了那个决心，要去做自己喜欢的事情。正巧，大学毕业的时候，她得到了一个极其难得的机会，可以留在北京继续她的植物艺术创作。那时，"一朵"工作室已小有名气，学校遂将她纳入大学生创业扶持计划之中，只要她愿意，就可以免费入驻由政府专项基金支持的创业空间。

但她还是决定放弃北京。北京是千万人逐梦的天堂，但不是她的。尽管获得了一些创业的优惠条件，但要在这座城市里有尊严地生活下去，将会付出更大的时间与精力的成本，她觉得这性价比实在不高。而且她并不将自己要做的事情看作是创业，而是创作。她要过的是一种低成本慢节奏的生活，要将时间精力都节省下来，从事她所热爱的植物创作。

于是，她离开了那座缺乏植物的坚硬城市，回到了柔软的花枝招展的南方故乡。她要和植物们一起好好地大梦一场。

别京南归

一转眼毕业季就到了。

毕业典礼犹似一场百感交集的狂欢，随后各自离散。京城、校园、同窗，以及留在那里的旧时光，不管苍凉抑或温暖，都将永远不会遗忘。但分离就在今朝，无论如何都会令人生出些许的感伤。

茹萍要离开北京的消息大家都有所耳闻，便替她感到一丝惋惜。之前，茹萍摆弄那些花花草草，许多人都颇感不屑。他们的心都还很大，觉得央美的学生都应当在当代艺术的前沿引领风潮，而不是去玩弄那些雕虫小技。但现在大家的态度都有了一些变化，他们不得不承认，茹萍选择了一条最适合她自己的道路。她的梦想和她热爱着的植物们都已经落地生根，而他们的未来却尚不分明。看到茹萍对自己所钟爱的事业那么的投入，那么的义无反顾，大家又十分羡慕，除了祝福，似乎也没有更多别的话要说了。

茹萍的这个决定也早就告诉了父母，他们也都全力支持，连惊讶也不带一丝。母亲最是了解自己的女儿，茹萍比许多孩子都更成熟，她很清楚自己需要什么。母亲相信女儿的选择总是理性的，当她执意要去冒险，就必定能够承担最坏的结果。她觉得，只要孩子敢于去冒险，就不会流于平庸，只要按照自己的意愿去生活就会收获快乐，至于做什么，至于是否能够获得成功，那就显得一点也不重要了。

她想起茹萍高一那年发生的状况，就庆幸自己没有像许多母亲那样逼迫孩子继续苦拼。孩子因为学业的高压濒于崩溃，她不能再推上一把，而是必须将她解救出来，即便是为此必须放弃学业和所谓的锦绣前程也在所不惜。母亲尽管只是出身农家的普通妇女，甚至未能完成高中学业，但她比许多母亲都更加理智和开明。

继父也力挺茹萍。他说不出更多的道理，只是憨憨地笑笑，附和着母亲连声说好。茹萍就有说不出的感动。这个同样也是文化不高的男人却有着宽广的胸襟，对茹萍视同己出。他和母亲一样，给予了她最真纯无私的爱。母亲和亲父分手多年之后，这个男人走进了她们的生活，他让母亲重新获得了幸福，也让茹萍尝到了父爱的甘甜。在茹萍心中，他就如同是自己亲生的父亲。

在茹萍的成长过程当中，外婆和舅舅也给了她无私的关爱。当年，母亲抱着她回到娘家，外婆便将全副精力都用来照料她俩的生活。舅舅则在她的生活中充当起了父亲的角色，让她的性格里有了坚强的特质。茹萍也便没有因为父母的离异而变得阴郁或反叛，她像正常家庭的孩子一样身心健康。

茹萍觉得自己非常幸运，全家人都爱她，理解她，支持她，这也是她想离他们更近一些的原因。于是，她作别京城，一路南下，将自己寄放在了一座名叫厦门的精致小城。

厦门距离泉州老家仅有不到一小时的车程，她可以很方便地回去看看家里的亲人。在心理上，她也觉得厦门即是故乡，因为气候、饮食、语言、植被也都大抵相似。此地风物甚美，宜居指数更高，相对于北京，这已经算得是安静的郊野了。她可以避开烦扰，安心地生活和创作了。

但茹萍除了一腔热情和满脑子的创意，身无长物，更无资金，要在这座城市立足也不是那么容易的事情。可茹萍就是命好，正当此际，又得友人之助，免费提供给她一间"旧物仓"里六十平米的文艺空间，这让茹萍喜出望外。她于是就在那里建立了全新的"一朵"工作室。

必须先安妥了内心，让工作成为一种乐趣或以苦为乐的修行，灵魂方得富足与安宁。身心进入到那样一种宁静安详的状态中，便是人生之福分，这远比腰缠万贯来得更加赏心悦目。

茹萍就这样开始了她所向往的生活。她没有想到全新的生活会来得如此顺利。当初她把困难想得很大，她必须做好最坏的打算。但她愿意为梦想去吃苦，她不怕困难，执拗地要去走自己的路。她鼓励自己说，喜欢，是知道它好，所以去做；热爱，是知道它难，仍然去做。当你知道自己要去哪里，全世界都会为你让路！

在如今这样的时代里，多数年轻人都会觉得，梦想固然妖艳诱人，但生存应当更为重要，就暂且将梦想锁进抽屉，咬牙吃苦先谋个生计，待有朝一日事业有成，再撬开铁锁释放梦想这个囚徒。但茹萍不愿意为了生计与富贵抵押掉青春，她要让青春的每一个日子都因梦想而发光。如果富贵与梦想不可兼得，她选择放弃的只会是前者。

在植物的世界里沉醉

建好了工作室，茹萍就变成了一个安安静静的宅女，与这方小小天地晨昏相守。不涉世间风月，不问窗外晴雨，她心心念念的全都是创作。茹萍舍不得花时间去逛街或与闺蜜厮混，她确信自己的人生是要用来创作，而不是用来拉家常和自拍卖萌的。她不断尝试用各种方式挖掘植物更多的美感。只有在创作上获得了突破或者完成了一件满意的作品，她才会感到身心的愉悦。

于是，她将自己的工作室定义为"植物美学实验室"。在这个实验室里，她尝试着通过摄影与绘图，呈现多种视角下植物的不同形态，每一次实验都既让她耗损心力又快乐无比。她觉得这一次又一次的实验，便是她皈依宁静、许身创作的一次漫长的修行。她对自己有极高的要求，她要让自己的创作与一般的花艺拉开距离。鲜花固然美丽，但生命太过短暂，她希望找到一种方法使植物能够魅力长存。

其实，大四那年，她决定开设工作室的时候就已经发现了永生花的魅力，并向行家讨教过相关的技艺。所谓永生花，亦称"保鲜植物"，是法国人的浪漫灵感催生的花朵。植物离了土壤必会迅速凋萎，赶在凋萎之前施以手段，使其快速脱水，形色与风采便可最大限度地得以保存。而完美的工艺还能够使植物们与鲜活时的形态无甚差异，它们被定格在了最美丽的瞬间，完成了一次华丽的蜕变。

在接触永生花之前，茹萍曾经以为，花和人一样，蓬勃生长，然后枯萎死亡。但有一天她发现，花的枯萎并不是花期的尽头，而是另一种生命形态的开始，这为她的植物手作拓展了巨大的空间，并提供了更多的可能。她特别喜欢植物的叶子，鲜活的与枯萎的都很让她心动。那一根根叶脉输送着大地的乳汁，也传递着大地的心思。它们左右对称，像是对仗工整的两句古诗，平仄合辙，意蕴无穷。茹萍相信，叶脉里收藏着叶子成长与衰朽的经历，于是，她尝试着用自己的方式来讲述叶子一生的故事。她在纸页上用线条白描出叶脉的纹理，并将鲜叶与之搭配，产生一种特别的意境，带来意想不到的视觉美感。

§ 干花是植物的另一种美丽存在

绘画与植物的混搭，这是她独具巧思的创作。她让叶的跌落变成了一种飞舞，叶的一生也因此变得更加丰盈了。她还用水彩绘出一位女子头部的背影，再将植物粘贴发间，那虚拟的人物和重生的植物被她的灵感牵引到了一起，共同完成了一个奇特的创意。她把美放上了头，我们就不再期待那女子千娇百媚的回眸。

茹萍善于用植物布置画面，完成一次次美感的传递。她以旧木桌面为背景，将木框任意框定一个空间，再将干花与枯败的枝叶按照一种美学意义上的姿态摆放其间，便有了一幅幅文艺与古典的画面，呈现出一种沧桑与静穆的优雅。这便是创意的价值，你养枯了几片叶，却又能开出数朵花来。她化腐朽为神奇了。

茹萍一边摆弄着那些以特殊形态存活着的植物，嘴里一边絮叨："把你框起来，不是怕你跑掉，而是你值得珍藏。"她常常看着这些画，想象着自己有朝一日也像这些枝叶一样枯败了，满脸皱纹，步履蹒跚，没有力气再去远行，就蜗居在一片小小的天地，把日子过得像这一幅幅好看的画一样。

茹萍总是在不断地进行着各种尝试，力图发现植物更多美的可能。她反复提醒自己，不能为固有的观念所局限。花儿不仅可以装在瓶中，绿植不仅可以种在盆里，树皮、枯枝、根茎未必都是废物。如果不把果实仅仅当成食物，不认为中药材仅仅可以治病养生，植物成为创作材料的可能性就会更大。茹萍相信，她有能力找到植物与生活之间的更多联系，创造出更多美观实用的艺术生活用品。

她不断拓展思路，反复实验，将经过特殊工艺处理，能保鲜三年以上的植物与布料、木材、白陶等材料相结合，做成头花、耳坠、戒指、胸针和项链等别致的首饰；她还用干花、青苔与藤蔓做成花环；用永生植物与蝴蝶标本做成玻璃罩饰品……她常常脑洞大开，让思绪天马行空，无数的创意在心中飞舞，她要想尽办法创造世间不曾有过的植物的另一种美态。

　　比如，玉米花。这是她最为得意的作品。大抵没有人会觉得玉米的模样是好看的，它顶多比土豆、魔芋之类的更会打扮，穿一件浅绿的外衣，还蓄一撮棕黄的胡须。我们总是将它归为腹中之物，实与审美无涉。你想不出一支干透的玉米除了留作种子和磨成粉末之外还会有什么别的用途。但茹萍发现了让它变得美丽的诸种可能。

　　玉米在她的刀器下涅槃，又在她的纤指间重生。一支玉米摇身一变，开出了夏荷与秋菊，又盛放了蔷薇花和黄金球，甚至还变成了一只生机蓬勃的花篮。这是一根玉米棒子逆袭成功的传奇，茹萍让我们相信，屌丝也有机会变成高富帅，村姑亦有可能变身白富美。

　　茹萍就这样在她的世界里享受着创作的快乐，她与自己对话，与植物们耳语，也将快乐分享给她的粉丝。她常常在"一朵"平台上将一些作品的制作技艺展示出来，甚至将制作步骤免费传授给大家。她不担心别人将自己的绝技学了去，创作目的原本就是为了分享。她从不把自己定位为花艺师，而是植物艺术家。这是她想成就的最好的自己，她正在朝着这个方向努力，并相信有朝一日终会赢得这个尊贵的称号。

§ 植物手作技艺分享

§ 玉米花系列—— 一支干玉米在她的手里可以变出若干种不同的干花来。就像她
希望做到的那样，她的确发现了一朵植物的更多可能

花卉的干燥处理 ▶▶

1. 自然干燥法

即风干法。将植物放在自然通风、没有强烈阳光直射的地方阴干。可将植物悬挂起来，也可平放或竖立放置。此法简便易行，但所需时间相对较长。

2. 强制干燥法

A.加温干燥。给植物加温，加快水分蒸发。这种方法需借助烘箱、干花机、微波设备等实现快速脱水。微波干燥效果最好，形与色都可以得到最好的保存。

B.真空干燥。将植物放入特制的密闭容器，容器内为真空状态。在这样的容器中，植物的水分会迅速蒸发。

C.重压干燥。这是制作花卉标本常用的方法，即给花卉植物施加适当的压力。在此过程中水分逐渐丢失，最终干燥成为平面压花。

D.埋藏干燥。用细粒状材料把花卉与植物埋起来，使其逐渐干燥。这种方法多适用于对玫瑰、芍药等含水量较高的花卉植物进行干燥。

E.液剂干燥。用甘油或福尔马林等具有吸湿性的有机液剂对花卉植物进行处理，由于这类液剂在浸入花卉植物组织的过程中夺取了其水分，因而变得干燥。

但茹萍也需要获得最基本的生存所需，她的一些作品同时也是作为商品出售的。她会针对情人节、母亲节、教师节这类特殊的节日，推出相应的产品，她会将满满的情谊灌注于精美的设计之中。有时她也应一些美学平台的邀请去各地讲课，与花友们分享心得，向他们面授技艺。但她目前的收益仍显得十分微薄，正应了一些朋友的预言，他们说，"一朵"不会有多大的"钱途"。但对茹萍这样过着低成本生活的人来说，已足够应付日常的开销。

尽管"钱途"渺茫，但茹萍从未后悔过自己的选择。她宁可过得清贫一些，也不愿意为了获得一些利益而依附于他人，变得八面玲珑、忍辱负重，变得面目全非，令自己也不齿。她希望过一种更简单、天然、自由，更有尊严的生活。所以，她选择了可以独立完成的这项工作。

她常常想起梭罗的话来："手工是世界上最正直的职业。"手工无疑是最诚实的劳动，来不得半点虚假。茹萍觉得，做一种手工，如果没有付出足够的时间与耐心的成本，即投机取巧或偷工减料，必定出不来令人尊敬的产品。以往，她做事总是有些急躁，总想用最短的时间做成最多的事情。但手工让她懂得，有些事情是急不来的，急功近利是手工艺人的大敌。必须先安妥了内心，让工作成为一种乐趣或以苦为乐的修行，灵魂方得富足与安宁。身心进入到那样一种宁静安详的状态中，便是人生之福分，这远比腰缠万贯来得更加赏心悦目。

于千万人中遇见你

临近中午的时候，下了一场小雨。茹萍在工作室里做着事情，背景音乐淡淡地浮在半空，雨声窸窸窣窣，与音乐糅在一起。茹萍喜欢这样的氛围，在这样的氛围里，她心中就会充满了愉悦，只要和植物们在一起，和自己在一起，一切都变得美好。茹萍常常觉得，拥有了这样的美好就不忍心将这个世界想得那么糟糕。她喜欢这样一种与世界相处的方式，不争不抢，不刀剑相拼，不你死我活，只需做好自己的事情，上天就不会让你受冻挨饿。

茹萍看看时间，觉得是该休息一下了。一早就开始工作，坐下来就没动过地方，水也没顾得喝上一口。她站起身来伸伸懒腰，活动了一下筋骨，然后冲上一杯咖啡，又将昨晚就准备好的三明治热了热，就着咖啡吃起来。她每天的午餐几乎都是这么简单，她工作起来非常投入，不舍得花时间去做饭，连出去吃个快餐也觉得耗的时间太多了一点。

这时，电话响起来，是姑妈打来的。姑妈先是一阵嘘寒问暖，然后就把一件"正事"说得有板有眼。她说她一位闺蜜的侄子成立了一家网络公司，正在开发一款手机软件，是一个集合优质匠人的PGC（专业生产内容）平台，旨在为这一群体提供服务，该平台取名"匠谱"。目前软件尚处于原型设计阶段，为了先有少量真实数据可做展示和测试，需要先找一两位匠人来充实平台的内容。

茹萍听了个大概，基本明白了姑妈的用意，就表示愿意接受"匠谱"的采访。她也希望利用这样的平台将植物之美分享给更多的朋友。

于是，茹萍就见到了一位名叫陈杰思的网络工程师。

这次采访非常顺利，茹萍毫无保留地向杰思讲述了自己的经历和与植物的情缘。杰思也十分坦诚，跟茹萍聊了不少自己的创业故事。

创业之前，杰思曾经在亚马逊公司工作过一段时间，月入数万。这是一份让许多人都垂涎的工作，但偏偏杰思不大喜欢。他是个想法很多的人，却很难有机会去实现，心里就老觉得很不舒展。加之他又是个极爱自由的人，受不得太多的管束，就决定自主创业，做自己想做的事情。他宁做小国之君，也不愿当大国之臣，那份高薪在他眼里也就失去了魅力。杰思很快就辞掉了工作，还卖掉了房子，和几个朋友合股成立了一家网络公司。

杰思看上去安静、文雅、老实，甚至有点保守的样子，可骨子里却有几分狂野。他的举动在周围人眼里实在是太过草率，在父母长辈们看来更是几近疯狂。但茹萍却对他相当欣赏，她觉得杰思有着与自己相同的性格和价值观，他们都不愿意委委屈屈地苟且着，都不觉得有房就是一生的保障，他们不要房，要梦想。

　　这次谈话非常愉快，他们对对方的印象也是相当不错。特别是茹萍，她没想到竟然能遇到一位各方面都让她感到亮眼的男人。杰思言谈举止间透着一份成熟和干练，与人相处时还能将每一个细节都处理得细致周全，让人感到非常贴心，也非常舒服。而且，杰思长得也相当周正，眉宇间透着一股英气，皮肤微黑，散发着健康和阳刚的气息。作为资深"颜控"，茹萍心里当即就有些微微的翻腾。

　　这以后，他们也便成了要好的朋友，逢到节假日，就常常约上一些朋友一同出游。慢慢地，茹萍对杰思便芳心暗许，就频频发招，制造各种机

会与杰思相聚。杰思实在也是个聪明的人，茹萍的意思他当然早就有所感知。他对茹萍也有着颇高的评价，但却不曾将感情之类的事情联系上去。那时，他正处在创业的关键时期，满脑子都是工作，婚恋的事情并未排上日程。再者，他那年已经 31 岁，茹萍才大学毕业一年有余，在他眼里茹萍就是一个可爱的小妹。因此，在和茹萍相处的过程中，杰思始终保持着适当的距离。

但在杰思心里，茹萍无疑是最优秀的女子，实在也是万里挑一。时间一长，他就慢慢地发现自己也对茹萍有了一份难舍的情感。于是，当茹萍在和他微信私聊中明确表达爱意的时候，杰思只一句"明晚我们看电影吧"，便做出了含蓄而深情的回应。

数日之后，他们宣布订婚。又过了四个多月，二人便喜结连理。

茹萍和杰思以闪婚的方式终结了各自的单身生活，共筑一个爱的小窝。但有了家庭，便生出许多的琐事来，不复有单身时的洒脱了。油盐柴米、缝补浆洗变成了家庭的日常。茹萍觉得，成家就该有个成家的样子，她不能再用一块三明治打发自己了，也不能让老公日日靠着外卖过活。她就调整了心态，转变了角色，要做一个贴心暖肺的好妻子、善做家务的小妇人。

于是，"三日入厨下，洗手作羹汤"。她每日清晨鸟儿一叫就翻身起床，浇花做饭，收拾房间。她还会把自己和杰思的午餐也准备停当，然后再去工作室里做自己的事情。晚上回来，他们会一起说说笑笑地做一顿有滋有味儿的晚餐。

结婚之前，茹萍和杰思都不会做饭，但现在他们都愿意为了对方做出改变。茹萍曾经对那些善为家务、甘心奉献的主妇们不以为然。她觉得人生是应该创造更高价值的，而不应该浪费在无穷无尽的家务琐事上，那是对生命的辜负。但随着角色的转变，她的想法也随之发生了变化。因为爱，她甘愿去做那些她曾经深恶痛绝的事情。她不再只把事业看成是生命中的头等大事。她发现，有深爱的人可以相守，那些寻常的日子也变得光彩熠熠，那些日常生活的情趣就躲藏在琐碎的家务里。她挥动着锅铲和笤帚，要将它们从角落里赶出来，和他们一起歌唱和舞蹈。

回到森林

杰思越来越觉得茹萍是个了不起的女子，她精神独立，极有主见，却又懂得如何做一个贤良温柔的妻子；她风风火火追求梦想，却不忘把寻常日子过出诗情画意。杰思便是感激上天的恩赐，生命中有了茹萍，他的人生便升级了版本，删除了单身生活中的粗糙与混沌，日子也变得精致、柔软和绚烂起来。杰思也就尽可能地对茹萍给予关心和支持。

他们婚后的生活就这样在不断的磨合调试中渐入佳境。事业、爱情、家庭都有了，他们很满足眼下的生活。但不久之后，一篇在微信朋友圈里广泛转发的文章又在他们平静的生活中激起了几圈涟漪。

那篇文章讲述的是一对都市白领夫妇卖掉鼓浪屿的房子隐居乡村的故事。茹萍和杰思便被他们的故事所打动，一个大胆的想法瞬间便涌上了心头。他们也想去更加清静的地方，过那种更为单纯更有诗意的田园生活。

当初茹萍从北京来到厦门，是想要寻个清静，可住了两年，还是觉得与理想中的乐园差距甚远。只要是城市，都会扰人神思。茹萍从来就不喜欢城市，她的事业也不依赖于此，既然已经躲了起来，索性就躲得更远一些。她想寻一片山林，远离了尘寰，不与俗世多纠缠。她希望大海就在眼前，植物们就围绕在身边，还有相爱的人儿可以相守每一天。

杰思也是个喜欢安静的人，他们的想法自然也就不谋而合了。

他们的工作都不依赖于城市，只要接通网络，在哪里工作都能照常推进。撤离城市对他们来说就没有那种割断血脉的疼痛，也就并非脱离现实的妄想。他们只是担心这么做父母会难以接受。

　　不过，很快他们就想到了一个解决的办法。他们决定回到杰思的故乡诏安，和他的父母靠得更近些，也便于相互照应。他们觉得这个方案应当更容易获得他们的认可。果然，正如他们希望的那样，当双方父母得知他们这个想法的时候，均未发出反对的声音，事情也便有了一个皆大欢喜的结局。

　　茹萍和杰思便收拾家当，作别厦门，奔去了诏安城郊那片海边的丛林。他们在丛林中租下一块荒地，然后全家动手，开荒奠基，仅仅花了七万多元，便建起了那幢梦中的丛林美墅。这时，他们才发现，要过上自己想要的生活其实并不是想象的那么困难，更不像许多人以为的那样，得首先将自己变成大款。

§ 全家齐上阵，自己动手，筑建梦中的居所

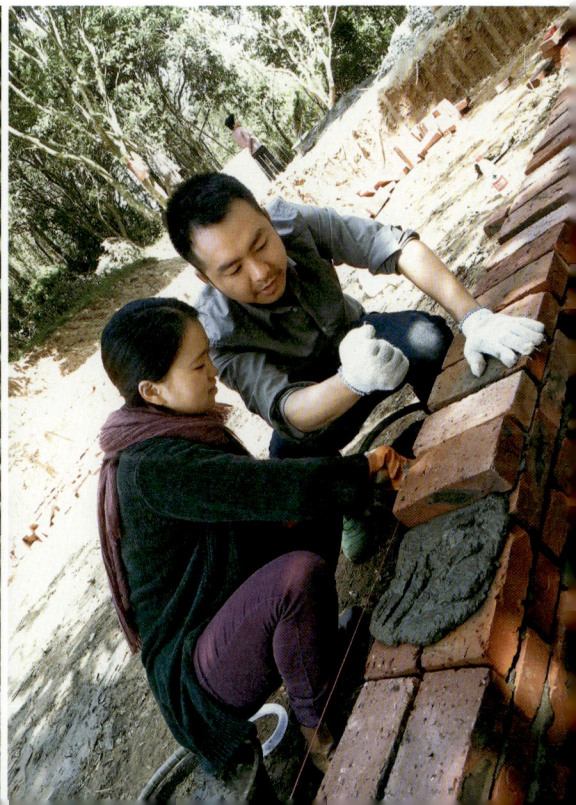

住在丛林当中，四周少有人迹，只偶尔依稀听到远村的狗吠与鸡鸣。不再有市声的喧扰，也绝去了无谓的应酬，可谓"户庭无尘杂，虚室有余闲"，茹萍的心也便更加安静了。

她常常偷偷地乐呵，庆幸自己年纪轻轻就过上了梦想中的生活。她是身随心动，而非心为形役，这是何等美妙的事情。她可以日日与植物们为伴，习知它们的秉性，发现它们的美丽，零距离地感知四时的节律。

这一来，茹萍对植物们便有了更多的了解。在植物的世界里自有荣枯与生死，但繁荣总是毫不掩饰地盛大绽放，而衰亡也是极有尊严地悄然退场。植物之间亦有竞争，它们争地争水争阳光，争壮争高争妖娆，但这竞争来得坦坦荡荡、正气昂扬。它们只做最好的自己，不伤及他类的利益。茹萍每一天都在领悟着植物们给予她的深刻教义。

一花一世界，一叶一菩提。

花叶的筋脉里都写着一些世间的真谛，她愿意日日吮取。有些植物甚至成了她的精神偶像，比如仙人掌。这种看上去其貌不扬的植物外表带刺，却是内心柔软；它要的不多，只需涓滴，但在最干旱的环境里，它却饱含水分。茹萍发现，对外物依赖越少，就越能活得海阔天空。她能看淡利益，不留恋繁华，获得身心的解放，这仙人掌便是给了她不小的启迪。

茹萍相信自己生下来就注定了与植物的缘分。她猜想自己的前世定是森林中的一株植物，要不怎么解释母亲随意捡来做她名字的两枚汉字，都头顶着草木的花环？这似乎预示着她此生的使命便是要去发现植物的美丽。她想起自己很小的时候，竟莫名其妙地想要开一间花店，还想成为丛林中的精灵花仙。或许，人的一生是早就有了定数的，回到森林便是她生命的归宿。

茹萍日日里都在观察身边的植物，满心满眼都是它们俏丽的身影。茹萍不是诗人，却让植物们激发了灵感，她心中便也诗意纵横，不断有诗一般的句子如叶面上的水珠晶莹地滴落。

来了一场雨／植物有些微醺／不是喝多了雨水／只是无意间低头／露珠从叶面滑落／植物看见了露珠里晃过的倒影／迷醉了自己。

有时，她会长时间地凝视一片叶子，诗意便在叶片上轻盈地跳跃。

一片片满腹心事的叶子／欲言又止／当叶子躺在白色的背景上／看似平凡的叶面／忽现深刻的美丽／就像一团火焰／等待狂风吹起／就像一块金箔／等待塑造成型……

在某一个瞬间，她忽然觉得此生若能做一片温暖的叶子，懂得大地的心思，也是一件幸福而美丽的事情。

你对树洞说的悄悄话／被叶子听了去／只留下叶脉／知道故事的原来……

我便想起王小波曾经说过的一句话来，他说："人仅有此生是不够的，还应该有一个诗意的世界。"

茹萍便为自己缔造了一个诗意的世界。讲述她的故事，我获得了一个惊喜，就如敲碎一枚蛋壳，滚出一对金色的双黄——一个是她俗世里的欢愉，一个是她在诗意世界里的飞扬与飘逸。

此刻，我不知该用一句怎样的话作为这个美丽故事的结语，就只好借用童话体中那最著名的两句——

从此，在那美丽森林中的小屋里，王子和公主过上了快乐、幸福的生活。

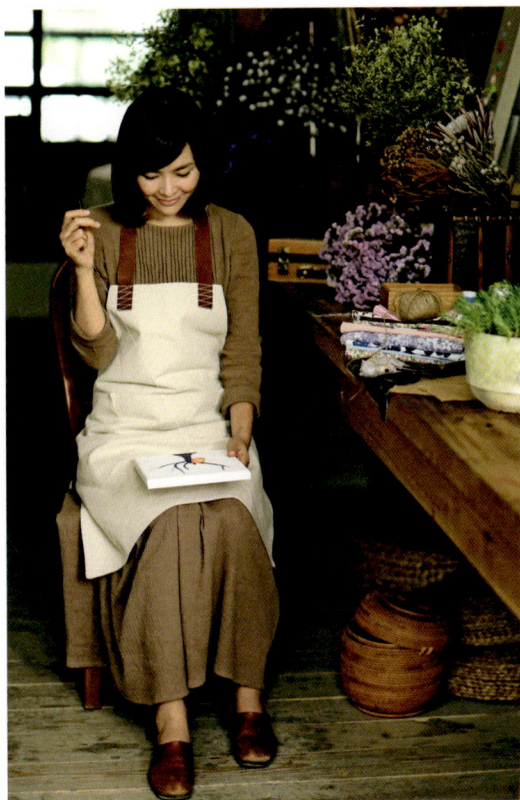

宁远

安卧在自己的本性里

不必行色匆匆，
不必光芒四射，
不必成为别人，
只要做你自己。
——【英】弗吉尼亚·伍尔芙

　　成都的冬季总是难熬的。

　　北国的严寒是正大光明地凛冽，而此地的阴冷却似一种阳奉阴违的算计。阴冷从不防备的方向侵入骨肉，掠夺业已拮据的体温。

　　偏是此际，供电中断，我只得躲进被窝里去。但睡意尚待回暖，我须得稍作等待。手机倒是电量充足，就顺手在朋友圈里点开一个音频的链接，便听到一个柔软的女声。

　　那声音似不是出自朗诵家之口，没有那么多技法上的讲究，慵慵懒懒，有一搭没一搭地说着自己日子里的淡事，像是友朋间的闲话趣谈。这是她在朗读自己的文章，大意是，她愿意"把时间浪费在美好的事物上"。而她所爱着的那些美好的事物竟都是些琐碎的生活细节，无非是带孩子、做手工、烧饭、种花、写文章。她相信这些细节乃是生活之本质，而美好的生活，便是和喜欢的一切在一起。

　　自己的文字由自己来诠释，实在有原汤化原食的效果，是很利于消化与吸收的。我便往下听去。文章篇幅不短，我却并未被催眠，情绪反倒是开始昂扬了。

　　老实讲，我一向是极排斥那种小女人散文的，多半无病呻吟，故作娇嗔，过度修饰如整容化妆，总是缺乏天然与真诚的。但这个声音与背后的文字却似一股天然的温泉涌出岩穴，在那个寒冷的夜里，让我感到了一股暖意。

　　倒查回去才发现，这声音来自一个叫作"宁远"的女子。我便想起，她原本是我成都电视台的同事，大约是在十年以前，她跳槽去四川电视台做了新闻主播。"5·12"汶川地震的时候，她在直播中几度哽咽，流露出悲悯的情怀，被网友赞为"最美女主播"，忽然地就红起来。后来，听说她被湖南卫视挖走了，再后来便没有了她的消息。

而网上资料说，几年前她辞掉湖南卫视的工作，躲到成都郊外，开了一家网店售卖自己手工制作的服装。那网店的名字与她的工坊都叫"远远的阳光房"。我之前似乎是在哪里听说过它的，却不曾与宁远联系在一起。

　　她的这个巨大的转折倒是让我好生吃了一惊。湖南卫视堪比造星工厂，趁势再火上一把乃是一件很可期待的事情。她却躲开炫目的灯光，于灯火阑珊处过起寻常的日子来。其转身的动因撩动了我的万般猜想，我极想知道，是何等的力量推动了她的逆向而行。

　　辗转联系上宁远已是仲春时节。

　　车头撞开迎面扑来的浩荡春色，我奔向远远的郊外。"远远的阳光房"正慵懒地享受着春阳的暖意。

　　我和宁远便在她这间工坊的会客厅里见了面。她迎上来的时候满脸都是笑意，但眼神里却闪过一丝拘谨。对她来说，我完全就是个陌生的人。她在台里的时候，我们无缘相识，她甚至是全然不知有我这么一个人的。

　　2004 年，她考进台里做主持人的时候，我已经离开主播台退到幕后去了，彼此又分属不同的频道，工作上是完全没有交集的。但作为新人，她闪亮登场，躲在角落里的我当然是会注意到的，所以，对她倒也并没有生疏的感觉。

　　印象中，她是极有个人风格的新闻主播。那时，新闻播音大多是字正腔圆、照本宣科式的，她却是不拿腔调，采用了一种近似于说话的口吻，自然是显得松快、亲切的，还偶有发挥，略作点评，便见得从容大气。

　　但即便如此，我也只觉得她就是个业务不错的主持人，今方始知，她竟是如此地内秀，对人生亦有深透的认识。

　　话题在闲聊间深入，气氛就迅速热烈起来，彼此便都有一种逢到同类的亲近之感。她的讲述一如她的文字，随和而坦诚。她的经历即是一次不断寻找心之所属的旅程，她历经了种种之境遇，便识得了生命之真味，身心也都得到了安妥。

走出大凉山

宁远的家境远不是人们臆断的那么优越，既非豪门大户，亦非书香世家。1980年，她出生在四川攀枝花市的米易县，她的家位于大凉山深处的一个半山村落中。祖辈都是土里刨食的农民，到了她父母这一代，依然未能走出大山，但他们算得是有些见识的人，知道土里是刨不出黄金的，也刨不出一个锦绣的未来，便决意，虽穷其所有也要将孩子送到大山的外面。

但侍弄土地的农民哪有更多的门道，读书便成了唯一的出路。宁远在八岁那年被送到了镇上的小学去念书，还进入了一些兴趣班，受了些美术、舞蹈之类的艺术启蒙。过了两年，父亲又设法将她转到了县城里的学校去寄宿，直念到初中毕业。如此一来，她在农村待的时间实际并不太长，视野自然要比大山里的孩子开阔了许多。从小离家，也让她学会了独立地面对一切。

初中毕业之后，她考上了攀枝花师范学校。选择师范是出于很现实的考虑。师范生可以免除多项费用，且有一些补贴，毕业还能分配工作。这对农家的孩子是颇具吸引力的。即便在县城里当个小学老师也总比种地来得好，也算是跳出了农门。

虽说念的只是中专，却是对她有了很好的锻炼。中专的主要任务是培养小学教师，小学教师是要一专多能的，什么都得会那么一点。宁远学的是美术，同时也学了些音乐、舞蹈的基础，以及普通话和手工技艺。她在语言方面倒是颇有些天赋的，很快便可以将普通话讲得字正腔圆，随即就被推选到校广播站做起了主持人。

本以为毕业便可以去做一名老师，却恰在那年，大中专毕业生国家统一分配的制度突遭废止，这让她相当地失望和迷茫。却也正是这始料不及的变化，给了她奔赴另一种人生的可能。

随后，父亲托了各种关系，争取到一个去县电视台实习的机会，她便由此接触到了电视。实习期间，她学习了新闻的采写与编辑，还进配音间里为新闻稿件配音。这些体验对她来说极为新奇，而新奇是最易孵化梦想的。她便从此怀揣了一个梦，想要做一名又能采写又能主持的全能型电视人。但以她的学历论，要进电视台是相当困难的，她便有了报考大学继续深造的打算。

正巧，这时四川师范大学影视学院正在招生，见了招生广告，她心中便是暗自欢喜。自那日起，她便加紧用功备考，当年也就遂了心愿，成为播音主持专业的一名新生。

大学毕业，她又遇到了一个极好的机会。那时，成都理工大学正在招聘播音主持专业的老师，她又是一考即中。本科毕业生要做大学的老师，现在是完全不可能的事情，大概是要读到博士才会有这样的机会，而她却是适逢其会，站上了大学的讲台。

圆了电视梦

虽然心里一直想做个电视人，却又让命运引导着走上了另一条道路。不过，她所从事的工作其实与电视台也是颇有关联的，是在为电视台输送着播音人才。但于她个人而言，她还是想去电视台一线挥汗如雨地干他一场。

说来也巧，两年之后，机会来了。那时，成都电视台全新打造的一档民生类新闻节目《成都全接触》正在招兵买马，她便立即前往应聘，并过关斩将杀到最后，最终成了这档新闻直播节目的主持人。

这档节目定位于民生视角，是颇接地气的全新形态，一经推出便在观众中赢得了较好的口碑。宁远的主持也为节目增色不少，台里自是看重她的能力，她的"戏份"也就重了。为了让节目与主持人高度黏合，宁远被要求每天必须在节目中亮相。却不料这一上节目便是连续的 400 多天。

　　此一来倒是有很好的效果，几乎一提到《成都全接触》，观众便会想到她，一说到她也会想到这档节目。但对她来说，持续一年多的高强度工作终致她身心俱疲。她不仅每日要上两档直播，还要兼顾学校的教职。这个过程完全消磨掉了她的激情，只是机械地重复着相同的工作。这时她才发现，这与她当初的梦想实有云泥之别。

　　此轮连续400多日的持久战役，几乎耗尽了她生命的脂膏。这全然不是她想要的生活，她想停下来歇息了，也必须给自己一些充电的机会，她感觉灵魂早已濒于虚脱。几番思虑挣扎，她终是起了离去的心思。她决定考研深造，但不打算再学播音主持了，她要报考中文专业。

　　事实上，她自小便热爱着文学，这些年来她从未中断过读书和写作。但文学是不能帮助她走出大山的，她便只得将它暂且搁到了一边。现在，她早已将身体安顿在了大都市里，该是要回头来安抚一下心灵的时候了。她一直觉得文学是能真正抚慰灵魂的良方，她对文字的热爱超过了别的爱好，包括她一直喜爱着的播音主持事业。

　　于是，她离开了那个极其辛苦却也给她带来许多荣耀的主持岗位。却不想，备考期间，又一个机会出现了。四川电视台正在招考节目主持人，她又决定要去试他一试，毕竟她还是喜欢这个工作的。而且，应考之前她也打听过了，此次招人的栏目是《四川新闻联播》，据说那个栏目尚未实行直播，也有若干主播轮班，应当是比较舒服的一个岗位。

　　她在心里盘算着，今后，立足学校，拥有一份清闲的教职，再在媒体中占上一个席位，能充分地接触社会，却又并不太过忙碌，能露露脸，也有稳定可观的收入，便是很可满足的事情。这便是一个有着进取心，却又并无更大志向的小女子一点小小的心思。

　　结果，她考上了。同时，考研也得以顺利通过。

　　但她并没有被安排到所希望去的那个栏目，而是去了另一档深度报道节目。因为在入职的新人中，她的整体素质是相对优异的，台里便决定把

这样的日子没有了从前的光亮，变成了一种亚光的质地，却是更加
柔韧耐磨了，便能承受住更多岁月的经过。

她放在更能发挥能力的岗位上。于是，她成了集采编播于一体的记者型主持人，就像她当初梦想的那样，她终于做到了。

这个工作虽比她希望的要忙一些，却是远没有连续 400 多天不间断工作那么虐心。记者、编辑和主持人的活儿她都一并干了，业务能力自然提升得很快，还增广了见识，人也更加成熟起来。她一边做主持人，一边教书，一边读研，在不同角色间切换和跳跃，生活忙碌而充实，她又重新找回了当年的那份热情。

就这样送走了两年的时光。

最美女主播

转眼就到了 2008 年。

这一天，她突然接到台里的通知，要她到《四川新闻联播》去做新闻主播。这正是她当初想去的那个栏目。做新闻主播比之前的工作更加单纯，只作播报，无须操心别的什么，生活也更有规律，她自然是非常乐意的。

那年她 28 岁，刚刚结婚不久，也正计划着要一个孩子，她希望有更多的时间和家人在一起。同时，她也期望着生活更加安定，将这些年的经历与思考再好好沉淀一下，静心地开始有计划地写作。

就在她调任新节目主播的第三天，即 5 月 12 日，一件惊天动地的大事件发生了。作为那场特大灾难发生地的主流媒体，四川电视台和成都电视台几乎同时开启了 24 小时不间断直播模式。之前，两台均无连续直播的经验，这对电视人是一个严峻的考验，对直接面对观众的主持人来说更是一个巨大的挑战。

此前，成都台的新闻节目已经实现了演播室直播，而四川电视台尚处在录播状态，原有的新闻主播毫无直播经验，断难应对那种复杂的场面。

于是，这个艰巨的任务便历史性地落在了宁远的身上。

此时，她才发现，在成都台那400多天连续工作的煎熬，原来是上天对她的磨炼。苦其心志，劳其筋骨，是为了让她有能力去完成更加重要的使命。长期的直播经验使她可以从容应对各种突发状况。而习惯照着提词器念词儿的播音员们，若是突然被推上直播台去，往往是会不知所措、无话可说的，但宁远却能随机应变、滔滔不绝。

她一坐上主播台便是三天三夜不眠不休。没有人能替代她的工作，她必须坚守。同时，她的生命潜能也被完全激发了出来，整个身心都处于极度亢奋的状态。她知道自己传送出去的每一条信息都有可能挽救许多人的生命。她刚刚播出一条某地灾民受困的消息，马上就有救援队伍冒死进入。当灾民获得救助的消息传回演播室的时候，她便深感欣慰。所以，在地震发生之后的几个昼夜里，她一直坚守在直播间，像一名坚守阵地的战士。此时，她体会到一种从未有过的被需要的存在感。

那些日子，亿万观众都在日夜关注着四川卫视的直播，人们熟悉了这个名叫宁远的主持人，关注着她传递出的来自救灾一线的消息。

那些日子我也坚守在成都台《成视新闻》的播控台前，正前方的电视墙上是四川台、中央台和凤凰卫视的直播画面。我们在直播的同时也在关注着这些台的消息，便知道宁远一直在主播台上死扛了几个昼夜，大家都感叹宁远真不愧是我们成都台培养出来的"女汉子"。

有一天，她在节目中播出了几条特别令人震撼和辛酸的消息，之后又念了最新的一串伤亡数字，便突然难以自控，眼里盈满了泪水，几度哽咽而不能言语。但稍作停顿，她便迅速调整好情绪，继续播报新闻。

这一幕，我们直播团队的每个成员都看见了，那些令人揪心的消息和画面让大家都沉默无语。亿万观众也看到了她在镜头前的这次情绪的波动。照理，作为职业新闻人，在镜头前应该只作客观报道，不可流露太多个人的情绪。但在那样的情境之下，若非铁石心肠，谁可以做到若无其事呢？相反，她所流露出的那一丝心痛和感伤感染了无数的观众。此时，观众们的心里也在隐隐作痛，这个坐在主播台上的女孩与他们一样感同身受，他们看到了她内心的善良与悲悯，不由得称赞她是"最美女主播"。

这一偶发事件使她意外走红，这是她不曾料到的。她只认为自己是尽了本分，不过是真情的流露，并没觉得自己的表现有多么优异。但在旁人看来确还是相当的优异，不仅观众，业内专家也是高度认可，因此，她便顺理成章地获得了一个很了不得的大奖——中国广播电视节目主持人金话筒奖。这是干我们这行的人梦寐以求的最高荣誉。

这是她与电视的一段甜蜜的相恋。那时，她觉得作为电视人，能生逢其时，在那个紧急时刻能发挥一份作用，是命运之重托，也使她获得了让自己深感骄傲的经历。那些燃烧生命的昼夜是她人生价值的最大实现，也是一种最为带劲的工作状态。

但当灾难过去，一切又重新归于平静，她突然觉得有些空虚和失落了。她按部就班地工作，坐在镜头前带着职业微笑念一大串领导的名字，播报会议新闻和各种建设成就，却完全不知道讲出去的话会有多大的价值，她得不到任何的反馈。而刚刚过去的那场抗震救灾直播却是完全不同，她成了信息的枢纽，最新的消息从她嘴里传送出去，并会立即收到相关的信息反馈，自己的每一分努力都能帮到需要帮助的人，她便有了巨大的动力。而现在，不温不火地吐字发声，人便一下子跌入了无边的虚无之中。

她尽力地调试着自己的心态，告诉自己那体现价值的大直播毕竟不是世界运转的常态，或许生命的真相就是大面积的平淡与庸常。从那时起，她便意识到，生命的激情不能只靠外力的激发，必得有内生力的推动方能持久地喷发。

正当她反观自我，思索人生价值与趣味的时候，台里对她愈加重视起来。此时，她已经成了人气日旺的传媒红人，台里不失时机地让她在各种节目中频频亮相，希望她的名气能够趁势再次飙升。在此后较长的一段时间里，访谈、娱乐和综艺类的节目她都做过，还主持过各种大型晚会。同时，她还受到官方的邀请，以抗震救灾英雄的身份参加过多场英雄事迹巡回演讲。

那段时间里，她可谓风头出尽、荣誉加身。处此境况，多数人都会飘然而不知东南西北，但宁远越来越觉得味道不对了。自己原本只是一个普通的主持人，做了应该做的事情，竟然成了英雄；曾有一刻触景生情，情难自抑，当众哭了一鼻子，却又成了"最美女主播"。她不太明白，自己怎么就成了新闻人物，被各种需求过度地消费着。每当有人叫她"最美女主播"或者"抗震英雄"的时候，她便感到有些难为情了。她觉得那些救灾一线置生死于不顾，甚至献出生命的人才是真正的勇士，而她所做的实在算不了什么。

她心里就越来越慌乱。那段时间，她穿梭于各种节目之间，基本找不到自己的定位，不知道自己适合做什么样的节目。她还疲于应付各种不能推脱的社会活动。其实，她知道自己并不需要这些，也很难做好如此之多的事情。突得大名，她不但没有感到陶醉，反而徒增了许多烦恼与迷惘。

正当此时，她发现自己怀孕了，便趁此请了长假回家待产。她需要一点距离和空间让自己沉静下来，想想今后的路该怎么去走。在那段时间里，她开始更加观照内心，把更多的时间与精力放在读书和写作上了。偶尔她会做一些手工，设计一些衣服和鞋子，把丢掉多年的绘画也捡了起来。慢慢地，她觉得做着这些自己喜欢的事情，心便安静了下来，内心安妥的日子便是难以言说的美好。

生完孩子，她的生活又回归了原有的秩序。这时，台里专门为她打造了一档全新的节目，并以她的名字命名，叫作《宁远时间》。她自然成了这档节目的灵魂人物，制片人、主编、主持，身兼数职。台里的信任与重托让她很是感动，也有了新的希望。或许，这种更有深度的栏目比较适合自己，有望做出一点个人的风格来。

心强大了起来，就不再需要那些炫彩的装饰，便回归到了生命的本真。
她更在意内心是否变得丰饶，她不在乎是否和时代的转速同步，她在
自己设定的自转节奏里自以为是地任性恣意。

徘徊彷徨，吾将何往？

然而，事情却并不按她的意愿去发展。做了一段时间之后，节目开始变了味道。台里对所有节目都是有收视率要求的，为此《宁远时间》便不得不策划一些能博取眼球的选题。这便有了形形色色的奇葩人物和他们的离奇故事在节目中展演，哭闹打骂，乌烟瘴气，成了低俗的闹剧。

她再度深陷于苦闷之中。这不是她想要的节目，她也不善于管理一个团队，那种骑虎难下的感觉令人尴尬和烦躁，也让人喘息不匀。她想放弃，却又不知道该往何处。正当此时，湖南卫视向她发出了邀请，希望她加入"芒果团队"，共同打造一档名为《帮助微力量》的公益栏目。

她便有了忽逢桃花源的感觉。"芒果台"自然是实力更强的团队，加入他们当会有更好的发展。他们的邀请让她更确认了自身的价值，她便有了重新起航的信心。

但运有不济，那个栏目也未能如预估那般火热，收视率没有达到台里的要求，做了几期之后便无奈停播。随后，宁远被暂时安排去做一档娱乐性的新闻节目。台里表示，待时机成熟再为她量身打造别的栏目。

尽管与芒果台的首度合作未能成功，但台里依然是重视她的，给了她各种不错的待遇，还希望她举家移居长沙，全情投入到工作当中。此时，一道难度极高的选择题摆在了她的面前。如果她有足够的耐心，假以时日，或许会等来事业发展的全新机遇。但移居长沙，学校的教职便不能兼顾，而且她先生的事业是扎根于成都的，随往长沙似也很不现实。若她决意要去，便是意味着在较长一段时间里，他们都会两地分居，孩子也就不能得到父母的同时陪伴了。

她一向是重视家庭的。为了事业的发展将家庭拆分成两块，她不能接受。当年她确实是那么的喜欢电视，从在县电视台实习时开始，她就立志要做这一行。为了这个梦想，她一路打拼过来，不断成长，并冲上了事业的高峰，但同时也备尝艰辛与内心焦灼的煎熬。

而现在，她成了一个妻子和母亲，她愈发觉得事业并非生命的全部，她要把更多的时间和爱分给家人，也要留一些给自己。仔细想来，她当初执着于这项事业，并非生命之所需，而是因为干好了可以得到认可与奖赏，做主持便是相对更容易得到大众认可的一项工作。她认真投入地去做了，也确实得到了认可与奖赏。但深夜扪心，她发现自己的内心并未因此获得真正的快乐与抚慰。她原是奔了结果而去的，并非在享受工作的过程，所以才会感到身心疲惫。若是在过程中得以陶醉，断不会有如此深重的疲乏与厌倦。

事实上，她是个骨子里极其安静的人，不太善于交际应酬，也不适应强烈的灯光，更不适合做需要团队合作的工作，她喜欢安静地和自己待在一起。她敏感、害羞、完美主义，每次出镜之前都会感到紧张与不安，生怕不能做得最好，心自然是会感觉很累很累的。

当她想明白这些道理的时候，便告诉自己，是时候回到自己那里去了。

她便决然地离开了，且决心再也不做电视。她的这个决定让许多人惊掉了下巴。要知道，多数主持人，特别是一些女主持人，面临转岗的时候都有着万般的不舍。这个岗位带给了她们太多的荣耀与实惠，为了能留在主播台上，她们会使出各种招数。所以，宁远的主动离去自会让许多人深感疑惑。

而我却是完全懂得她的心思的。本质上我与她很是相近，这个工作的性质从根本上讲是与我们的本性相冲突的，这也是我当年选择离开的原因。

我常常会想起瞿秋白先生，他年轻时怀揣着救国的理想踏上了革命之路，并成为中共核心领导集团的重要人物。但他在狱中回顾自己一生的时候，才发现自己最想做的是一名乡村的小学教师，而他却做着叱咤风云的革命工作，心里竟又时时想着要"回到自己那里"。他觉得自己踏上此途实则是一个"历史的误会"。命之将尽，追怀过往，他最怀念的不是他一生的荣光，而是他最爱吃的廉价的豆腐。

我便觉得，生命的美好未必是要轰轰烈烈，那些寻常日子里的点滴细节才是最堪玩味的隽永滋味。

宁远便是也想要"回到自己那里"去了，去体会缓慢而平常的日子里更多迷人的细节之美。

安卧在自己的本性里

回到成都，宁远便开始了一名裁缝的生涯。

这个转身实在显得突兀了一些，外人是横竖看不出转弯的轨迹来的，那无疑是直接将车尾变了车头，立时作了逆向的行驶。但这个逆转里必有其自身的逻辑，看似云淡风轻或是草率任性的决定，事实上是她预谋已久的一次骇人听闻的"政变"。她成功地推翻那个不能让内心获得安宁与幸福的制度，她建起了属于自己的国。

这当然是她的理想之国了。在那里她得到了巨大的自在，可以尽着性子做个自己了。但那与她叱咤职场时的光鲜比起来便是暗淡了许多，比如，做些个裁缝的活儿，便是拿不上台面去说的，不过，她恰是不喜欢曾经的那个"台面"，是让强的光射得没有了一丁点"私底下"的东西了。而躲起来，让自己"原形毕露"才是最舒服的状态，自适的味道是最为绵长的一种隽永。

要说宁远打算做个裁缝，倒也不是只为了生计的考虑，而是源于一个兴趣的驱使。

在怀孕待产的数月里，她独自在家，日子里的喧杂与尖锐被窗幔过滤掉了大半，屋子里便剩下些纯净柔软的时光。她沏上一壶茶，就着少许的阳光和鸟鸣，展开一段布料，任凭灵感牵引，沿着一条通往美好的线索走刀其上，然后飞针引线。当那些布料最终变成她想要的模样，心便暖暖地融化了一地。

　　这种慢悠悠的日子她是如此喜欢。再没有人逼着往前赶了，也不再有心惊肉跳的直播倒计时，一切都按自己的节奏来，一切都自己说了算。她发现手作是有疗愈之功的良药，可以益气安神，让她又回到了自己的本性里。那里安全温暖如母亲的子宫。她忆起了很小的时候，没有人启发，也无人教授，她自己摸索着便能做出一些喜欢的东西来。缝个布包，绣三五只花鸟，或是织一件毛衣，缝缝补补、飞针走线间便自有无尽的欢喜。

偶尔，她感觉有一丝的胎动，便欣喜地跟肚里的宝宝絮叨几句，手头又做一些细碎的活计。一段时间下来，就有了好些像模像样的女红。她便自己留下一些，又送些给朋友，听他们说好，心里就很是熨帖和快慰。过着这般无可无不可的日子，她便发现自己其实也只是一个普普通通的小女人，这才是她自己，曾经那个风风火火要强上进的宁远，连她自己都感觉有点陌生和遥远了。

有一天，她突然想做一双鞋子，就是她做小女孩的时候想要而总也不能如愿的那种钉字皮鞋。她凭着记忆画了图纸，又请一位乡下的皮匠师傅做成了实物。她捧着那双鞋反复欣赏，实在喜欢得不行，就忍不住拍了照片发到网上去显摆，还写了些文字讲述自己做鞋的过程和心情。不料竟引得一片赞叹，好多女孩子便感慨这双鞋带她们走回了童年的记忆之中。

这时，宁远方才醒转过来，做这双鞋原本是没打算讨好任何人的，只是想要安慰自己的心，却无意间也安慰了别人的心。这个世界如此之大，总有些人和自己是气味相同的，是这双鞋帮她找到了同类。他们都有着类似的经历和感受，甚至有着相同的审美与价值观，当他们通过网络找到彼此的时候，都感觉无比欣喜。

于是，就有人说，想要买她做的鞋子。

从这双鞋开始，她一意孤行地做出了一系列全然不顾市场需求，只满足自己喜好的服装和饰品。而这些任性之作却也同时戳中了那些同类们的心窝。她便在淘宝上开了一家小店，通过这些手工的物件与她的知己和粉丝们进行着情感的沟通。她相信，这些手工作品绝非僵死之物，当她用心创造出它们的时候，便赋予了它们某种或明或隐的含义，它们便是有生命和态度的鲜活存在。通过这物的介质，情感得以交流互通。她就决心要在这个物质的世界里找寻更多精神的含义。

随后，她便邀请了两位老乡和她一起来做这件事情。她主要负责设计和指导，两位老乡则进行手工制作，她的网店就有了更多的新品。

宁远到底是有些名气的，关注她的人原本就不少，现在许多人又变成了她手工作品的消费者，她的网店便这么无心插柳地热闹起来。

即便如此，她也只是把它当了副业来经营，完全没想要赚大钱的意思，只是希望有人能分享自己的创作。但在她去了湖南卫视并面临艰难抉择的时候，这项副业的分量在她心里却日渐加重起来，最终使那台天平失却了平衡，并将那份高大上的正业跷翻在地。

她离开了电视台，甚至大学的教职也不要了，突然间从一个耀眼的公众人物变成了网店的小老板。她于是将自己定位为一个"诚实的手艺人"，一个"有情怀的裁缝"。她还抛出一句宣言式的豪壮之语，便道是："从此我混裁缝圈，可以带刀走江湖。"

带刀走江湖

她的这个举动自然会让许多人感到惊讶和不解，但她的先生却是最能懂得她的。多年来，她一直不曾消停，苦寻着灵魂回家之路。现在她终于找到了，先生自然是快乐着她的快乐，也幸福着她的幸福了。

她一直憧憬着这样的一种日子：早晨自然醒来，整理完毕，泡一杯咖啡。这一天没有特别需要做的事，书架上随意拿出一本书，读几页，在房间里走来走去，发发呆，然后就坐下来，坐在手工工作台前，拿出珍爱的印花布，开始构思，想今天该缝个什么样子的小东西？这个东西最适合拿去送给谁呢？

现在，她终于过上这样的日子了。这样的日子没有了从前的光亮，变成了一种亚光的质地，却是更加柔韧耐磨了，便能承受住更多岁月的经过。曾经她是那么忙碌，那个忙字拆开来看便是"亡心"，就是要忙死个人的意思；有人说，忙也是盲，忙起来就看不见美好的东西。而闲散的日子多好啊，做个手艺人也是好的，把活儿做精了，就能养着生活，更能

棉麻质地，天然草木颜料着色，手工制作，还投入进情感与想象，作品便有了灵性与温度。

养着自己的心了。再不用为了生存和所谓的发展去听命于人，也再不用去拼命地讨好这个世界了。

回想一路走来的经历，她觉得自己从小到大一直都过得特别拧巴。那时她不知道自己想要什么，不敢随着自己的心去走，生怕与别人不同而被视为异类。她尽力变得和大家一样，以期获得人群的认同与接纳。长大了，也在全力地做着符合某种角色要求的努力。她待人处世温顺谦和、周到细致，在人们的心中便树立起一个美好的形象。为了符合这个形象，她的行为举止都得尽量去与之贴合。她一直在扮演着一个应该成为的角色，却是完全放弃了去做一回纯粹的自己。

转变发生在而立之年的前后。以往，她的心还是稚嫩的，总怕不被社会所承认，便奋力地将自己变得更加优秀，获取一些傲人的成绩，证明自己的存在与价值。这么做似乎也是必要的，正是借助了那些成绩，她获得

了一些自信，内心才逐渐地强大了起来。于是她发现，随了性情去做的那些手工作品不也得到了认同吗？获得认同哪见得一定要扭曲了自己呢？同样地，求得生存也有多种途径，怎么非得要将自己搞得那么痛苦和卑微呢？

心强大了起来，就不再需要那些炫彩的装饰，便回归到了生命的本真。过去，她很看重服饰、灯光和妆容，现在这些都变得不再那么重要了，她更在意内心是否变得丰饶。以前总怕不能适应这个时代而被时代所抛弃，现在，她将这个时代抛在了一旁，并在自己的身上克服着这个时代。她不在乎是否和时代的转速同步，她在自己设定的自转节奏里自以为是地任性恣意。

这是一次对身心的自我解救。曾经穿着职业装在主播台前正襟危坐，于舞台之上昂首挺胸，往往别人看着美的装束与姿态，却会让自己极其别扭和难受。所以，她后来设计的服装大多是宽松飘逸的式样，被她称作"袍子"。棉麻质地，天然草木颜料着色，手工制作，还投入进情感与想象，作品便有了灵性与温度。她受够了束身职业装的捆绑，想要一任身体天然自在。

我想起林语堂先生的话来，他说西装是不合人性的。我极赞同，它束缚的不仅是身体，还有人之本性。因而宁远所设计的服装赢得了无数的拥趸。曾经有一个女孩给她写信，告诉她自己是多么喜欢她的袍子，说每次穿上都有一种"想要做好人的感觉"。一件衣服不仅给人带来了美感，还让一个人的心也变得更加美好了，宁远有说不出的感动和骄傲。

于是，"远远的阳光房"便不仅仅是她工坊的名号了，它顺理成章地被她用来命名了自己的服装品牌。这连她自己都不曾料到，当初的游戏之举竟会成为日后大有可为的一项事业。随着需求量的增大，宁远已经不能参与服装生产的整个过程了。她自任主设计师，又吸纳进许多有想象力有创新精神的年轻人，共同来实现手工作品的更大量产。

眼下，她的团队已扩充至四十多人的规模，这其中大多是她的老乡。

　　她是有很深的故土情结的人，自己有了值得一做的事，便不会忘了曾经的乡邻。他们生存不易，拉拽一把，这是她的责任。再者，和他们也都知根知底，他们的心都是诚恳实在的，合作起来也就更加顺当。大家都讲着家乡的方言，嘻嘻哈哈中，就把工作顺利地推进了。置身在这样的环境当中，就像又回到了故乡，那是一种无比美妙的感觉。

　　她没想到，当初那么急于走出家乡的大山，可现在却愈发觉得乡土的美好了。于是，她便把自己放置在了郊外的青绿山水间。在城市里打拼了十多年，城市的病痛都侵犯到她的肌骨里了，她得躲着点。或许只有乡村才能治愈潜伏在身心里的城市病痛。

后来，她又在更远的乡村里租下了一院农房，稍稍加以改造，保留了川西民居的基本风貌，用以接待她的粉丝和热爱乡土的人们。这是她专为他们提供的乡村生活体验场地，那里离成都有约两个小时的车程。那便是蒲江县的明月村，那里有比近郊更原真的乡村风貌和风土人情。

乡村里的生活自是少了那种莫名其妙的竞争，更没有了无谓的搏杀。她觉得自己是个温和的、没有攻击性的女人，不善于与人争斗，她只想好好地与世界相处。所以，她又回到了乡村，她只想老老实实地做个手艺人。手艺人在任何时代里都是硬气的，东西就在那里，喜欢便拿走，不喜欢赶紧走人，没那么多纠扯，也没那么耗费心力，她的心也就更加踏实了。

她还想让两个女儿有一段乡村成长的经历。她没有让孩子进入典型的中国教育体系，她相信乡土会给孩子们更好的教育，会塑造更加天然纯正的品格，这远比所谓的知识和学问更为重要。

乡土给予人的那种质朴与纯真会跟随人一生，所以，她尽量多地带着孩子在乡村里玩耍，不像多数的孩子那样争分夺秒地勤学苦练各种技能。她们在青草与花木间嬉戏，听鸟鸣虫唱，看四季更迭。她们似乎在做着没

§ 宁远的许多时间和精力都用来陪伴两个女儿，她要见证她们成长的每一时刻

有实际意义的事情，但这些事情在她们眼里足够美好，她们都愿意把时间浪费在这些美好的事物上。

现在，她的生活完全在自己的把控中了，她做着与自己性情相合的事情。她带孩子，买菜做饭，养花种草，绘画手工，读书写作。事实上，除了手工，她最喜欢做的事情还有写作，她有许多的思考与感悟，还有良好的文字表达能力，她希望借助文字将自己的内心铺展开来，传递出去。若是自己的所想与生活方式能予人以思考和启迪，她便觉得是很让人快慰的一件事情。

她确有许多的读者，我也是其中之一。自从那个寒夜里听到她自诵的作品，我便一本本将她的书读了个遍。她的文字轻巧飘逸，如她的袍子，却是绝不轻薄的。那些文字在眼前飘一飘，最后会落到人的心里，还会扎下根来。各种的事情与心情，在她的笔下都显得并不着力，轻轻地带过，如风，会吹皱你一池心湖的水，荡漾好一阵子，那涟漪才会一轮轮地扩散到岸边去。我想了许久都找不到一个最为贴切的词来状述那种阅读的感受，若实在要说，或许是可以叫作"隽永"的吧？

她是够聪明的人，做什么都能做得有模有样。写作，她成了作家；设计服装，做成了品牌；做主持，拿了最高奖项；还曾出演话剧，竟也颇有专业的水准。如此有才华与情怀的女子于今似也并不多见了。我很好奇，她怎么可以做这么多的事情而不感到厌倦和辛苦，她说，因为喜欢，因为享受着创作的过程，所以，每一分钟都是兴奋和快乐的。

她能从充满诱惑与光芒四射的生活里突围出来，回到自己那里，便是实现了一次生命的升华。这生命是自带光芒的，无须任何外来的光源。而那光芒并不绚烂灼人，却可以持久地温柔闪烁。

她在自己经营的日子里纵横驰骋着，恣意挥洒，像个温柔的女侠。这便是她一直想要的独立、自由的生活。她相信这样的生活是最具美感的，于她而言，唯有这样生活才是对生命最大的尊重与最美礼赞。

战哥

面朝洱海　四季花开

我不想这样活着
慌慌张张　匆匆忙忙
为何生活总是这样
难道说我的理想
就是这样度过一生的时光
——郝云《活着》

　　对战哥这样的人，我在心里总也存着一份特别的敬重。

　　与许多自各地移居大理的人目的殊异，战哥辞却京城，去往边地小城，绝非只为了赏个美景晒会儿太阳，启一爿小店讨个温饱，抑或是静钓一阕艳遇。战哥是要去那里把一件更紧要的事情做了。这个酷爱机械创作，捣鼓各种奇异装置的痴人，手头不摸着那些细碎的活儿，心里便会着慌得紧。

　　在去大理之前，战哥做了多年的室内设计师，在京城里过得上好。他在黄金地段置有两处房产，还经营着自己的装饰设计公司，没谁不觉得他的日子里尽是春阳丽日。但战哥总也惦着一份未了的心愿。曾经多少个年头，只因京城居大不易，他得为了生存去奔忙，便撂荒了心里的半亩方田，心底里的那点欠缺就总是让他不得安生。于是战哥就干了一件旁人看

§ 战哥的装饰设计手绘图

来很是离谱的事情，他掘断了自己扎在皇城根儿下的那棵老根，决然地"驾机起义"，直飞去了那片心中的乐土福地。

我倒是一向欣赏这样的人，常因一癖人笑痴，却求得心里一个安妥舒适。这样的人快意、真纯，活得爽气。明人张岱有言："人无癖不可与交，以其无深情也；人无痴不可与交，以其无真气也。"

我从来对那些活得太过"工整"的人敬而远之，偏是喜交一些显得"潦草"的处士。所以，当我自友朋处听来了战哥辞京入滇的故事之大要，便是忍不住要与这位痴于癖好的人去结识，这就有了与他在洱海边的一番惬意的闲话。

说起这战哥为了一份癖好，便和那大京城里的一切来了个"断舍离"，勇敢自是不必说的，却怎的非要去到一处边地小邑开个客栈才能偿其所愿呢？这倒是多少人的疑惑。且让我将故事从头说起，缘由便是自当了然了。

初显才华

要详知战哥缘何离开京城，便须了解他当初是为何要杀入此地的。

战哥乃湖北襄阳人氏，年四十有一。父母均是普通职员，育有儿女三个，家境自是显得清寒，且又遇了父亲肺疾早逝，母亲只得辞了学校的教职，经营一家干杂小店，艰难地拉扯三个孩子，尽力维持着基本的温饱。

战哥上面有一兄一姊，作为百姓家的幺儿，他自然是受到了一些关照的。尽管如此，相对于大城市里家境优越的孩子，特别是现今受尽娇宠的独苗，他的境遇依然算得是苦大仇深了。

但清苦闭塞环境中的孩子，常常是更容易产生憧憬的。战哥刚上了小学，识得一些字句，便对篆刻、绘画生出了兴趣。小地方能让孩子开眼的东西少之又少，遇了稀奇的，就容易一劲儿地痴迷。那时，战哥家隔壁的小哥喜好在橡皮擦上刻字，然后蘸上印泥往纸页上盖戳，就显出红色的字形来。这个玩法小孩子家都觉得新奇，战哥就把它当了游戏，玩得甚是开心。

在橡皮上刻字，那字便是需要反着刻的，战哥就琢磨起反笔的写法来。他格外地专注，脑袋里总也闪动着那些字的影像。不久，他就能够信手刻来，也是有模有样的。过不多时，战哥就又尝试着在石头上篆刻，竟是无师自通地刻出了几方印章来。

要说战哥于篆刻上确也算得是个天才，一阵捣鼓，便刻得很像那么回事了，继而又喜欢起书画来。大哥见他在这方面颇有些灵气，就买些专业书籍给他去读，巴望着他能学到一门有用的专长，将来可以独自立身。大哥长他八岁，父亲过世之后，为了分担母亲身上的重担，早早地就去做工了，他对家中的小弟也是尽力地关照，战哥也便体会到"长兄如父"的含义了。

战哥就从那些书里去学东西，技艺颇有些长进，在学校里也便有了一点名气。某次，一位老师突发奇想，买来一些篆刻石料，托战哥给每位老师都刻一枚印章，他要当作礼物分送他们聊作纪念。战哥就熬了好多个夜，完成了老师布置的特殊作业。老师们得了这枚印章都视作宝贝，夸赞这学生好有才，将来必有出息。战哥心里便是一阵的美意翻涌，就更乐意在这上头去下些功夫了。

其间细节倒是不必多讲。却说不久之后，战哥上了初中，每日里上下学必经一条古旧的长街，街上一家挨着一家都是一水儿的店铺。其中一家店名极是文气，雅号"师竹斋"，开店的老先生年逾古稀，名叫申楚才，在湖北一省乃是极有名望的文物修复专家。除此主业，老先生尚雅好书画与篆刻，其所治印章凹凸间尽显出秦风汉韵，为业界所标榜。

彼时，战哥方才十四五岁的年纪，全然不闻这皓首老翁的声名。时见老先生伏案治印，便是心中敬仰，就趴在窗前专注地观望，想要偷学到一星半点的技艺。老先生也暗地里对他一番观察，见这少年眼神里放出好奇的光芒，心中便有了几分欢喜，遂问他是否于此有些兴趣。战哥就据实说来，老先生便要他拿些印章来给他瞧瞧。

翌日散学，战哥果真带了些印章去请老先生指点。那老先生一看，心里就称叹这孩子好有悟性，当下里便将他收做了徒弟。

得了师傅的真传，战哥技艺大进。几年间，便在各级青少年书画、篆刻大赛中获得诸多奖项，自然就受到了更大的鼓舞，遂立志此生要做这件极有意义的事情。

但偏好文艺的娃娃多半学习成绩不太理想，战哥初中的时候便被分到了一个成绩最差的班里。举凡这样的环境里，无不弥漫着自暴自弃的气息。战哥与一帮混天度日的男生裹在一起，不免以烂为烂，结果当然就糟糕得很。最终，他高考失利，只勉强可以就读武汉的一所大专。虽是与美术相关的专业，却显得极不正规，战哥便只好放弃了学籍。

次年，他又参加了高考，却依旧不能如意，就只得硬着头皮上了个风马牛不相及的财会专业。战哥便在那充满数字的背景声里云里雾里地混了三年，换来一纸毫无用处的文凭。他一时对前途感到绝望，不知该去向何方。

艰难求生

没有一张拿得出手的文凭，也无有人脉的支持，寻个好的出路自然不是那么容易。战哥只得去了一家很小的广告公司，但求先将肚子混饱。那家公司主要承揽一些设计制作店招、灯箱的业务，战哥的工作便是负责画出设计图稿，还要动手参与制作。这份工作收入极低，又很是辛苦，实在也见不到有任何的发展机遇，只干了一个来月，战哥便向老板递交了辞呈。

不久，表叔来电邀他去海口加盟其创办的装饰公司。那是上世纪 90 年代的初期，全国都在大搞基建，装饰业也应时而兴。表叔的公司业务饱和，人手却很是紧缺，每人都得身兼数职。战哥有较厚的美术底子，自然就成了业务上的骨干。他要写美术字，制作沙盘模型，还要做广告的创意设计，并兼做一些杂务。辛苦自是不用说的，却倒是学到了不少有用的东西。

随了技艺的增长，人多半就会去寻找更高的平台，战哥也是如此。两年之后，他作别海南，远赴新疆，进入了一家规模较大的装饰公司。那公司颇有些实力，拿下好些大的项目。这回战哥就得以显出好的身手，各种工地节点图和建筑立面图均由他负责手绘。他便得了机会接触大型的建筑装饰项目，并获得许多现场经验。战哥无意间闯入了一个陌生的领域里，而此后的职业走向也便由此确定。

战哥的职位在公司里很是重要，收入也甚是可观。正当他打算要在这个行道里继续发展的时候，却无端地遭到了公司的解雇。战哥后来才得知，老板是要安排自己的亲属来坐上他这个要紧的位置。没有硬的背景便是如此弱势，战哥心里颇为不平，也深感悲哀。他便觉得必须要把自己变得更加强大，方才不可被人随意取代。于是，他萌生一念，决心要进入高校里去系统地学习一些专业知识。

于是，他揣着这些年打工攒下的一点积蓄去了北京，去约会他想象中一个初恋般动人心魄的未来。

京师求学

那是二十年前的事了。那时战哥刚刚二十出头的年纪，已经在社会上滚打了一些时日，初尝了人世的诸种况味。想起自己遭遇的不公，心里泛起酸楚。忽又转念一想，这未必不是一件好事，若非如此，哪会想要奔去北京呢？北京到底是个大地方，没准儿在那里还真能混出些名堂来。

§ 战哥的篆刻作品

话说那一日，战哥怀着复杂的心情挥别了西域，与背着大包小包的农民工一起挤上了一列横穿中国的绿皮火车。看上去他和满车的农民工毫无区别，但不同的是，他的行囊里装满了书籍而非衣被，他脑子里想的是如何获得学习的机会而非挣钱的可能。

　　车厢里极其拥挤，连转身都是极其艰难的事情。战哥不敢喝一口水，以免移身如厕。这回战哥变成了"站哥"，在连绵不绝的"哐当"声和叽叽喳喳的喧闹声里，他十七个小时保持着一个姿势，站通了全程。

　　个中滋味说来心酸，权且略而不书。

　　只说到了京城，战哥立即租下一间地下室来，将自己做了安顿。随即便在各高校之间奔走，最终求得一个深造的机会，入了中央工艺美术学院一年制的自费进修班，成为环境艺术系室内设计专业的一名学员。随即，他交了六千元的学费，这在二十年前实在也不便宜，那时，人们的收入普遍都在每月三四百元左右。交了学费，战哥工作这些年的积蓄也便所剩无几了。要在京城里生活一年，必定是会捉襟见肘的，但战哥顾不得那么多了，他相信自己总不至于饿死在这里，老天一定是会留一条路给人去走的。

　　他是在贫寒家庭中长大的，吃些苦算不得多大个事情，这是他练得最扎实的童子功。而这时他正被奔赴新生活的激情鼓舞着，日子苦点便是全不在意，只一心想着要学到一些真功夫才好。

　　入学以后，每日里上午都有老师授课，下午学生们便是自己动手练习，将设计思路变为具体的图稿。班里同学常会东一个西一个地悄悄溜出教室，而战哥则是一坐不起，像是屁股上钉了钢钉，直至夜深人静，保安熄灯轰人。

　　进修班多是如此，有人是来混混而已，有人却是真心求学。战哥工作了几年，累积了一些实践经验，愈发觉得系统学习的重要，便极其珍惜这样的机会。他与几位志趣相投的同学合租了一间地下室，日日都在一起说些学习上的事情，也聊一些对未来的设想，倒不觉得日子窘迫，反是激情、快意地过着每一天，即便地下室卫生间常因堵塞溢污，须得踩着砖头进出，也权当作练一套梅花桩功；饿了吃方便面，渴了喝白开水；抽空打份零工，挣几个吊命的小钱。

就这么苦中作乐地过了一年。战哥觉得收获颇丰，便又去了工业设计系继续进修。选择这个专业让他得以将童年的一个爱好接续了起来。自幼时起，战哥便喜欢篆刻与绘画，还酷爱做些手工，搞一点小小的发明。他天生就有极强的动手能力，每每专注于手上的活计，便会感到身心陶然。

在第二年的大学进修中，他依然情绪高昂，除了学习、打工，便是奔赴各种艺术展会去开阔眼界。逢到京城里设计独特的建筑，以及环境与工业设计的上品佳作，他即刻就做些速写，以作范例备存。一番勤学苦练之后，结业时战哥的各科成绩一水儿地优异，平均都在 90 分上下。

北京到底是个艺术的中心，若是真心向学，那定是能学到些真东西的。在这里泡了两年，战哥的眼界也就打开了。这眼界一开，胸中也便有了更大的格局。战哥就自信起来，他相信自己是可以不靠着任何关系也能在此地立足的。

漂在京城

战哥就决定留在北京。这个地方能让他成长，能给他机会，他没有理由离开。于是，结业之后他就和几个同学骑着单车满城疯跑，寻找对口的工作。简历投出去，便盼着电话来通知，可住在地下室的人哪装得起电话呢？便买台 BB 机挂在腰上，"滴滴"一响，便"吱吱"刹车，直冲那街边的公用电话亭而去。

战哥在北京的第一份工作跟以往差不太多，都是绘制装饰效果图，只是公司和项目规模都大了许多。他很珍惜这份工作，即便得经常熬夜绘图，他也浑然不觉辛苦。这份工作让他在这个偌大的都市里生存了下来，

世外有清境，退步生余闲。只要抽身出离，不再玩世间那损人心
神的游戏，自可寻得一方悠然的天地。

并使之前那种极其寒酸的状况得以改善，至少不再总吃泡面了。虽是仍住在地下室里，厕所却是可以不再污水四溢。毕竟日子在一日日转好，他心里就总觉得，这未来是很有个指望的。

但好景却不长久，尚不足一年，那家公司便散了班子。那公司乃是深圳一家装饰公司的子公司，是为北京的这个项目成立的临时机构，项目结束，公司的使命也便自告终结了。

战哥开始体会到"北漂"那个"漂"字的感觉了。漂，就是脚下无根，形若浮萍；便是随波逐流，风中摇摆；不能一心一意、天长地久地在某个地方生长。这便是市场经济的特点，全不似父母那一代人，一辈子都与一个单位相互捆绑。那样的一生，稳定倒是稳定，却也被束缚了手脚。战哥就说服自己要去适应这种生存的法则，你得先去漂着，然后才有可能找到最适合你生长的那块土壤。

很快，战哥便找到一个令他心安的去处，那名头很是响亮，唤作"中国建筑科学院环境艺术研究所"。一听名字便能判定是不会随时散班子的单位。那单位却也名不虚传，血统正宗，由一位海归学者领衔，技术力量相当雄厚，待遇也很是优厚。

战哥就由之前的多人共挤一间地下室，升级为三人分享三环附近一套正规的住宅。冬日里也有了电暖，不再煎熬于彻骨的寒冷，日子也变得愈发地和煦起来。

那研究单位的前面是冠上了"中国"两个字的，这便总能拿下一些大的项目。所长便亲任主创设计师，做好整体构思和大空间的规划方案之后，留下一些局部小空间交由战哥和其他助理设计师去进行创作，每个人就都有了自由发挥的空间。如此的机制很是利于新人的成长，战哥创作的灵感便得以在那些空间里尽情飞扬。两年时间里，他在专业上愈发成熟起来。

紧接着，战哥又被一家香港公司聘用。那公司更具国际视野，创作自由度也更大了一些。入职不久，他便初展才华，得到公司的重用，晋升为工地技术负责人。这个职位压力和挑战都大了许多，却也逼着他变得更加优秀。他有了比一般设计师更为丰富的现场经验，从创意设计到进料与施工，每个环节他都十分熟悉。这为他后来创办自己的公司打厚了底子。

自立门户

又干了几年，战哥在这个行道里混得熟了，自己也就成了行家。他能力见长，不仅做设计，还能全面把控一项工程。于是，在行业内便博得了良好的口碑，就不时有甲方代表请战哥为他们的私宅做装饰设计。战哥的设计总有些巧思，往往出奇制胜，又经济适用，颇得客户的赞赏。他们又介绍来一些新的客户，还撺掇他连施工也一并做了。战哥便把过去工程上合作过的施工人员串到一起，不时做一些家装类的小型项目。

这一来便是做得更溜了。最终，他辞掉了公司的工作，扯摊子揽活干，自己做起老板来。战哥的活儿干得很是漂亮，客户自然就越来越多。

战哥这便真正地在京城里站稳了脚跟。他不再有那种"漂"的感觉了。他的收入很是可观，就在市区里置下一处房产，还娶了个与自己志趣相投的媳妇儿。媳妇儿名叫小倩，在学校里学的是油画，和战哥认识的时候，她在中学里任教。和小倩结婚以后，战哥的心就定了下来，日子也便过得更加舒坦了。

从进京求学的穷光蛋到衣食无忧的小老板，此番角色的转变耗掉了战哥大约十年的时间。这十年里他一路打拼，确也是极其辛苦的，但好歹在京城里安了一个家，他对自己的境况倒也是颇为满意的。

回归本心

在京城打拼的这十年里，战哥将书画、篆刻和机械制作这些爱好全都撂荒在了一旁。他觉得自己的内心像是一座凋敝的城中村，被繁华所围困。那种巨大的反差扯得他心里隐隐作痛。但到底是生存为大，战哥知道这人生里的轻重缓急，尽管那些爱好在他心里重若千钧，也只得暂且搁下，以待他日将这心底里破败的江山重新来收拾。

此般心路，不唯战哥独有，许多人都是经历过的。但多数人径直一路向前，忘却了当初出发的理由。俗世里的成功确是会带来诸多满足的，那曾经的热爱，想想一阵心热，却无力再去拾起，也便只能长叹一声，说句"罢了罢了"。

但战哥却是不能"罢了"。他奋力打拼便是祈望着这肉体在有所依傍之后，于荒芜的心田里再植花草，让它们喧嚷烂漫。他更在乎这内心里的感受，若是不再有生存之燃眉，甚或已是小康富贵，却依然于各种利益间流连，在他看来是倒置了本末，横竖都是讲不通的歪理。

"像现在这样活着是不对的。"他耳畔就隐隐飘起一段歌曲。记不得是哪位摇滚唱将的歌了，就那么一句反复地响起，像是一句咒语。他就慢慢去琢磨这其中的某些隐喻。他觉得这世上哪有什么活法是正确与不正确的，所谓"不对"大约是说有些"不对劲"的。日子里啥都不缺，但心里空落落，如是丢了魂儿一般，那当然是会觉得有些"不对劲"了。

战哥就像一位流亡的君主，正预谋着一场重振江山的复辟。他要再执刀笔，篆金石，写丹青，还要在机械创作上足足地过上一把瘾。

战哥少年时便发明过一种极巧的自行车锁和内装彩色颜料的喷笔，还有一款采果器，却可惜未能获得专利的保护。想那二十多年前，一个偏远小城的少年当是全然不懂得什么专利保护的。但战哥并不在意能否通过发明获得实际的利益，他只一劲儿地陶醉在创作的过程之中。

这以后他一边打理着公司，一边照顾着自己的爱好，又陆陆续续搞出了一些新的发明。

战哥一向喜欢游泳，却总是为防水镜起雾所困扰，他就试图解决这个

§ 战哥和他的躺式自行车

问题。受了汽车雨刮器原理的启发，战哥发明了一种能除雾的游泳镜。他将刮片置于镜片内侧，以电信号驱动，电池及芯片则藏于眼镜腿里。

这回他懂得要申请专利保护了。包括防雾镜在内，战哥先后获得了八项发明专利。其中，他下了大力气，也最为得意的一项发明，便是新型的躺式自行车。躺式自行车并非战哥的首创，一百多年前便已问世。战哥所做的，是对其进行提档升级。他做出流线型的整流罩，使风阻变小，骑车人也不用再顶风而行了。另外，他还研制出一种倒车系统。以往所有的自行车都是不能倒车的，现在，战哥的发明则使自行车可以如汽车一般自如地前行与后退了。

为此，他专程南下广东，得一自行车厂友人之助，将设计图稿变成了实物。此过程极其艰辛，他在厂里泡了两个多月，与技师们沟通协作，还砸进去可观的研制费用。最终，他做成了这件让他骄傲的事情。这项发明虽尚未见到经济上的回报，却使他内心获得了极大的满足。

战哥还想在人力车的基础上再做些延展，制作一种人力驱动的小船。这是他搁在心里已经很久的一个创意，但在北京他几乎没有将其付诸实施的可能。他没有那么大的场地来制作，即便制作完成了，也找不到开阔的水域去展示自己的作品，更别说去使用它了。他郁郁然无有他法，便也只得暂且将这桩心事搁置下来。

遇见大理

对北京这座城市，战哥是深有感情的。尽管它已远非二十年前他初来时那样清爽怡人，对自己从事机械创作也带来了诸多限制，战哥却从未想到过要离它而去，他的一切都是北京给的。

但忽然一日，他的想法变了，他不小心遇见了大理。

那是 2013 年的 8 月，战哥心满意足地从广东惠州新信利自行车制造厂返回京城，他终于在那里做成了他想要的那辆自行车。这时，小倩也完成了在青海湖的环湖骑行，刚刚回到家中。

小倩和战哥一样，多年来一直痴迷于自己的癖好。她在中学里教美术，每年的两个假期她都会去各地旅游，偶尔也和骑友们作长途骑行。在青海湖骑行的时候，她结识了一些新的骑友，他们建议她明年暑假去大理环游洱海，那里的美实在没法形容。苍山、洱海一直是她心中的仙境，十年前虽曾到此一游，却未及静心细赏那里的美。骑友们此番提起，便又撩得她心猿意马，她便想即刻就动身前往，明年的暑假对她来说实在太过遥远了。

此时，离开学还有半个月的时间，正好战哥也回到了北京。小倩便提出同往大理的倡议。战哥这时刚刚结束历时两个多月的技术攻关，正当身心俱疲，也想略作休整，二人便来了一趟说走就走的旅行。

不想此去大理，竟彻底地改变了他们的人生走向。

他们骑着单车环湖而行，绮丽风光扑面而来，纯净的阳光溶解在干净的空气中，注入肺底。久在樊笼里，复得返自然，他们瞬间失却了矜持，一路狂嘶乱叫，表达着心中的喜悦与震撼。

但此时二人依旧是游客的心态。暂离久居的环境，脱离原有的秩序，来一次身心的出轨，此般体验实在是妙不可言。待二人下榻了双廊的"沧海一粟"客栈，一场观念上的革命风暴便在心中掀起。

在这里，他们听到了客栈两位主人别样的人生经历。他们是一对中年夫妇，先生原是广州城里做建筑设计的名师，夫人则是一位我国驻外使馆的翻译。事业自是立得稳健，各方关节也拿得周全，日子也就很是过得。遇了闲暇，有了兴致，便会出游一次。话说某一日，夫妻二人便闲游到了大理。行前曾是听人说起过大理的诸多美事，却不料竟是美得如此刻骨铭心。山水、人文与美食，样样都让他们一遇而倾心，便抛却了理性，任随情感的牵引，当即就有了一个决定，要来这清静的小城与风月同住，过那淡泊娴静的日子。

　　了却了与红尘的诸般俗缘，他们便于此间开起一家客栈，得一份悠闲；享雾月光风，沐慧雨香花；啜霞饮露，出离尘俗；寄清净心，游欢乐地，端的是入了仙人的境遇了。

　　这样的生活一直都是战哥和小倩所向往的。十年前，小倩曾随旅游团来此匆匆一游，却种下了一个美丽的心愿。她憧憬着有朝一日能长居洱海之畔，看浩渺烟波，仰蓝天白云，醉一地繁花，便是像海子诗里写的那样，"我有一所房子，面朝大海，春暖花开"。

　　战哥明白小倩的心愿，那也是他所向往的生活，就暗暗地将这桩事情记在了心里。现在想来，那些年他艰苦打拼，正是在为实现这个心愿而努力。所以，当有了一定的经济实力，他们便决定奔赴梦中的生活。

　　也曾有很长一段时间，战哥并不知道如何才能过上"面朝大海，春暖花开"的日子，他一度以为要将自己变成富豪才能得偿所愿。不承想，世外有清境，退步生余闲。只要抽身出离，不再玩世间那损人心神的游戏，自可寻得一方悠然的天地。

　　战哥的心境便豁然洞开。在北京，多少人被围困在雾霾里，被置于万千烦扰与纷争之中，挣不脱，甩不掉，渐渐失却了知觉，便认作了寻常。但仅需三个小时，便飞入了另一片天地。俯仰之间，天蓝水绿，深吸空气，甜透心底。这思路稍一转换便是百忧尽除了。

战哥心里就热了起来。他一直想要做自己想做的事情，在北京却是撒不开手脚，一头得顾着生意，一头又惦着兴趣，总也难得两全。丢掉生意一切皆无从谈起，放弃兴趣，人便又似被抽掉了魂魄。这般左右为难，总让他不得心安。

现在倒是好了，来这大理开一间客栈，既可维持生计，又能实现心中的宿愿，岂不是让这肉与灵都得了照应？他便与小倩讲起了心中之所想，二人竟是不谋而合，只几句简短的商议，就定下了未来生活的方向。

为了真正美好的日子，他们舍得放下别人眼里光鲜的一切。他们都是有着执着爱好的人，活得很是自我，玩得也颇有风格。为了这，他们年近不惑都还未有考虑生养之事。这倒恰好，没有孩子的牵绊，移居大理，自然就少了一些顾虑。

于是，他们卖掉了一套北京的房子，在洱海边租下一个农家院子，建起了一家颇有格调的客栈，开始了一段绮丽的人生。

水上生活

小两口的客栈静静地蹲坐在洱海的西岸。

客栈的花园自然是要朝向海面的，方才有风光入眼。花园里花儿在阳光下开得抖擞，池鱼则在水中悠游。一个硕大的平台向水面铺展，其中一部分从岸基架空延伸出去。在深入水面最远的一块长条形挑板的尽头，竖起了一个如同门框般的造型。这既是装饰的需要，也做了一架秋千的悬梁。

我坐在秋千上轻缓地荡着，风擦着水面迎上来，只觉得人像是坐在船头，漂在了水上。周遭波光潋滟、云影徘徊，放眼四望，天水正蓝。细浪柔而有力地舔舐着水岸，漾起有节奏的弦音。

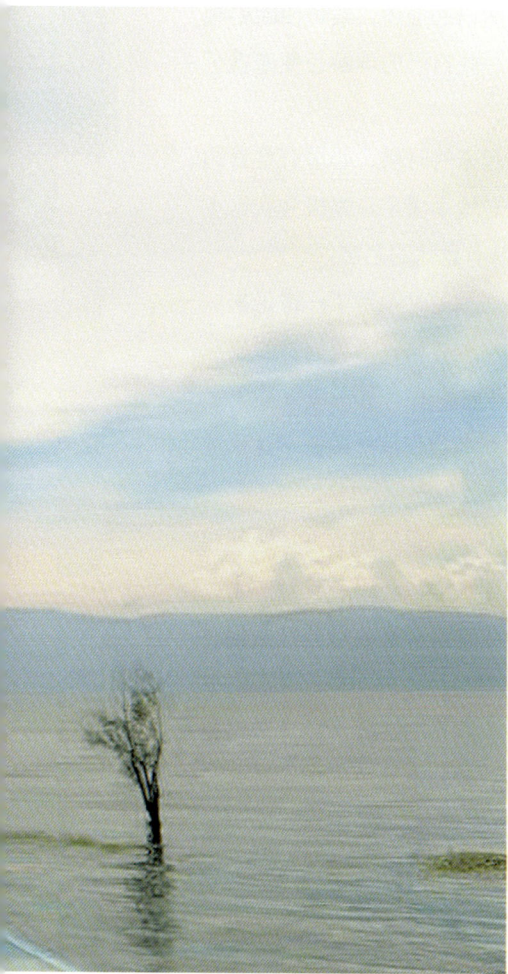

　　女孩子们坐在这个位置会留下一个极美的背影。风撩起她们的长发，衣袂飘飘，丝巾飞舞；海天衬在远处，如一张巨大的幕布，上演着气象万千的大剧，便是：苍山不墨千秋画，洱海无弦万古琴。

这个设计实在很妙，还透着一种不事张扬的浪漫。好的设计哪需要堆金砌银，往往是以少胜多的简约，造出神采飞扬的意境，常常是会让人心绪荡漾的。这设计来自小倩的一个灵感。三言两语的描述，战哥便能心领神会。他沿着小倩的思路继续深入，又加入了一些自己的理解，便造就了这一处别致的景观。

当小倩第一次坐在秋千上将身体轻轻摇荡起来的时候，心里有难言的快意。她终于可以在自己创造的生活里毫无顾忌地荡漾了。她极喜欢这水上的生活，于是，她为客栈取了"水尚"这个颇有意味的名字。

为了能造出一方"水上"的意境，战哥当初相地时颇费了一番工夫。他租来一辆摩托，顶着烈日环湖三周，挨家挨户地寻访，晒得周身脱皮。最终，他和小倩相中了喜洲镇临海的这处农房宅基地，便一口气签下了20年的租约。他们随即又将200多万卖房所得和多数积蓄都砸在了这块地里，宣示着破釜沉舟的决心。

于是，他们大兴土木，将原有的农房尽数推倒，重新起土夯基，建起了两栋三层的楼房，还辟出了临海的花园。此项工程从建筑设计到施工，以及室内装修装饰均由夫妻二人共同商议，再由战哥全程执行的，共耗时一年有余。

战哥的手很巧，客栈里许多东西都是他亲手制作的，既实用又美观，这为他省下了不少的费用，更重要的是，做着这些细细碎碎的手工活儿，他心里特别地安宁和愉快。

一个是设计师，一个是画家，夫妻二人这回算是随心所欲地过了一把创意的瘾。过去，战哥的设计思路常常须得迎合客户的口味，自己的美学理念总也难以淋漓尽致地表达。现在好了，不仅装饰，就连建筑都是由战哥自己操刀，可以任性而为，实在是畅快得很。此外，室内的大部分用品和家具也都是由他自己设计制作，其手工之癖也饱饱地满足了一回。这不光节约了开支，还兼备了装饰与实用之功能。

多少人被围困在雾霾里，被置于万千烦扰与纷争之中，挣不脱，甩不掉，渐渐失却了知觉，便认作了寻常。

俯仰之间，天蓝水绿，深吸空气，甜透心底。这思路稍一转换便是百忧尽除了。

战哥和小倩的客栈开张已一年有余，各种事务却未完全理顺。战哥暂时还无暇顾及机械创作与其他的爱好，但他并不着急，他相信自己的能力与判断，一切也都会按照预想的那样走上正轨。

　　其实，决定投资客栈的时候，战哥并没有可以盈利的绝对把握，只粗略地算了一笔大账。他觉得即便是不能挣钱，只要能够维持基本的生活，能做自己喜欢的事情便可以知足了。这样，他至少可以赢得二十年属于自己的时光，这投资就算是成功了。更何况大理的生活成本远比北京要低，哪有生活不下去的道理？他相信这里有更宽广的天地能让他施展拳脚，也便无所顾虑了。

　　在事业有成的中年还有勇气来一次人生的冒险，战哥觉得很是刺激，也说明自己尚未被生活击溃。人往往就是这样，身无长物，便敢于冒险求变，因为不会失去什么。而一旦小有财富和名望，就变得患得患失、犹豫彷徨。不能彻底割舍，便难以重新获得，就只能永远在别人的步伐里颠沛流离。

§ 战哥的手很巧，客栈里许多东西都是他亲手制作的，既实用又美观，这为他省下了不少的费用，更重要的是，做着这些细细碎碎的手工活儿，他心里特别地安宁和愉快

　　战哥和小倩终于从原有的生活中突围出来，这个过程像是蝉蜕，挣扎、痛苦，然后轻盈飞舞，舒心长鸣，讴歌着全新的生命。战哥不再像过去那样高速地运转了，他开始学习做一个悠闲的人。他将生活空间与工作室并做了一处，不用在路上奔波，也不再忍受堵车之苦。早上自然醒来，站在面海的窗前伸个懒腰，深吸一口甘甜的空气，用引自苍山的清泉洗漱一番，便开始一天不紧不慢的生活。

　　　　不卑不亢　不慌不忙

　　　　也许生活应该这样

　　　　难道说六十岁以后

　　　　再去寻找我想要的自由

　　　　我不想这样活着

　　他常常哼唱郝云的这首歌，在歌声里玩味着那不卑不亢、不慌不忙的生活。每天，他都要安排一些时间去运动，游泳、爬山，各种球类他都擅长。在北京的时候，每做运动他都心存顾忌，生怕大剂量吸进废气反是戕害了身体，而现在则是可以肆意妄为地大口呼吸了。

　　因了运动的缘故，他结识了不少新的朋友。他们不是客户，亦非领导，不涉利益，无须谄媚逢迎，只因相同的志趣走到了一起，彼此的关系也如这大理的空气，透明而清新。与朋友们在一起，战哥也少了几分独在异乡为异客的孤寂。

　　刚来大理的时候，孤寂自是免不了的，因为小倩不在战哥的身边。她与学校的合约尚未到期，还需坚守讲台一些时日。现在，客栈建设与经营已经逐渐走上了正轨，战哥的生活也恢复了秩序，还结识了一些新的朋友，他就更是盼着小倩能早些过来。他们已经商定要生一个宝宝了，那样，他们的生活就会变得更加完美。

这是初夏时节，天气正当和暖，气象却变幻万千。刚刚还天清气朗、蓝天白云地美着你的双眼，忽地又是一阵巨大的云阵排空而来，海天之间顿时一片黯淡，似是为游龙出水腾空营造着适宜的氛围。

忽然间，阳光奋力地将云幕撕开一道缝隙，射下万束金光。阴沉诡异的气氛开始与来自天庭的光亮搏命般地较量，仿佛创世纪的一幕。俄而，又见那云泥之间的混沌忽地被一股巨大的力量掀翻。瞬时，天地一片澄明，春阳丽日与江南般的温婉又占据了这海天之间的大幕。各种自然奇景就这般轮番地上演，像是上天导演的一出实景的大剧。

我在"水尚"的花园里欣赏着这海面的奇景，有些不忍离去。我生活在蜀犬吠日的盆地，惨白荫翳的天空就像庸常的日子一般无趣，实在不能奢望有什么惊喜。而大理的天际却有如此奇幻的大戏，足可秒杀好莱坞的高科技大片，令人心旌摇荡，不觉神往。那种心情大约就是战哥听到"沧海一粟"主人故事时心中泛起的潮涌。我面朝大海深吸了一口清气，嘴角挂上了笑意。

和战哥告别之前，我坐在大厅里整理行囊。偶一抬头，看见落地窗的玻璃上贴着海子那首著名的小诗。

从明天起，做一个幸福的人
喂马、劈柴，周游世界
从明天起，关心粮食和蔬菜
我有一所房子，面朝大海，春暖花开

此时，窗下正密密地开着些小花，正做了海水的前景。这构图实在是好看。那花儿我也是识得的，是一种野生的小雏菊，还有一个好听的洋名，唤作"玛格丽特"。这种花在大理是没有季节之分的，365日盛放不衰。我便想，战哥和小倩选择这样的花种在门前，定是在诠释海子诗歌的那番意境了。

　　他们便是在那诗境里过活着。他们有两所房子，面朝洱海，四季花开。

大海 & 见一

侧身进入日子的边缘

粗石未剖，美玉未莹。
剖妄出真，则如剖璞出玉，精莹焕发。
——交光大师

时入初夏，风日正佳。便陆续有故旧来我的花影楼茶叙。午后小睡方起，正遇郭正兄来访。我赶紧整顿衣衫，引他入了茶室，又剖了一只新瓜，再烹水点些嫩茶。

小啜三两盏，便自闲话开来。此时，他胸前那枚挂饰吸住了我的眼睛。只见那物微黄剔透，质若美玉，形似葫芦，还嵌有一个橙红色的佛首。郭正兄便说，这是他新得的爱物，刚从一位发小那里"分享"而来。只第一眼相见便爱不释手，自当是要与它结缘了。

我便问他此物的来历。他满脸喜色，说自己皈依已有两年，正在研习佛法，对挂饰、念珠之类的物件也渐生了兴趣。又说那制作饰物的匠师也是向佛之人，将镂刻磨饰的手工权作了磨砺心性的修行，在那凹凸纹理间方能见着他安然的心境。

我便问他此为何人。他说并未谋面，倒是听到过辗转而来的关于他的故事。我说愿闻其详，他便道，此君正值而立之年，却全无青年的急躁。他与夫人都向往田园幽居生活，便辞了工作，跑去成都郊外的三道堰镇幽隐起来。他就靠了这门手艺为生，日子过得很是自在潇洒、简单轻快。

我便决意要去寻访这对特别的伉俪。

三道堰镇我曾去过多次，车程不过一小时，即便关于他们的故事只是一个讹传，也耗损不了我几多的精力与时间。

于是，我见到了大海和见一。

大海的寻觅

大海在进入文玩行业成为一名手工匠人之前，做过好几种相互间毫无关联的工作。

大海在大学里学的是机电一体化专业。当初他填报这个专业是希望能学到一些实用的技能，尽快就业自立，为父母减轻经济上的压力。大海的父亲是一名普通工人，早年下岗，母亲则是成都近郊的农民，家境自然并不优越。大海自小便能体谅父母的难处，尽量不让他们为自己操心，读书就很是用功，脑子也灵活，成绩总在班级里排名前列。

彼时，机电一体化专业因了实用性强、就业率高而日渐热门起来。在选择专业的时候，大海当然是考虑了这个因素的，却也不是完全违逆了心愿。他原本就对机械、电子一类的东西很感兴趣，且动手能力极强。初中的时候他便和邻居家的孩子一起自制过收音机，还会做各种手工，且在市里的青少年手工大赛中摘得过金牌。大学里，他又参加了全国电子设计大赛，成绩也很是优异。他选择这个专业也算是将实用与爱好做了极好的结合。

毕业那年，大海参加了校园招聘会。机电一体化专业果然相当吃香，他最终选择了实力颇强的福建东南汽车。那时，东南汽车正与日本三菱汽车进行大项目合作，急需技术人才。其实，当时还有几家本地企业也有意与他签约，但大海均未予以考虑。他在成都已经生活了二十多年，他想趁着这个机会去见识一下外面更加广阔的世界。

每一个年轻人大致都是这样的，对外面的世界充满了好奇，他们心中都有一个迷蒙而诗意的远方。尽管大海的父母对他这个独生子万般不舍，但他还是狠了心远走他乡。此时，他对世界的探究已从书本和冥想转入了亲身实践。

在童年的时候，他就被书籍引领着开始了对未知世界的探寻。那时，表哥送给他一套《奥秘》杂志，让他的视野忽然打开，像一台天文望远镜，给了他眺望太空的机会。他因此发现了这世界的浩瀚，且对未知世界充满了好奇。

于是，他去了福建，开始了人生第一次探寻未知的远行。

在东南汽车，他做了一名一线技术员，负责汽车的电路设计与开发。这项工作恰能对口他的专业，干得也是得心应手，技能也得到了快速提高。但一项工作干得熟练顺滑了，而突破与提升却迟迟未能露面的话，生活便常常陷入一种缺乏色彩的单调循环。

大海没有想到，当他靠近曾一直向往着的神奇远方，才发现并不是所想象的那样。真相大白的人生竟是如此了无趣味。但大海并不甘心，他相信，总有一款人生会适合自己，他必须要去找到它，且不遗余力。

此时，远在老家的父母已辞乡别井，东去上海谋生。因为城市的拓展使得他们失去了原本赖以维持生计的土地。得知儿子有另谋工作的打算，他们便希望大海能去沪上与他们团聚。大海也很想念父母，且那里的就业机会也更多一些，便去了上海，在那里，大海谋到了一份收入更丰的差事。

这回他跨进了一个陌生的行业，入职一家室内装饰公司。那家公司的主要业务是别墅的设计装修。大海的工作则是负责楼梯的设计与制作。

因为这项工作，大海接触到了上海滩的一些阔佬。为了了解各款人生的特质，大海常常向他们问起诸如人生意义、成功与幸福之类颇带书生气的问题。那些叱咤江湖的"老鲨鱼"们倒也不介意这个年轻人的烂漫与天真，乐得与自己生活圈子外的愣头青说些憋在心里的大实话，趁机回望一下自己的人生。

大海也就慢慢地对这个群体有了一些了解。他被好奇心驱使而进行的这项类似于幸福度测评的社会调查，让他对人生有了一些新的认识。世人多看到成功者日子的光鲜，而那光鲜背后的隐痛常常无人知晓。为了生存和成功，他们付出的岂止是时间与精力，还往往输掉了健康与亲情。不少人甚至为此放弃了理想，迷失了自我，最终只能与幸福遥相对望。

他们的状况让大海甚为惊异，也产生了更多的思考。若照此逻辑推演，富贵尚且难以确保幸福，那普通大众就更是希望渺茫了。但事实上，他见过不少寻常人家，虽并不富有，甚而有些拮据，却能将日子过得欢天喜地。他于是作想，以财富论人生之成败或许原本就是一个站不住脚的命题。

大海愈发觉得能否获得幸福当不是钱的问题，一定还有别的东西在发挥着更为重要的作用。而那个东西是什么，大海一时无法做出回答，但却发愿一定要去找到它们。

不久，大海便决定离开上海了。与其在高压环境下为生存搏命，倒不如转回故乡，去过一种叫作"成都"的悠闲生活。他需要在悠缓的节奏里思索并寻找通往幸福的路径。

回了成都，大海没有急着去找工作，他想将灵魂放空一下，再思考下一步的路该如何去走。正好前些年的积蓄尚能支撑一段日子，他就决定去一趟一直向往的西藏。

西藏之行让他之前的那个隐约的预感变得清晰起来。他终于确信，幸福的确与财富没有太大的关联，至少不是因与果的关系。他从那些虔诚的信徒身上看到了信仰的力量。他发现，有信仰的人往往活得更加纯粹和快乐。固执地相信一些什么当是在这多难的人生里获得真正解脱与幸福的不二法门。

§ 大海独自骑行西藏。此行给他的心灵以极大的震撼，使他体会到信仰可以带来
　强大的精神力量，而精神的力量可以战胜人生的苦痛，使灵魂得到抚慰

　　西藏归来，大海应聘去了成都的伊藤洋华堂做营销策划。这份工作需要有较强的创意与执行能力。大海脑子蛮是聪明，一上手便出了许多新的思路，把各种促销活动搞得热气腾腾，商场的人气也就愈发火旺起来。而这些活动本身也比旧有的促销模式节约了更多的成本。没有人怀疑，照此下去大海定会得到公司的重用，获得更大的晋升空间。但也没有人想到，大海此时却向主管递上了一份辞职报告。

　　尽管许多人都认为这是一份相当不错的工作，但大海却不以为然，他觉得待在这里依然不会带给自己想要的生活。其实，那时他也并不清楚自己想要怎样的生活，但他确信，像这样下去是没有任何意义的，只会虚度时日，无端地谋害了青春。

　　大海很快就回到了乡下。虽是失掉了土地，老宅倒还侥幸存留了下来。他稍加收拾便将自己安顿下来。

　　在乡下住着，童年的记忆又被拉回到了眼前。想那时与小伙伴们一起玩耍，实在是极美的事情。他们捉泥鳅、掏鸟窝、玩泥巴、做风筝，还比拼各种手工技艺，在玩耍中便不知不觉地认识了世界。

大海所认识的世界是天然纯净的。自从盘古开了天地，便是点化山川，灵生万物，撒下一片生机。这世间的一切便都是理直气壮的美丽存在。活在天地间，幸哉是天然，恰似鸟儿飞天，如鱼在渊；犹是那风掀麦浪，好比是岩出山泉。

大海愈加确信，自己的天性就如这乡间的草木与鸟兽，必得要天然任性，身心方可尽得舒展。他自忖，并非不能适应社会，每一份工作他都干得相当出色，但却不能从中收获快乐。这便是他内心不得安妥的原因，也是刻入骨髓的童年经历对所有捆绑生命的法则做出的排异反应。他不能无视这个警示，并执拗地要去寻顺乎天性的那样一种活法。

得不到内心的明示，不知此生何往，他就暂不打算出去做事了。乡间的日色似比城里更慢，大海便悠缓地打发着一个个清爽的日子。他每日里都读些喜欢的书籍，心里也能腾出一些空间来想一些事情，倒过得很是悠闲惬意。

这期间，他还在网上进行着"沙发冲浪"，做起了时髦的"沙主"。所谓沙主，就是将自家沙发无偿提供给热爱旅行的背包客们暂住，帮助他们完成一段段的穷游。而那些背包客便被称为了"沙发客"。大海此前的那趟西藏之行让他更懂得了善意地对待世界，便愿意力所能及地将自己所拥有的东西与他人去分享。

不久，他便迎来了一位外地来蓉求职的男生。那男生借住大海的沙发近两个月，几经周折谋到了一份称意的工作，大海就为他感到高兴。大海觉得，获得固然令人开心，而施与则更让人感到快慰。

住在一个屋檐下，两位同龄人倒有许多的话说。大海便和他讲起了自己正在实施的一项计划。他刚刚在网上发起了一个倡议，邀约三五驴友用四年时间骑行中国。消息一出，应者无数，目前正在进行人员的甄选。大海计划着，每位加入骑行团队的成员行前都各自筹措一笔费用，以作数月开支。途中钱尽则行止，便留在当地打工，待积得一笔钱款之后，再继续下一程的骑行。

那沙发客便听呆了，直叹如此人生实在炫酷，只可惜自己没有大海那般的气魄，活该与那芸芸众生一样，为了一个饭碗，便得日日辛苦，终生不得如此的超脱与快活。

大海却能这样的超脱与潇洒，他不会为了所谓的稳定而被绑定在一个"单位"，也不会早早地就沦为房奴、车奴和孩奴。他不能接受那种瞻前顾后的苟活，要趁着年轻去世上浪他一浪。于是，他策划了这次奔向自由的远行，让被圈养如牲畜般的日子来一次惊险的越狱。他相信，这趟旅行所能体会到的人生滋味比按部就班一辈子还要丰富，而且，在行走中，他要找寻的答案必会在某个山清水秀的地方花一样地绽放。

正当此时，母亲自上海返家。那沙发客便觉得与长辈住在一起总有些拘束，便又在网上找到了另一位沙主，很快就从大海家搬了出去。

过不几日，忽有一位本地网友约见大海，表示愿意加入他的骑行计划。此时，组建中的骑行队伍恰剩了一个名额，大海便决定赴约面谈，看那网友是不是与自己投缘的人。

见一的探寻

我不曾想到，与见一聊起来，竟还扯出了一层老乡的关系。我的老家在四川自贡，而她的母亲也是生在那里，早年去了临近的威远县。后来见一学弹钢琴也是拜在一位自贡老师的门下，而那位老师又与我相熟。更巧的是，前些年见一和老公隐居在青城后山，竟又与我的山居小屋同在一个村落。

我们就直叹这世界真是太小太小。

回头再来说说见一的经历。见一是受了父亲的影响才踏上音乐之路的。父亲是县文化馆的音乐干事，颇有音乐才华，且会多种乐器。见一学

但遇到了见一，大海瞬间感觉榫落卯眼，到达了那个最为舒适的位置。
见一就是他身心欲归的巢穴，也是他一直寻找的那个答案。他只想和她
在一起，过柴米油盐的小日子，让飘荡的身心落地生根

习钢琴便是得了父亲的启蒙。后来见一琴技日长，就必须得找一位更加专业的老师来指导。母亲便带着她每周坐两个小时的班车去自贡学琴。

见一在音乐上确有很好的天赋，12岁那年便成为县里有史以来第一个考上四川音乐学院附中的学生。

见一便去了成都上学。那附中在课程安排上与大学很是相似，上午上文化课，下午学生们自己练琴。这种较为松散的教学模式容易让人松懈和放任，但见一却极有自控能力，懂得如何进行时间管理。她还像个女汉子一样独立、能干，会处理简单的电气故障，还曾爬上出租房的屋顶修理渗水的雨棚。她没有一般女孩子身上的那种骄娇之气，小小年纪就能将自己的生活打理得井井有条。成年之后更是变得行事果决、特立独行。她觉得那段附中生活给了她积极的影响。

总之，见一很适应那样的生活。但她对老师的授课方式却极不喜欢。老师只注重演奏技巧的训练，却疏于培养学生的综合素养，甚至普通的文化课也流于形式。见一越来越觉得这样的学习极其无趣，把人都变成了演奏的机器，而让心灵成长的力量却是那样的柔弱。

见一酷爱阅读，小学的时候就已读了大量的文学作品。她希望学校能给她更多丰润心灵的艺术养料，但却屡屡失望，她只好自己给自己充电。除了吃饭睡觉，见一几乎都泡在琴房和图书馆里。她不逛街，不讲吃穿，也不和人扯闲篇儿。在一群活泼开朗的艺术生中，她像是一个孤傲的异类。但她并不在乎别人的印象，只想在自己的世界里获得安慰和快乐。

到初二的时候，学校图书馆里所有的中外名著都让她读了个遍。那时，三毛的作品正开始流行，三毛飒然不羁的人生令她极度神往。她觉得世界那么大，生活那么斑斓，而自己的整个童年、少年却被压缩进了两行黑白的琴键。如此下去，青年、中年，甚而一生都有可能在这单调的黑白二色中度过，她越来越感到不安和惶恐。她常常幻想着能像三毛那样如风一般地在世间自由来去，决不想只成为一个好学生、一个让别人喜欢的淑女，她更想成为让自己喜欢的那个自己。

心中的愿景与现实相去甚远，这让她感到极度的苦闷和压抑。她对这样的生活愈加厌倦了，曾一度出现抑郁的倾向。她变得异常敏感、孤僻，还曾出现过焦虑与幻听的症状。她只想逃离那样的生活，一度起意，想要离家出走。

好在书籍拯救了她，她在书中找到了许多的慰藉。她还写诗，以此浇化心中的块垒。她全力进行着自我调适，遂得以从青春迷茫的泥沼中层层突围。

多年的技法训练，再加之自我的内在修养，见一的指尖灵巧而深情，在琴键上诉说着人生的诸种况味。她的演奏自是高人一筹，透出几分内在的意蕴与超乎年龄的深邃。到高考那年，她被保送直升了四川音乐学院。

见一原本以为中学里也许更注重技术的训练，到了大学便会得到更多人文思想与艺术理论的熏陶。却不想，大学只是附中教学模式的升级版本，依然以技术为王，还是给不了她想要的东西。

无奈之下，她依然像在附中时那样，不断地进行着自我修炼。在演绎一部作品之前，她会查阅与作品相关的资料，了解作品产生时期作曲家的生活与思想状态以及同时代的政治、经济，及文学、艺术思潮。她必须要在触到作品内核之后，才允许手指在琴键上舞蹈。她觉得单纯的炫技是可笑甚至可耻的行为。

越是不断地进行着自我完善，她越是觉得难以和周遭的学习氛围相融合。她感到极度的压抑和孤独，以至于已经到了即将毕业的时候，竟然做出了退学的决定。

照理说，再艰难的处境只要咬咬牙也都能捱得过去。今后踏上社会，那张名校的毕业证书多少还是有些用途的。为了它，多少人曾付出过万苦千辛。但见一觉得，那不过就是一张纸，实在没有多大的意义，她必须立即逃离那样的生活。当她办完退学手续，走出教务处办公室的时候，竟是一身轻松，心里似有刑满释放、重新做人的那种莫名的兴奋。

这无疑是个重磅新闻，把老师和同学都惊呆了。各种评论甚嚣尘上。羡慕者说她太牛了，而自己却没有勇气放弃那张文凭；批评者则指斥她太过任性自私，只图一时爽快，全不顾父母的感受。

情况确也如此。父母听闻此讯如遭雷击，觉得他们多年的付出瞬间化为了乌有，更担心孩子没有个学历证明，将来在这竞争激烈的社会里难以立足安身。

但见一顾不得别人的看法和父母的感受了，她得按照内心的指引去选择自己的生活。见一认为，人一生总得有那么一两次不顾后果的任性，她不相信自己会因为缺了那一纸文凭而潦倒终生。要论谋生，见一是自信的，从高中开始，她就在课余时间做起了钢琴老师，带过不少学生。她相信生存是不成问题的。现在她考虑的不是如何活下去，而是到底要以怎样的方式活下去。她已经在别人的期冀里活了二十二年，现在是时候按自己的套路活他一回了。

退学之后，她去了一家社会教育机构教授钢琴。干了几个月，便揣着挣得的薪酬，第一次独自踏上了向往已久的旅途。她离开了阴郁的四川盆地，去了阳光明媚的云南，心情便由阴转晴了，胸怀也为之一展。

这趟她去了丽江和大理。那是 2009 年的夏天。那时，纯净的阳光和空气尚未成为一种可以兜售的稀有商品，去那里沐日发呆的游客远不及今天这么稠密。那时的山水更为洁净，民风也更为淳朴，在高天朗日之下徒步、骑车、登山，见一第一次体会到了人生的别样滋味。

她太喜欢那样的地方了，若能终老于斯，也自当不负此生。但囊中积蓄已悉数耗尽，但她还不想离开，便去了一家客栈打工。那时，大理的双廊镇只有两家客栈，她去的那家便是如今颇有名气的"沧海一粟"。

沧海一粟的主人是来自广州的一对夫妇，先生是著名的建筑设计师，曾参与过广州亚运会主场馆的设计工作。夫人曾经是斯里兰卡大使馆的翻译官。他们都是事业有成的人，却把绚烂的一切尽数抛却，带着两个孩子躲到这里过一份简单的生活。这或许便是所谓的"遇一人白首，择一地终老"那种传说中的人生了。

见一没有想到，自己竟撞进了一个传说般的美丽故事当中。那夫妻二人正向她展示着一种从未遇见过的另类人生，这让她惊讶又艳羡。

见一就想更多地了解他们，也深度体验此种生活的妙处，便向他们提出了一个请求，希望能留在客栈里打工，帮他们做一些管理与杂务。她表示不要分文工钱，只需管上吃住便好。夫妇二人便爽快地答应下来。如此，见一就得到一个长留大理的机会。

见一在工作的时候可以接触到八方来客，阅读各色人生；休息日则会外出漫游，感受天地之大美，咀嚼人文的深邃。见一便是以这样的一种方式去发现人生的更多可能。

说来也真是巧了，我在前面一个章节讲述战哥的故事时，也曾提到过那家客栈。其主人的人生转折与生活方式给了许多人以震撼和启迪。在见一来此几年之后，战哥与夫人也住进了沧海一粟，他们的人生便因此发生了根本性的转变。而在客栈打工的那段生活也极深地影响了见一，并为她后来人生的重大转折埋下了伏笔。

见一在那客栈里一待便是大半个年头，可谓是乐不思蜀。她越来越觉得，大多数人以为理所当然的那种生活是她完全不能忍受的。她不能自陷窠臼，必须挣脱束缚，去触摸生命的本质，尽享生活的诸般滋味。

正当见一打算无限期畅意云南之时，忽然接到了家里的电话，要她务必急返，参加外婆的寿宴。外婆年事已高，见一不能违逆了亲情，只得返回家中，也返回了曾经的那种千人一面的生活当中。

为了让她不再四处游荡，父母亲戚便忙着为她张罗起对象来。但见一和"对象"们聊不上几句便要借故离开。她与那些人太不一样了，她喜欢飞扬不羁的人生，而他们却慎重而踏实地在日子里行走。她认定自己是长着翅膀的小鸟，要嫁就嫁给同样热爱蓝天和飞翔的大鹏。

为了让父母不再为自己操心，见一没有再作长时间的远行，她又回到了曾经工作过的那家教育机构，继续做钢琴老师。说来也怪，出游数月，再重操旧业，她发现自己对曾一度厌倦的工作有了全新的认识和更大的热情。她想起自己的学琴经历，觉得要让孩子们在专业道路上走得更远，就必须得教给孩子们真正有用的东西。除了技法，更要紧的是传授给他们音乐的真髓，培养他们的艺术品格与情操。

见一的教学方式与众不同，很受孩子和家长们的欢迎，便有越来越多的学生投奔她的门下。孩子们对她的爱和依赖使她感到快慰，感到被需要的幸福。此后的四五年里，她一直坚守教职，偶尔也出游一趟，去约会梦中的远方。

这期间，和大海一样，见一也参与了网上的"沙发冲浪"，成了一位沙主。她免费提供自家的沙发，让那些像自己一样热爱追逐远方的沙发客在成都有个歇脚的地方。

话说那一日，一位沙发客请求借宿她家，一番简单考察之后，见一向他敞开了家门。说来也怪，见一竟也不介意那沙发客是个陌生的男士。似乎这沙主和沙发客之间是要比一般人更少了一些芥蒂。他们的角色也是随时都在互换的，或许在互利互惠当中便自然多了几分信任。

相处一屋，自然是要闲聊些杂闻轶事的。那天，沙发客跟见一讲起了上一个沙主正在实施的一项颇有创意的计划，说他正征集同好，要一同骑行中国。正巧，见一也是个资深的骑友，一说起骑车远行，心里便是波澜顿起，就向那沙发客要来了骑行发起人的 QQ，立即就与对方取得了联系，且当天便相约见面详谈。

遇见另一个自己

话说那一日，大海应约去见网友，刚在约定的麦当劳落座，便见一位女子径直向他走了过来。此人便是见一。这一见就注定了他们的一段美好姻缘。

从骑行计划聊起，话题自然延展，便是无有边际。无论谁先抛出一个话题，对方都能稳稳地接住，且几乎每一个观点都是惊人地一致。人生观、价值观、审美观殊无差异，兴趣爱好、生活习惯也是大致相同，甚至连笑点都在同一水平线上。总之，他们像是两台对讲机，设置在了同一个频率上。

实在是太过神奇了，这世间竟有两个未曾谋面的人会有如此高的契合度，仿佛遇见了另一个自己。这让他们都感到不可思议，同时心中暗喜。人生得一知己难矣，其概率仅略大于地球被流星撞击。

有道是，话不投机半句多，但若是逢了知己只怕是滔滔如江河，无有终结之时。这以后他们几乎日日相见，畅所欲言，常常通宵夜话，总也不知疲倦。后来，他们向我讲起当时的状态，都觉得是人生中一次最畅意的抒发。之前，他们跟人交流总是很不顺当，常似如鸡同鸭讲。而他们的相遇，却像是滚烫的地心岩浆终于找到了一个出口，恣意畅快地喷发了一回。而当时都说了些什么，他们大多已经忘却，只记得总有太多的话想要与对方去说，因为，那些话没有别的人能够懂得。

§ 他们有了属于自己的家

就如同发源于两朵山峰的小溪，各自奔流在大山的褶皱里。它们并不知道要去向哪里，却在山势的诱导下，不意间偶然相遇，便自自然然地汇到了一起。

在遇到见一之前，大海心里一直都有些惶惑，总是很不踏实。不踏实并不是生活无着，就是觉得似乎缺了一些什么，差了那么一点点，就像是榫和卯没有卡合到位，且有些摇晃。但欠缺的是什么，他却并不清楚。于是，他便想花上几年的时间在路上去寻找，这就有了他的"骑行中国"计划。

但遇到了见一，大海瞬间感觉榫落卯眼，到达了那个最为舒适的位置。见一就是他身心欲归的巢穴，也是他一直寻找的那个答案。他只想和她在一起，过柴米油盐的小日子，让飘荡的身心落地生根。

见一这些年来也一直在不断地寻找，却并不清楚到底想要寻找什么。而现在她终于知道了，大海就是她希望与之比翼齐飞的那只大鹏，是她这条小溪千里万里想要投奔的那片汪洋。于是，那个"骑行中国"的计划便自然地流产了。答案既已找到，便不再有继续找寻的必要。但对那个为了寻找而孵化出的骑行计划，他们依然心怀感激。

在他们心中，那个计划有着非凡的意义，那似乎是他们为了遇见对方而进行的一次特别的设计。但谁能做出那么天衣无缝的设计呢？除非上帝。所以，后来他们都觉得那其实就是上帝偷偷放在他们梦里的一个美丽的诡计。

不出仨月，他们便结为了伉俪。

幸结佛缘

婚后，见一继续做她的钢琴老师，大海则没有急着去谋职。他们的积蓄还够花上一段时间，大海也就安心地待在家里，把房子重新整修装扮了一番。他们便有了一个十分温馨的小窝。

　　婚姻安妥了他们的身心，也便不再苦寻属于自己的那个世界了。他们都成了对方的全世界。他们从细细碎碎的日常琐事中提炼出一些快乐的晶体，再将那些晶莹剔透的快乐化到平淡的日子里，便觉得每一个日子都出奇地鲜美。

　　这便是他们一直想要的调性舒缓的生活。他们都觉得自己的天性不适合那种喧哗与激烈，他们没有争分夺秒奔向成功的雄心，只爱慢条斯理地做一些看起来无甚用处的事情，有一搭没一搭地说些闲淡无奇的家常话语，于不经意中送走一段段轻飘飘的旧时光。他们越来越觉得身心的安妥便是最大的成功了。

　　日子就这么悠缓地过着，有吃有住，有爱侣相伴，便也觉得万事足矣。他们都对物质生活没有太高的要求，却对精神世界的探究充满了热望。正当此时，他们不意间便又进入到了佛法的世界当中。

他们的内心变得更加平和宽仁了，不困于情，不囿于物，有了更为笃定的力量，
对人生也秉持一种更为达观与洒脱的态度。

又是一次机缘的巧合，他们偶遇了一位多年未见的老朋友。这位朋友如今在峨眉山大佛禅院图书室里管理书籍。此君笃信佛法，内心宽厚，辨思深透，大海和见一便将思而未解的一些疑惑向她求教一番。她便以正信佛理释之，往往深入浅出，二人便逐渐开始了解真正的佛法。渐渐地，他们发现正法其实是一种柔软温热的科学，绝非曾经以为的愚昧与盲从，便有了向佛的心意。

随后，他们便在闲暇时去寺院做起了义工，以便接近佛法。他们还参加佛法学习班、禅修营，与同好共探法理。他们的内心变得更加平和宽仁了，不困于情，不囿于物，有了更为笃定的力量，对人生也秉持一种更为达观与洒脱的态度。

不久，二人便决定要出离这红尘，消隐于烟霞之间，惹一身天地的清气，涤去残存身心的尘俗。

幽居山林

我亦久有去意，却是不能如他们那般洒然。他们只要愿生心底，便会立作抽身，了无牵绊。我有尘缘尚未了断，却是一心向往山林泉石，数年前便于青城后山购得山居一椽，开始了断续的幽隐。

大海和见一租住的小屋就在离我居所仅数百米的半坡之上。只可惜那时我们的缘分似乎还欠了一些，闲居山中的两年间，彼此竟未能谋面。

住进山里之前，见一辞去了教职；大海则就近谋了个普通的差事，在位于山中的一间家具厂里做起了木匠。

大海自幼便喜做手工，对那木工的活计倒是颇有些兴趣，干起来便不觉得辛苦和低贱，又跟师傅学得不少的手艺，心中反倒是有了几分窃喜。虽每月仅两三千元的收入，对他们而言便已经足够。山里的开销是很低的，粗茶淡饭，再加一点水电和网费，一月下来，大海微薄的收入倒还常常有些许的富余。

这世间，人与人实在大有不同，有人追求浓烈绚烂，有人却喜爱清淡平实。大海和见一便是崇尚着低成本的简约生活。他们觉得这样的一款生活是最对他们口味的。生活的滋味是否醇厚绵长，全不在富贵，而在于适宜，在于清雅简淡。如此，便可不受制于人和物，能得一份身心的大自在。

他们便在山里迎送了两个春夏。

如若不是顾及父母的感受，他们会在那里一直住下去。但父母总是希望儿女都在身边，或者可以时常见面，而两个孩子却径直躲到山里，两家老人都甚是牵挂与不解。人年轻的时候都是应该去社会上打拼的，跑去山里待着，这么下去会有什么出息呢？

大海和见一就觉得这么做确实也未能顾及老人的感受，就不时下山来探望他们。见一的父母退休以后从威远来了成都，在郫县的三道堰镇定居养老。每次下山，大海和见一就在那里住上一段日子。一家人聚在一起，日子就过得其乐融融。他们看见父母开心的样子，就觉得不应该离他们太远，应该经常和他们待在一起，既可以相互照应，更能够感受到亲情的暖意。

住的时间长了，他们就发现这三道堰镇倒也很是幽静，空气也还不错，生活更比山里要方便得多。他们便觉得，只要心能自静，闭门便是深山，就决定离开山里来这里定居。不久，他们就在镇子的边缘购买了一套小户型的商品住宅。

大海和见一按照自己的喜好对新居进行了一番功能与审美上的改造。虽说新居的每个房间都并不宽敞，却很是实用和温馨，空间利用与美化也甚是合理，且颇能彰显二人的个性。

除了满足一般的功能需求，他们还将一个三四平米的生活阳台改造成了一间小小的工坊。这便是大海每日里所待时间最长的地方，他的每一件手作饰品便都诞生在这里。

剖石现玉

这就要说到大海是怎么进入这个行当的了。

从山里回三道堰小住的那段日子，大海无事的时候就爱找点手工活来做做。那一日，他见了家里一小块闲置的红酸枝，便想拿它做点玩意儿。正好前几年从云南带回来的一套木工刀具还未曾用过，他就打算拿来练练手艺。略加构思，大海便用那红酸枝木块做了一个底托，又购得一小块鹦鹉螺化石，一番修饰打磨，再与木头扣合，串上链子，便作为礼物送给了见一。

见一没有想到，大海的手会有这么巧，他竟能无师自通地做出颇有设计感的新颖物件。见一心里自然是喜不自禁了，便将那饰物日日佩挂于胸前。不几日，一位出家的师父上门来参观大海手工制作的一幅唐卡。闲聊当中，那师父便注意到见一胸前的那枚挂饰，忽然眼睛就亮了，便问她此物从何处

§ 这便是大海花了一年多时间手工制作的那幅唐卡。那位出家的师父正是为了欣赏这件作品，才见到了大海为见一做的那枚挂饰，进而促成了大海的职业转型，使他找到了自己所钟爱的事业。按照佛家的说法，大海便是与佛门结下了一份善缘

求得。见一便说是大海所做。那师父就称叹大海实在是个有灵之人，做出东西来也就十分别致，遂请大海替他做上 10 枚类似的挂饰，他正要去香港，可将其作为礼物去与同修的朋友们结缘。

　　没想到随意做出的一个挂饰竟招来了订单，大海颇有些意外，也有些紧张，他怕批量的生产会达不到应有的品质。但他还是定下心神，全力以赴，结果，这批作品获得了对方的高度认可。

　　即便是圆满完成了第一批订货，大海也没觉得这可以成为谋生的手段，只当是得到一笔意外之财。后来，他又做了一件自己很喜欢的作品，便拿到微信朋友圈里去晒晒，不想，竟得到了众友的大赞，且强烈要求他

木石结合饰品制作流程 ▶▶

1. 选取质地细密的良木和天然矿石作为制作饰品的原料（矿石原料一般为琥珀、玛瑙、蜜蜡、钻石、南红等）。

2. 根据木料与矿石的天然形状进行艺术构思。

3. 用雕刻工具在矿石原料上雕刻造型，并精细打磨。

4. 切割木料，进行雕刻、打磨，获得所需造型。

5. 将已经完成的矿石原料饰品与木质配件结合，再调试、打磨，使之结合紧密，浑然天成（大海另有一些作品无须与木质件结合，独立成品）。

多做一些来标价售卖。

大海便又试着做了一些，反馈依然良好。那些有缘得到大海作品的朋友又在朋友圈里一阵狂晒，便又引来了更多朋友的打听和求订。直到此时大海才确信，他是可以以此技能来谋生立足的了。

大海的职业转型便这么轻松自然地完成了，一如他的人生轨迹，从不规划设计，一切从心所欲，如山间清泉，顺势流淌，遇石绕行，遇崖飞跌。他相信，是自己的路，七弯八绕总会走到那里去的；不是自己的路，走起来就定会磕磕绊绊。一切都强求不得，一切当顺乎天然。

大海就沉下心来做这件事情。这太适合他了，他喜欢一个人就能独立完成的工作，一切可以由自己来把控。而且，这也是他的兴趣所在，同时还能挣钱养家。他相信，他与这门艺术的邂逅是一种命定的缘分。

要说这大海，真也算得是个奇人。照理说，这手艺一般都是师徒相传的，得从学徒干起，磨砺多年才得出师。要么就是有着美术功底，学院科班出身。可大海两头不沾，却直接进入了创作，且作品一经推出便订单不断。这只能解释为他在这个方面天赋过人，是老天执意要赏他这碗饭吃。

大海有很高的天分，无师自通地学会了用各种材料制作饰品

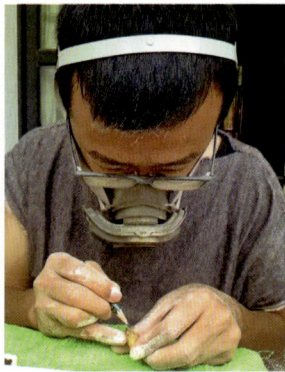

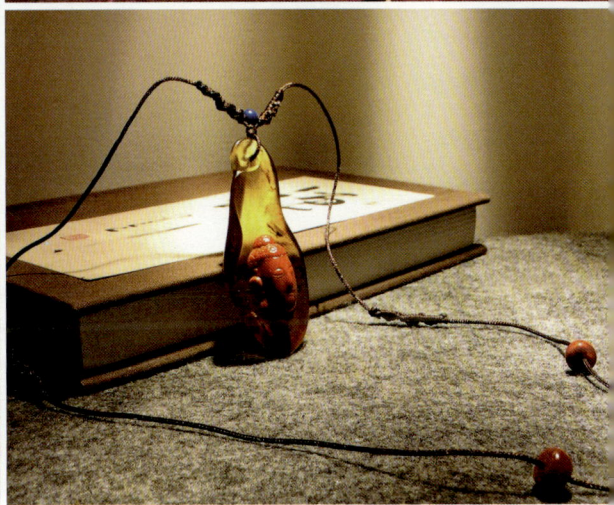

虽是不曾受过专业训练，但大海却天生就有极强的造型能力，空间想象力也颇为不凡。他从来不起草图，也不用泥塑先做小样，而是直接进行创作。动手之前他心中多半已是有了预想的形态，而那形态都是依据材料的天然形状依形取势而设计。此所谓"天做一半，我做一半"。他只需依了意念中的那个形象去凿刻，且做且改，调整打磨，最终就会与预想中的那个形象相叠合。大海动手能力也是极强的，上手一做便自有了七八分的功夫，且至今尚未有过因功力不及而玉石俱毁的窘状。

大海的饰品大多取材于良木与天然矿石原料，更多的则是木石结合。琥珀、玛瑙、蜜蜡、钻石、南红等均是他创作的材料。这些埋藏地下数亿年的矿石都是些修炼成精的生灵，当他们遇见久违的阳光与空气，还有人们晶莹的眼神，便似炫美般的招摇，呈现出斑斓的华丽。

当大海为数亿年的岁月重新塑形的时候，心中便有一种神圣的使命感，他怎么可以辜负了那些岁月的嘱托，它们是地球珍藏的记忆，是光阴沉积的骨骼。他必须呼吸均匀、走刀稳健，才能确保在雕刻的过程中万无一失。这需要他心无杂念、气定神闲。

大海的心素来是不浮躁的，便也从未失手。却有那么一次，一件耗时数日的作品本当于傍晚时分完成，却是稍有迟延。是时，天色已暝，他极想赶紧做个收尾，心里便有了几分急躁，持刀有些不稳，手指瞬间被划出了一道血痕。他忽然意识到，做这一行是万不可心急与功利的，欲速则会不达，行止亦当有时，劳逸更需有度。不能顺乎自然，必会适得其反。

大海就把这手上的活儿当作了一种长久的修行，是个磨性子、宁心神、添功力的过程。在这其中，只管恣意地去表达心中的美趣，并享受创作的美感便好，刻意了，强求了，便违背了初衷。他于是就愈加淡定从容了。

而见一则是全力地配合着大海的创作。她包揽了全部的家务，还做起了大海的经济人。遇有人来预订作品，便都是由见一出面去沟通。她会先期了解对方的需求，甚至索要一张订货人的照片，根据其形貌、气质，建议佩戴何种风格与造型的饰品，再将综合的意见转告大海。

大海便根据见一的分析与描述进行创作，作品出来，总能让见一感到惊喜。那作品真就是见一当初所想的样子！可见得他们真就是天造地设、灵犀相通的一对儿。而客户也总是会异常惊讶，叹服他们竟能将自己心中难以言状的那个形象，变成活灵活现的实物，实在有着超强的感应力和手上功夫。

大海觉得，作品能让客户满意绝非仅得益于他的手上功夫，还有独特的创意。他一直追求作品与生活的贴近性，要接地气，且有情趣。他的动物造型作品尤显生动、呆萌，妙趣横生，令人爱不释手。

更为关键的是，创作中他是把情感也都放了进去，将自己的神思与美学思想也灌注其中了。他颇能揣测别人的心思，通过创意与技巧表达他对别人内心的懂得。当自己的心被人懂得，这是何等快慰的事情。那些得到大海作品的朋友们每当摩挲爱物，心里充盈着的便不仅仅是欢喜，更是深深的感动。

物被赋予了灵魂方才有了生命。大海的饰品因了他心血的化入而有了生命的热度，便不再只是冰冷的石头了。

万物有灵且美矣。

寻常日子美如斯

大海在创作中愈发觉出了内心的安宁与充实。他的工作与生活高度重合，难以分割。他的心被所喜爱的这门艺术撑得满满当当，便是如福楼拜所说，"艺术广大之极，足以占据一个人"。大海每日里都会有 10 个小时以上浸淫于艺术创作之中，却浑不觉辛苦与疲累。他对当下的这种生活感到心满意足。

为了找到这样的生活，他固执地坚持着不向现实投降。而那寻找的过程看似随波逐流，其实是心有所向。他所要的生活如此简单，却是得来不易的。他知道，须得去做个减法，除去妄念，方可直抵生命的本源，就像他的创作一样，凿掉那些多余的部分，剩下的便是必不可少的生命之本真。

他们已将生活做到了极简，而内心却是极其丰润的。他们每日里都做着自己喜欢又擅长的事情，觉得充实又快慰。

见一总是在大海凿刻打磨作品断续的背景声中做着各种事情，心里便觉得异常踏实。她会为大海的一些作品配诗，或者写几段解读某件作品的文字，再做一些家务，读几页闲书。偶尔，她会弹上一首喜欢的曲子。

大海在工作的时候，便总会听到见一在屋子里弄出的一些细微的响动，就觉得心里被安宁与幸福所环绕。他们并不说话，各自做着自己的事情，但对方的存在，便是一种长长久久默然而温暖的陪伴。

我忽地忆起三浦友和的一本书来，那书名叫作《相性》，相性便是"投缘"的意思。友和与百惠不仅是相爱的，更是投缘的。投缘就是在许多的事情上都能够合拍，那一个个的日子就变得像古诗词里的句子那样合辙押韵了，心里就总是熨帖的，爱情就不会走得跌跌撞撞，而像是舞步一般地轻快和优美。自从他们远离了浮华的名利场，便在寻常的日子里一路相爱相伴地走到了老年。

我便想，大海和见一便是"相性"的人。他们的日子虽是平淡无奇，却不会让爱情消退了颜色。他们也会像友和与百惠那样，长长久久地在爱情里沉浸，在情投意合的相守中欢欣地老去。

而他们如今还很年轻，除了平静地度日，也会偶尔激越一回。当大海完成一件满意的作品，身心都有些疲累的时候，他们就会来一次激情四射的出游。大海总是骑着摩托，载上见一去一个不远不近的地方。见一会将身体贴在大海的背上，双手紧搂着他的身躯。速度让平静的空气变成了风。风将头发和衣服撩动成飘逸，看上去自有难以言喻的浪漫与抒情。

更多的时候，他们都是把闲暇的时光消磨在小镇上的。晚饭后，他们通常都会沿着门前的小河散步，做一些舒展腰身的运动，练一套养生吐纳之功，然后又是絮絮叨叨说不完的天南海北。

我便想着，大日子自有大日子的好，小日子亦有小日子的妙。人生之美，适心为最，当是没有什么对错可言的。

补记

我是今年的初夏去拜访大海和见一的。说到对未来的期许，他们没有过多的奢望，只觉得生活已很是安稳，心也有了归宿，自然就想要一个属于自己的宝宝了。

彼时，见一已经有了身孕，到年底他们就要做父母了。他们都憧憬着那样的日子。那时，三个人在一起的生活就更加完美了。能和相爱的人相守，有孩子绕膝，且父母健在，并能与他们一同享受彼此的关怀，这便是寻常人生中人人期待的几大乐事。

今天，刚好写完了大海和见一的故事，便传来了他们升格为父母的消息。见一顺产一名男婴，哭声清越，如鹤鸣清涧，遂得名子鹤。

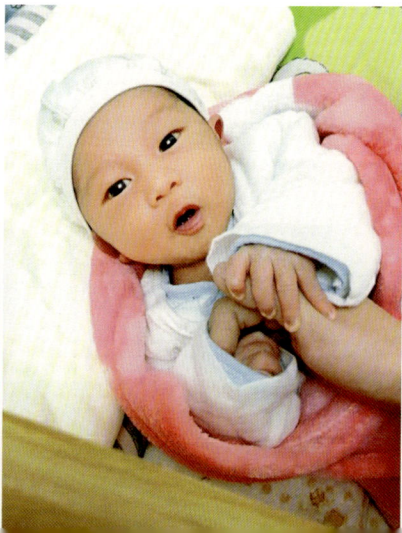

黄一川

如传世的青花瓷自顾自美丽

你隐藏在窑烧里千年的秘密
极细腻　犹如绣花针落地
——周杰伦《青花瓷》

　　对所谓的流行风尚，我是素无兴趣的，断不会去翻阅那些眼花缭乱的时尚杂志。但昨年岁末的苦寒里，因迎候几位久别的远客，躲进了机场暖暖的咖啡厅里，于百无聊赖中顺取一册书报架上的潮刊，歪在沙发里恹恹地闲阅。不想，竟在那油墨的淡香里撞见了一位江南美女，她让我从"葛优瘫"的姿势忽地惊而坐起。

　　这位名叫黄一川的女子看上去约莫三十岁上下的年纪，却已是时尚圈里小有名气的"独立设计师"，二十五岁那年便创立了"一川"首饰品牌。她的作品以青花瓷残片与白银为构成要素，将古典与现代元素炖煮一炉，便有了飘着岁月幽香的别致饰物。

　　图片上，她胸前佩戴着自己的作品，嘴角微翘，眼里似有笑意浮起，显出一丝内敛的自信，人与饰物也在气质上互为呼应。这女子与那青花均有着江南水墨的意蕴，清雅、淡远，诗意无边。我脑子里瞬间就漾开来两句著名的歌词——如传世的青花瓷自顾自美丽，你眼带笑意。

但这并非撩起我兴趣的因由，令我好奇的是她非同寻常的大胆之举。这位在京城里发展得顺风顺水的女子竟突然转身，重回故里，幽居于杭州郊野的富阳山中。她像是一朵不惹红尘的青莲，于万般红紫中散淡幽寂地静静绽放。

我便想，这山中的日子寂静悠长，倒是正当适合她天长日久地沉溺、心无旁骛地创作了。而这恰是钟情繁侈的年龄，她却能抽身退避，必当是对人生诸境有了深透的辨识，当何取舍，是自有分寸的。

忽又感慨，如她这般的年岁，多是取了狂飙突进的姿势，要去拿下人生的高地，不免心急气躁，多无巧匠之心，却颇擅取巧投机之术，总奢想速成一事而安享一生，缺乏终生磨炼一门技艺的耐心，竟至于当今中国巧匠难觅。而这个女子却有一颗如此安静而安分的心，在这急功近利的时代里，此种定力该是何等难得。

于是我便花了许多的工夫寻到她的踪迹，并舟车辗转，终于在山里与她相见。那日，我们畅聊了很长的时间，关于艺术，关于事业和人生，她都一并讲给了我，坦诚而随和。

北漂寻梦

一川并不是从小就有着明确目标，早早就开始为梦想蓄积力量的那种人，她似乎一直是懵懵懂懂地沿着命运划定的路线在前行。

幼年的时候，她就表现出了绘画的天赋，成长过程中又受到了画家父亲的影响，顺理成章地就走上了美术的道路。大学自然也就选择了相关的专业，学了家居设计，毕业后进了公司做室内设计和平面设计之类的工作。干这一行她说不上有多么喜欢，却也并不讨厌，日子过得平平稳稳，但却不咸不淡。年纪轻轻似乎就消退了激情，她觉得这好像有些不大对劲了，便有了一些改变现状的冲动。

§ 六岁时的这幅作品现在挂
在她杭州工作室的墙上

　　但下一步该做些什么，她茫然无措。此时，父亲似乎察觉到了女儿的犹疑，便向她提出了一个建议，希望她去更大的地方闯闯，上海也好，北京也好，发展空间到底是要比杭州更大的。

　　年轻的时候，父亲就曾想去北京发展，但那时诸多条件均不具备，未能实现他人生的第二步跨越。第一步，他从浙东的青田县考到了浙江美术学院（今中国美术学院的前身），毕业之后便留在了杭州，生活和事业的空间都得到了很大的拓展，一川也在这里长大，受到了更好的教育，见识了更广阔的世界。所以他很清楚平台的重要性。

　　一川便有些心动了。她觉得像现在这样不痛不痒地混着日子，倒不如去更大的地方碰碰运气，能成点儿事当然好了，不成，也权当是出去见见世面。于是，她选定了北京。那个远在北方的大都市一直以来都是她心心念念的一个诗意的远方。

　　但母亲却极是不舍。做母亲的总希望孩子永远都守在身边。她实在是担心在这水水润润的江南长大的丫头如何受得了北方干燥与严寒的气候，如何吃得惯那里的饭菜。明明好好的工作说不要就不要了，这一去，又将会逢着一个怎样的未来呀！但父女二人已结成同盟，作为少数派，她也只好默许了这桩事情。

一川便别了江南，北上京城。乍来此地，一脸惶惑，几经辗转才在一家艺术品商店里谋到一份差事。那艺术品商店隶属于一家颇具实力的艺术机构，主要从事一些知名艺术家作品的复制及衍生品的经销。一川所承担的是艺术品的采购、销售及新产品开发等工作。

尽管这项工作实在与真正的艺术没有太大的关系，但她所在的艺术机构每月都会举办包括画展、装置艺术展等在内的艺术展会，并举行开幕式和派对。这使她得以与京城艺术界的活跃分子发生一些交集，其艺术眼界遂得以拓宽。也正是参加那些展会使她捕捉到了一个改变人生走向的机会。

作为主办方的工作人员，一川需要通过参加此类的展会结识一些相关人员，并了解艺术品市场的风向。出席这样高大上的活动自然是需要有得体的装束，一川每次参加活动之前都会精心打扮一番。选择一套合适的服装倒不是什么难事，但搭配一款相得益彰的首饰却让她颇费周章。仅有的几款首饰换来换去地佩戴，连她自己都觉得腻歪，便想起从杭州带去的几件青花瓷的挂饰来。

那是大学毕业那年夏天她自己做的。那时，刚出校门，不知道如何选择人生的方向，一度踟蹰彷徨，不知所往，更不想去面对就业的问题，整个夏天都宅在家里无所事事。百无聊赖中，她想找点事情来打发时间。偶然间，她发现父亲收藏的几块古青花瓷残片，便突发奇想，觉得用它们来做些首饰定会相当别致，便试着做起了设计，然后又寻请首饰匠师帮助完成了制作。

一川从箱子里翻出了当年做的那些古青花瓷首饰，一件件上身试戴。此刻，距离制作这些首饰大约有两年时间了，再回头一番审视，倒觉得还蛮有创意的，但绝对算不上什么上乘之作。首先体积太大，显得很

"蛮"，此外工艺也较为粗糙。若不细看，正面倒还勉强可以看得过去，可背面就见不得人了。制作的时候，为了让瓷片不从金属镶边中脱落下来，竟然用了502强力胶来黏合。

一川犹豫良久，最终挑出一件她觉得瑕疵最少的项链挂在胸前。她站在镜子前反复自审，觉得就整体效果而言，倒是与服装和自身气质比较搭配，便决定换个"画风"，给自己，也给别人一点点新鲜感。

但她心里还是不太有底，走进展厅的时候，心脏都还有些突突，但很快就坦然了。当她出现在一帮艺术圈内时尚美女面前的时候，他们立即就注意到了她胸前那条别致的项链。女人对饰品总是敏感和痴迷的，她们连声称赞，说实在太有品了，太特别，太有个性，太美了。就问她在哪里可以买到，她便弱弱地答一句，说这是自己瞎捣鼓出来的。女人们眼里瞬时就放出了光芒，一迭声地称叹，说她怎么可以这么心灵手巧！

一川一开始还不能确信她们是场面上的恭维话还是诚意的夸赞，但当她们将项链捧在手中细细把玩，并自语称善的时候，她才确信，她当年的游戏之作无意间撩动了她们心中的某种审美需求。

紧接着，她们就鼓励一川别浪费了自己的才华，多做些这样的饰品出来，没准儿还可以朝着独立设计师的方向去发展。在她们看来，一川的饰品融合了古典与现代的元素，气质沉稳而不沉闷，风格时尚而不肤浅，恰恰击中了当代时尚人士的心窝。

朋友们的建议不管是慎思之言还是随口一说，一川都往心里去了，她觉得这倒是值得一做的事情。身为艺术品商店的员工，她有责任为店里开发新品，此乃分内工作。倘若还能将青花首饰做成系列，且能量产，市场前景想必也还乐观。再则，她也喜欢独立安静地做事，且在首饰设计方面颇具天分，自当不负上天垂赠的才华。这或许是一条值得开拓并可以一直走下去的道路。一川心里便起了一丝微微的波澜，她隐约觉出自己的手里好似握住了一朵关于青花的美丽梦幻。

当她离开的时候，既没有割断血脉的疼痛，也没有逃离炼狱的狂喜。她平静地
转身，将一段青春岁月留在了那里，也带走了一大包收藏着更多岁月的青花瓷片。

"青花"绽放

于是，一川便对青花系列首饰的市场开发进行了一番论证和整体构思。古青花残片乃历史遗珠，实不可多得，而以此为主材的饰品必难形成量产，不能量产则无以在市场上形成影响。一川深谙此理，遂萌生一念，若能自己设计图案，请瓷窑师傅专炉烧制青花瓷片，主材之乏岂不迎刃而解？

一川就飞去了景德镇。她寻到了窑主，拜访了师傅，随即便是握手合作。此一程耗时数月，一川尝尽艰辛。终于，第一批瓷片要出炉了，一川疾步趋前，等待窑口开启。但那瞬间的情形却令一川始料未及。乍见阿物，几欲悲哭，那是一种怎样的货色！实在不敢以青花瓷名之。一川这才猛然醒悟，青花瓷的传奇早已在百年前随那庞大帝国一同碎裂！心性浮躁的现代人已久别了精致与高贵，先祖们的旷世奇智已被上锁封存，我们再也无力去重启古人智慧的宝库了。

此番情景便让我想起两句著名的歌词来——你隐藏在窑烧里千年的秘密，极细腻，犹如绣花针落地。

我们的身体灌满了脂膏，肥硕的手指不再灵巧，自是无法将那枚落地的绣花针拾起。念及此景，一川心有戚戚。也就在此际，她心中便又有了新的想法，立愿要去掉妄念，安静了身心，如古代匠师那般，倾一生之力去做好一件事情，如是漫路的修行。她要将那散落一地的青花的碎梦接续重生。

一川这便放弃了先前的打算，决意仍用古青花残片制作饰品。如此，量产的预想遂成泡影，她便转回头来，索性就将这青花首饰往精品的方向去打造。她不再只一心想去做一名优秀的员工，完成新品开发的任务，她要努力去做一位出色的首饰艺术设计师，要让那些沉睡在岁月深处的古青花残片在现代的阳光下重新闪耀光彩。

说起这古青花瓷片，讲究可是大了，不是随取一块便可以派上用场。在取材上更是与根雕、木雕大为相似的，需根据材料所具形态与性状进行构思与设计。一只古瓷瓶残片上正巧有一朵较为完整的牡丹；一个托盘坠地时裂痕正当剖开一对双栖的鸳鸯，剩下孤单的一只；一盏酒器被击中的部位恰非画面的中心，那个气宇轩昂的龙头正好躲过了强力的撕裂……这些棱角尖锐、图形别致的古残片都能刺激设计师的灵感穴位，产生奇异的构思。对有才华的设计师来说，古瓷的残损不是引人伤感的残躯，而是重获新生的契机。像是人体的器官移植，那些已逝生命的某些部件在另一些生命体上可以重新灿烂。

　　但上乘的古瓷残片并非轻易可得，要从那成堆的瓷片中淘出自己想要的东西，得有极大的耐心。而耐心，一川是不缺的，她常常整日游走在京城的各大瓷器市场和胡同深院，希望有缘逢到一些好的瓷片。瓷片的优劣，大抵是有一些公认的标准的，比如年代、窑属、瓷质、图纹、釉色等等，这些在行家眼里是可以一眼辨识的。但之于那些个性化的要求，优劣便是见仁见智了。这便像是选择恋爱的对象，西施总也是出自情人的眼里。

　　一川自有一套"淘瓷"的标准。她偏爱清代官窑出品的青花。清康熙年间，青花瓷在工艺与艺术上已达顶峰。一川在"淘瓷"的过程中，已培养了辨识货品的眼力。她能在一大堆古瓷残片中迅速找到自己心仪的材料。这"淘瓷"的过程充满了惊险，也偶有惊喜。

　　话说有一次，一川到得一家摊主的库房，摊主拎出一大麻袋古瓷残片让她挑选。她正要打开麻袋，那摊主突然改了主意，说 200 元"包圆"如何？一川知道，包圆实质上就是"赌瓷"，而她此刻愿意赌上一把。略一估摸，袋里的残片约在两百上下，纵使是别人挑选后剩下的垃圾，也未必就不是她眼里的珍品，且 200 元也并不是个了不得的数目，即便输了也不甚要紧。

　　但她却赌赢了这一局。她在这袋瓷片中发现了一块完整的山羊头图案。这块瓷片倘若单卖，当是所值不菲，定能打造出一枚上品的青花首饰。但她一时尚未捕获到最佳的创作灵感，便暂且将它放下了。灵感是挂在藤上的瓜果，得等时间来将它养熟，方才会得到一份瓜熟蒂落的欣喜。

一川就这样慢慢地淘，耐心地攒，手里便积下了不少上乘的青花古瓷残片，她便依据每一块残片特有的形状和图案来进行构思，再绘出设计图稿，交由首饰匠师去完成制作。匠师们手上的功夫倒是不容怀疑，但他们却往往不能吃透设计师的创作意图，作品出来总不免显得有些匠气。这令一川颇感失望。

创意不能得到准确的表达，作品的艺术品质自然大打折扣。一川便想，既然良匠难寻，倒不如自己动手。这个想法相当大胆，她觉得这并非不能实现的事情。但她也知道，要学会这套工匠的活儿，且干得比工匠更有艺术性却并非易事。为此，一川专门去了一个精工学习班，学习金属的切割、打磨工艺。但师傅并没有一套成熟的教学模式，只是让学徒们看他如何操作，然后便是自己练习。看这架势，那师傅是按了传统的师徒传艺的方式来带学员的，这个过程多半都会在三年以上。

一川认真地练着基本功，心里却在不停地打鼓。这么练下去何时才是个头啊！她原本想学的并不是这些，她只想了解精工部分的工艺流程和艺术要领。她不能再这样无休无止地磨洋工了。

有一天，她展开自己的设计图稿问那位师傅，要做成这个样子的首饰该怎么做。师傅看看说，这做不出来，你的设计太复杂，太想当然了，没有谁会做这样的东西。一川终于明白，像这样学下去是没有希望的，浪费了时间，最终还是做不出想要的作品。她决定另想他法，便离开了那位师傅。

但话又说回来，跟着师傅学了这一个来月，也还是有所收获的。从切割、焊接、打磨，再到最后的包镶，她已经心中有数了。至于手上的功夫，那是可以回家慢慢去练的。她相信自己有这个耐心练好这门技艺。

机遇垂青

正当一川准备闭门苦练功夫的时候，却意外地遇到了一位年轻的师傅。一川随即放弃了原有的计划，因为这位师傅的手上功夫与之前她所接触的那些老师傅相比毫不逊色，而且能较为准确地理解她的设计意图。因为年轻，他与这个时代贴得更紧，也更懂得如何将时代的审美趣味融入作品之中。一川便立即决定与他合作。

一川负责设计和打磨瓷片，师傅则负责精工部分。一段时间的磨合之后，两人更加默契了，她的创意思想总能得以充分地表达。

在此之前，一川一直是一边工作一边进行业余创作的，现在，她把更多的时间和精力都投入了进去。她有信心在这位年轻师傅的协助下把活儿干得更加漂亮。

如此，一川的作品便得到了更多圈内朋友的喜爱，且定制不断。但要让作品在更大范围内产生影响，还需要一个平台的支撑和一次机遇的垂青。一川便开始关注国内设计圈的动向。她发现一些时尚杂志偶有关于设计师的报道。但那时国内媒体极少有提出"独立设计师"这个概念的，首饰设计师也极少。而一川已经决意往这个方向去发展了。她偶尔会幻想一下，像这样努力下去，或许有朝一日自己也会登上那些摩登杂志，让更多的人认识自己，并了解自己的作品。

正当此时，国内时尚圈的一位大咖正在实施一项宏大的计划。她要利用自身的影响力和所拥有的各种资源为国内设计师搭建成长的平台。此人便是中国互动媒体集团 CEO、《世界都市 I LOOK》杂志的主编兼出版人洪晃。

洪晃可谓国内时尚圈的风云人物，她所创办的多本时尚杂志影响甚广。很长时间以来，她都与著名的尤伦斯艺术中心合作，通过杂志介绍一些优秀的设计师。但她对国内设计师群体的整体状况却并未给予更多的关注。

抛开了外面精彩而又浮躁的世界，便回归了内心的宁静，可独享一份属于自己的空间，还有任意支配时间的自由。她乐此不疲地做着自己喜爱的事情，并于其中安享着创作的乐趣以及生命的纯然与静美。

一次偶然的机会，洪晃看到了几位本土服装设计师的作品，深为震撼。她没想到国内设计师正在慢慢地成长，不再是追逐欧美时尚风潮的跟屁虫，已经成为一股不可小觑的新生力量。中国需要这样有实力、有个性的设计师。

　　但从本质上讲，设计师属于一群特殊的文人，他们希望自己的作品能够获得更高程度的市场认可，却又囿于清高的本性而羞于为自己吆喝。他们缺乏自我营销的能力，更缺乏推广的平台，其处境略显得有些尴尬。

　　洪晃敏锐地发现了这一巨大的隐形市场，迅速决定重新调整杂志的定位。她要打造中国原创设计平台，力推本土设计师，同时开办实体商店，展示和销售本土设计师的作品。这家实体店便是位于北京三里屯太古广场的BNC。

　　当一川得知BNC即将开业的消息时，便来了个毛遂自荐。她希望自己的作品有一次亮相并获得市场检验的机会。于是她壮着胆子与BNC取得了联系。BNC负责人立即将一川的作品和资料转给了洪晃。当洪晃看到一川青花饰品的时候，不禁眼前一亮。她被这个小姑娘别出心裁的创意惊着了，立即拍板与一川签约合作。

　　一川的首批十七件寄售作品在BNC开业的第一天便售出了八件。这样的销售业绩令双方都深感振奋。随后，洪晃主编的杂志也对一川及其作品进行了详细的介绍。很快，一川青花系列首饰便引起了时尚圈的关注。一川抓住了这一绝好的机会，也逢到了贵人，便迅速地走入了大众的视野。

　　这让一川感到有些眼晕。当初因为无聊而捣鼓的玩意儿，竟然受到了时尚人士的追捧，这是她始料未及的。这大概就是所谓的"歪打正着"吧。这是她人生的一次重大转折，也正是这次成功的经历给了她更大的信心。她觉得自己的作品应当是有一定市场需求的，这样，她就可以靠着这门技艺安身立命了。这也是她喜欢做的事情，她总是很享受独立创作的过程，内心安静、充实，还能获得成就感，她便觉得是应当全身心地投入到

创作之中了。

如此情形之下，工作和创作便是不能像以往那样得以兼顾了。于是，一川辞掉了艺术品商店的工作，全身心投入到了她认为可以成为永久事业的艺术创作之中。

不如归去

很快，一川便成立了一间工作室，并以自己的名字注册了"一川饰品"。她要做自己的品牌，要亮出属于自己的风格。

一川的确做到了，她用了三年时间来打造自己的品牌，使"一川饰品"在时尚艺术界有了一定的声名，更有越来越多的人喜欢她的作品。她还经常受邀携作品参加国内外的各种艺术品展览。

一川实在没想到，当初并不缜密的那个"北漂"决定，竟然成就了自己的一番事业，给了她的人生一个明确的指向。曾经，她和许多女孩子一样，热爱生活，却不知要干什么，懵懵懂懂，可以向西，亦可向东。她做的是设计，却从未试图设计自己的人生，她不曾规划线路，一路却能赏到绮丽的风景。一川便如那捕鱼为业的武陵人氏，缘溪行，芳草鲜美，落英缤纷，一路赏景前行，无意间竟撞入了桃源仙境。

这世间，有些成功便如这般水到渠成。这当中机遇、努力都是少不得的，没有哪一个成功是纯粹的老天垂爱、坐享其成。但奔了成功而去的人未必就能成功，且注定负荷太重，而一川却是明月清风，踏歌而行。

一川一路行至此处，北京算是她的祥瑞福地，照理，她当更深地扎根下来，在此聚合资源，打通人脉，乘胜前进。但正当此际，她却忽然决定，弃京南下，还于故里。

但父亲却是极力地反对。他的理由很简单，留在北京会有更大的发展空间，如果她当初不去北京发展，又怎会有今天的成绩呢？而一川也自有一番考虑。

这是 2013 年的夏天，距离她初到北京已近六年。这里曾经那么吸引她，也给了她生命中最重要的东西，她对北京是感恩的，但她实在无法对它产生热爱。这个巨大的都市承受着太大的负荷，恰如过多的油脂和胆固醇进入了血液，黏稠和拥塞注定不可避免。车辆拥塞了道路，游人拥塞了景点，雾霾拥塞了天空，欲望拥塞了灵魂。一川原本就是喜欢清爽日子的人，不爱扎堆儿，厌恶喧哗。这些年在所谓的艺术圈里混着，虚虚实实，真真假假，欲望纠缠，鱼龙混杂。那种浮躁之气、勾兑之风实在令人心忧。

艺术家是需要沉下心来做艺术的，但北京却很难让她彻底排开杂念，全情地投入创作。尽管她也知道，留下来会得到很多的好处，对她品牌的做大做强也会有所帮助。但两相权较，她最终还是选择了离开。

她觉得事业固然重要，却不情愿为此而放弃所喜爱的那种生活。对一川来说，去往北京只是一次人生的旅行，这趟旅行收获满满，便已知足。她现在是该转回身心的故乡，与清爽平淡的日子为伴了。她觉得，身心得安方能长远。

在北京生活了六年，一川对这座城市虽无爱恋，却也从不曾憎恶。所以，当她离开的时候既没有割断血脉的疼痛，也没有逃离炼狱的狂喜。她平静地转身，将一段青春岁月留在了那里，也带走了一大包收藏着更多岁月的青花瓷片。她要用未来的岁月去抛光它们，并和它们共同完成可以让平凡日子闪光的艺术创作。

苦练技艺

话说一川辞别京城回到了杭州，心里自是激动，她要在这里开始全新的生活。从干燥坚硬的巨大都市回到这灵秀水润的江南名城，身心都极感舒乐。她毫不怀疑今后的日子也会如这故乡的山水一般润泽而诗意。

然而，初回故乡的那段日子，却是诸事不顺，各种难题迎面而至。一切都需从头开始，不免耗力损心，为一川所始料未及。单说这工作，便是难以推动。若是说没有了工作室，创作尚可在家里进行的话，那找不到像北京那位年轻师傅一样配合默契的搭档，便是件要命的事了。大把的订单积在案头，铺了一层厚厚的尘灰，一川却束手无策。纵使设计出来可意的方案，又有谁能将落在图纸上的巧思变为精巧的实物呢？

　　思来想去，实在别无他法，一川便狠狠地将心一横，以女汉子的气概接下了这摊子匠人的活计。当初在北京，也遇到过此等良匠难求的困境，一川也曾试图亲手为之。像这般从设计到制作均由一人完成的艺术创作也并非没有先例，比如中国的版画。她知道，中国的传统版画在近代便有一次革命性的演进。

青花首饰制作流程 ▶

1. 淘选质地上乘且图案别致的古青花瓷残片，按照设计意图加以切割造型，并进行精细打磨。
2. 将银料在高温下融化，倒入模具浇筑成型，再放入压片机上压薄至理想的厚度（或制成银线）。
3. 根据创意，切割成所需的长宽尺寸，将其包镶在事先完成的青花瓷片边缘。
4. 反复修整打磨银片，将其与瓷片进行贴合比对与调整。
5. 将包镶在瓷片边缘的银片连接点进行焊接固定，再对焊接点进行打磨，使之成为天衣无缝的整体。
6. 最后再配以挂链、底托等配件，一件青花首饰即告完成。

在过去几千年里，版画都是由画师起稿，再交由工匠完成刻、印工序，创意与制作是截然分开的。刻板可以实现作品的大量复制，具有工艺上的先进性，称为"复制版画"。后经鲁迅力倡，新兴版画盛行，画家承担了从创意到制作的全部工作。如此一来，画家便可将创作意图贯穿始终，作品的艺术性遂得以大幅提升。故称"创意版画"。

一川与匠师合作了多年，耳濡目染，已对整套工艺熟稔于心，只是缺乏手上的功夫。于是，她开始了长达近一年的闭门苦练。

此套工艺难度较大，且程序繁复，须先将银料融化倒入模具浇筑成型，再在压片机上压薄至理想的厚度或是制成银线，然后根据创意随意切割成所需的尺寸，用来包镶事先切割打磨定型的瓷片，最后再反复修整打磨，进行贴合比对与调整。而最为关键的技术则是将银片焊接固定。

这一环节成为一川技术攻关的重点与难点。一开始她不明焊接的诀窍，总是让银片受热过度而熔化，无法焊接成型。她一度十分丧气，却最终没有放弃，依然日日练习，复又讨教于匠师，方悟出焊接的要诀。原来烧焊时需控制焊枪的火力，且需均匀加热焊接点及其周围的银片，而非只对准焊接点猛火急攻。

佛祖有云：渐修顿悟。一番修行般的苦练之后，终于一日，一川忽而开窍，她焊牢了一块银片的接点。这让她欣喜异常，继而又尝试着将设计图稿打造成实物。当她终于独立完成了一枚小马造型的项链时，心中不禁一阵狂喜。她知道自己成功了，从此以后创作不再受制于技术，作品的整体品质必将再上层楼。

那一天对她来说极其重要，她跨过了一道深壕，实现了历史性的突破，成了真正意义上的"独立设计师"。她内心的喜悦难以掩饰，忍不住在微信朋友圈里晒出了那件首次独立完成的作品，并配上了一段励志的文字：原以为很难的事情，去行动了才发现，其实并没有想象的那么困难！

她很欣慰，在这个浮躁的时代里，自己还能静下心来苦练一门技艺，且将终生追求不辍。我遂想起曾国藩所说的"天道忌巧"。要做一位匠师，便不能虚浮与取巧，非得"去伪而守拙"，下了笨功夫，方才能走得长久。一川身上有着一股年轻人少有的轴劲儿和踏实的艺匠精神。

紧接着她又完成了一系列作品，其精工技艺日臻纯熟。她对自己要求甚高，必须达到这样的效果：银片与瓷片之间的间隙当不差毫厘，看上去天衣无缝、浑然一体，且两者的贴合是情投意合的依偎，而非银片对瓷片的征服。有这样的工艺水准，才能确保"一川"品牌品质的上乘。

为此，她做出了不小的牺牲。单说一双手，便是伤痕累累。女孩子的手总是嫩若柔荑，而一川的手指却频频被刀、锯所划破，不时让银片灼伤起泡，还因长期抓握糙物而变得粗粝，常常会裂开口子。她再也无法留长指甲和涂指甲油了。这是她为创作所付出的代价。

但这样的代价她愿意承受，创作的过程自是艰辛，而她权当是对身心的修炼。当作品完成的时候，她会感到一种自我价值的实现。她很享受这样的过程，特别是得到铁杆"瓷粉"们支持的时候，她更感到这份付出是值得的。

从北京回到杭州，以及闭门练功这一年多的时间里，她一件作品也未能完成，而所有订货的"瓷粉"没有一个主动撤单的。他们都愿意等她，这让一川深为感动。所以，当功夫练成之后，她决定为自己建一间工作室，让一切重新开始。她要更加努力地创作，将最好的作品回馈给他们。

于是，一川在杭州郊外的富阳山中相中一套房子，便买下它来，并耗时半年打造成了一方兼具工作与起居功能的别致空间。

富春山居

一川的工作室位于杭州市郊富阳山中的黄公望国家森林公园内。提起"富阳"这个地名，多数人是会感到陌生的，但一说"富春"，便有了印象。富春江与富春山都有着不小的名气。黄公望晚年便隐居富春山中，其传世名作《富春山居图》便是以此地风物做了摹写的对象。

此地距杭州市区约一小时的车程，既可避开都市的喧嚣，享山林之清趣，又非荒寂无依的深山僻地，有着恰到好处的距离。且此间风景秀美，物产甚丰，人文鼎盛，自古便是幽人逸士们隐居的洞天福地。

但到了与她相约之处，我才发现，这并非想象中那种深谷幽壑的隐居之地，开发商已经大举挺进，点点屋舍散布于翠绿山峦间。一川的工作室就在其中一个颇有格调的住宅小区。虽是与城市住宅无异，却究竟还是在青山绿水之间，依然是难得的佳境，足可与繁华保持距离。想我今日之境况，不亦如是？世间华美早已无心过问，却依然身在红尘。细细想来，若是心已邈远，便哪管身在何地。恰如宋人张炎所说：元（原）来卜隐，不在山深。

一川的工作室空间面积不大，仅六七十个平米，但被她划分得十分合理。入户，厨房与工作区左右相邻；里间，书房和卧室上下相望。多数时

§ 杭州工作室：工作台

间她都待在这里。她是个性格沉静的人，不能长久地与热闹为伴，而且创作也需要独立的空间与安适的心境，她便是天然地适合这种离群索居的生活。而她的生活与工作却不能稍有分离，于她而言，工作即是生活，两者早已是水乳交融了。

所以，她将居所与工作室并做了一处。她终于在这里构建起了自己想要的生活。抛开了外面精彩而又浮躁的世界，便回归了内心的宁静，可独享一份属于自己的空间，还有任意支配时间的自由。她乐此不疲地做着自己喜爱的事情，并于其中安享着创作的乐趣以及生命的纯然与静美。

如今，创作于她而言，已不只是商品的制作，而是表达审美趣味与艺术主张。她不只是想做一位能干的匠人，更要努力从一名独立设计师变成首饰艺术家。这是她更高的人生目标。她要让古典与时尚牵手，将现代感

§ 一川一天当中的大部分时间都坐在这里专心地工作。她一早起床就进入了工作状态，直到深夜。每天的三顿饭都由她亲手来做，她总是利用做饭的时间换心情，略作休整。在别人看来，这有点像是苦行僧的生活，而她却浑然不觉，因为创作恰如空气和食物，是她生命中不可或缺的养分

§ 深入那一片葱茏，便是连绵不绝的翠竹林。一川特别喜欢在飘着小雨的时候去那里散步，听风戏竹枝和雨滴的絮语。一阵扫地风起，掠走了她手里的雨伞，托着它在空中舞蹈。这是她极其珍爱的一幅照片，像是她生命状态的写照——生活极度宁静，内心异常火热赋予青花这种中国古老的文化元素，要让青花的雅致消解素银的冰凉，让充满现代感的设计滤去青花太过沉重的沧桑，她要让一种沉静温婉的气韵为佩戴者增添魅力。

为此，她全身心地投入，把情感都化到了作品之中。当那些冰冷的瓷片和素银与她热烈的情感相遇的时候，便有了暖暖的体温。一川时常会长久地凝视着那些残破的瓷片，想象它们前世的遭遇。一川常常摩挲着它们的创痕，从中寻找着一个个被猝然打断的故事，她总希望给它们续写一个精彩的结局。

但它们总是默默无语。而一川并不心急，她耐心地与它们絮语，要和它们慢慢相熟相知。她知道，他们之间需要相互信任。待有朝一日它们金石为开，向她吐露心事，自会有灵感飘然而至。

一川许多得意之作便是这样产生的。这是耐心与日子发酵的醇香，其中的关键技术是一种叫作"慢"的优雅。而慢与这个时代的节奏并不合拍，但艺术最怕的往往就是快。一川便在她自己设定的节奏里从容地迎接着每一个晨昏的更替。

大凡痴迷创作的人都是喜欢独处的，心要留出空间，方能进入最佳的创作状态。一川总能在自己的世界里自得其乐，所以她多数时间都躲在山里而从不感到冷清。她只偶尔因为一些不得不办的事情而短暂离开。有时，她会受邀携作品去各地参加展览；她还会在完成一批作品之后，满心欢喜地杀进城里与朋友们相聚，淋漓尽致地展现一枚吃货的本色；每隔一两个月，她还会飞一趟北京，去探望相恋多年的男友。

男友是一位电影摄影师，平日里多有奔波，二人便总是聚少离多。有时，男友也会去山中看她，偶尔，她也会去片场探班。这种牛郎织女般的生活于他们而言似也不觉凄苦，他们都要从事创作，各自拥有独立的生活空间反倒比较适合。所以，婚嫁之事也便不觉得有多么急迫。

但如此下去却也不成，总得要给飞扬了多年的爱情一个落脚的地方。于是，大致的婚期便定在了来年的春天。不过，结婚之后他们依然会将这样的生活状态保持下去，他们相信，两情若是久长时，又岂在朝朝暮暮。

而更多的朝朝暮暮她都在独自埋头工作。工作室里没有其他的人，她没有请任何帮手，也没有任何人能帮得了她。从设计到制作，整个过程都由她一个人完成。她并不感到寂寞，她甚或享受着寂寞。她习惯以这种方式与自己相处。内心丰富而有所追求的人多半都是不大合群的。我总是这么觉得。

除了与自己相处，便是以山水为伴。一川避居山林，便是要与喧嚣保持距离，在大自然中沉浸。每当一件作品完成，她便会在幸福的疲惫中去山林间踱步，她要将此刻愉快的心情与这自然的万物去分享，她要告诉它们她的每一次欢欣。

在离居所约四五公里的山坳中，有一面人迹罕至的湖泊。四面青山围坐守候，不让喧嚣的世界扰了这湖水的清梦。湖便是像《诗经》里走出来的一位少女，纯静优美得无以言说。一川常常闲游到湖畔，看山色的苍郁与湖水的湛蓝，听鸟鸣山涧，风摇竹巅，便会觉得疲累尽散，身心怡然。

那日，我去访她，在工作室里，她讲完了自己的故事，便又领了我去到那片似是她独享着的秘境。我感受着她的另一个世界，心里也是同她一样地充满了喜悦。

我便想，人与人真是大有不同的，有人喜欢热闹与激越，有人却偏爱清静与平和；有人陶醉于城市的文明，有人却独爱乡野的朴拙，便都是各得其所了。一川寻到了她喜爱的生活，并于其中安享着身心的宁静与快乐，人生当是圆满周全了。

正所谓：我有生涯两不误，可免人生万般苦。一川的身与心都得到了上天的照顾，我便在心里默默地为她祝福。

七哥

此乃山中一散仙

重要的不是治愈，
而是带着病痛活下去。
——【法】阿贝尔·加缪

闻知我正在寻访出离繁华的人们，并筹划着写一部有关他们的书，小宋姑娘便向我推荐了一位人称"七哥"的隐中大仙。

小宋姑娘是难得一见的人长得好看又喜好读书的女子。书读得多了，就知道什么是好的故事和人物，眼光自然也就有了几分的"毒"。她于是声言，七哥是她见过的最具文学性的人物，其经历充满了戏剧张力：此君个性鲜明，命运跌宕，曾与死神交手；还一度少年得志，忽而落魄江湖；亦曾绚烂至极，今又归真返璞；隐于蜀中古镇，不时浪游外方。

她说，如此人生似乎只是在书中见过，当然是该写到书里去的。

我被撩动起了兴趣，遂与七哥互加了微信。随后几番约访，恰遇他旅迹八方。每问及何时能返古镇，只道是"我亦不知"。我便疑心这是推托之词，毕竟幽居之人，对我媒体人的身份多有芥蒂，怕是让舆论一通的张扬，扰了他的清幽心境。

遂求教于小宋姑娘。她便为我做出了这般解读：七哥其人，非同凡俗，言谈举止，多有异殊。他幽居上里古镇，又时常出外旅行，却从不做行前规划，亦无明确的旅行终点。每每兴起动身，往往兴尽而返，颇有魏晋名士风度。因而何时归返，他自己也不甚了然。

我便心中明了，频频私信约访。说"七哥七哥，可愿见我？""弱弱地问一句，七哥何时回上里？"他依然回说"真不知矣"。

我便厚着脸皮每周一问，且数月不辍。冬去春又来，春阑夏将至，又私信他几句打油诗："你说四月在上里，四月快过无消息。徘徊不定心茫然，不得许可怎敢去？"

终一日，七哥回了上里，便邀我近日前往一叙。此一去，便真的逢到了一位不可多见的奇人。

小镇名流

七哥在上里古镇确也是颇有些名声的。向镇上居民去打听，便立马告知我七哥的住所。我便按照他们的指点，沿着穿镇而过的小河溯源而上。

在镇子边缘靠山的位置，小河忽而收窄，显出一条小溪的形状来。顺溪而望，便知它是发源于那蓊郁的山林间。七哥的花翎客栈就端坐在溪边的幽僻之处。

我跨进篱院，叫一声七哥，却无人来应，便又深吸了一口气，正要大声再叫，二楼的窗口便探出一个女孩的头来。她将食指放在唇上，示意不要出声。我的第二声"七哥"被生生卡死在喉咙里，那口气也只好缓缓地撒出去。那女孩立即用气声轻轻说道：七哥正在午休呢。我便退出了院子。

立夏前后的日头已经有些烤人了。正午时分，镇上寥有人迹，只见不远处街边的树荫下坐着一位太婆。她支了个小摊售卖干竹笋、木耳一类的山货。见我立在太阳底下，便招呼我过去在她的空凳子上歇坐。

这太婆姓肖，就住在七哥的隔壁，是七哥客栈的房东。七哥是八年前来到镇上定居的。当年，七哥一眼相中了她家的房子，便跟她签了十年的租约，还一次性付清了房租。肖婆婆便觉得七哥是个爽快的人，这些年相处下来，更觉得七哥这人好打交道。听说七哥还要将这房子续租十年，肖婆婆心里自然相当乐意。

七哥不仅跟房东处得融洽，与镇上的人也都关系和谐。这地头上他早就熟了，一出门就嘻嘻哈哈跟人说笑，有他在人情就热络。七哥刚来那阵还给镇上做了很大的一件好事，镇上的居民就总也能记着七哥的好。

那时，进山的路都是镇上的人一代代用脚踩出来的，崎岖狭窄，要进山去猎些野物或是采集山货都极是不便。七哥就自掏腰包，组织镇上劳力，苦干了大半年，将数公里的羊肠小道拓宽夯牢，那山道就一直延伸到了大山的深处。这一来，七哥便成了受人敬重的小镇名流。

说话间，忽听得院里有些声响。转头时，七哥已出了院门。见我正与肖婆婆说话，便迎上前来和我热烈地招呼，直说失敬失敬，不过，由我们董事长亲自接待，也不算对贵客的怠慢了。见我发愣，他便又补充一句：肖婆婆是我的房东，一切都得听她老人家的，所以，她是我的董事长啊！

我和肖婆婆就笑起来，气氛一时轻快得很。肖婆婆张着嘴呵呵乐了许久，说，他就爱说些笑话，你莫信他的胡扯。七哥朝她挤个鬼脸，便邀我进了院子。我在竹椅上刚一坐下，他又急忙转身去烧水沏茶。趁这工夫，我便将他好生地一番打量。

只见他年近六旬，须发微斑，身形高挑，腰身健硕，全无硕肚肥膘，好一副清朗挺拔的身板，着实不像这花甲的年纪。再看那装束：墨镜一副框在脸上，珠链一串挂于胸前；上身着简约的短袖玄衫，下身穿纹饰新潮的休闲长裤，脚蹬一双廉价又时尚的人字拖鞋，活脱脱一枚蔑视年龄的文艺潮男。

一转眼，七哥已将新茶沏在了紫砂壶中。我们便坐在院中的树荫下品着茶说些闲话。七哥全不似我先前以为的少言寡语，亦不像出世高人那般神秘。虽时有灼见真知，却往往不着机锋玄词，尽化作了家常俚语，且言辞诙谐，语声朗然，三句话便来上一个哈哈。我不禁暗叹一句，此君心胸放达，阅世深透，却又平实如邻家大叔，确非那等闲之辈矣。

七哥便就着香茗再嚼了一遍自己的人生。七哥的经历确如小宋姑娘所言，极具戏剧效果，多半只在戏里见过，在书里读过。我便起了兴致，要把一段七哥的传奇写进我的书里。

§ 这就是七哥的花翎驿站

罹患绝症

七哥完全没有想到，那场突如其来的恶病彻底改变了他的人生。

话说三十多年以前，七哥正当二十出头，从北海舰队退伍回了成都。作为四川大学的教职工家属，他顺理成章地进入川大，做了一名体育教师。他在部队练就了一身强健的肌骨，身姿挺拔，意气风发，且有颇高的颜值。多半属于那种男生们的偶像，女生们的梦中情人了。

却不想，这么强健的体魄也会被恶病击倒。一节体育课只上到一半，他竟感到十分疲乏，继而全身发热，心慌气短，渗出一头的虚汗。他就打发学生自己活动，然后坐在操场边的花台上急促地喘气。

一开始他以为是感冒发热，回家吃了些退热的药片，却不见一点好转。他只得去医院检查，结果竟是完全地出人意料。他得的不是普通的感冒，而是要命的血癌。

那些年辰，这病症实在也不多见，七哥并不知道它的厉害，只晓得是很重的顽疾。医生和家人都联手隐瞒病情，说只要积极治疗，康复就不是问题。

七哥便没把这病和死亡联系在一起。他安下心来养病，相信自己这副身板应当扛得过去。医院也是尽了全力，将各种治疗手段一并上齐。很快，化疗的副作用便显现了出来，他那"国防"身体已然难以招架。虚弱让他十分绝望，病友们也一个个地离去，这更让他感到死亡的步步紧逼。

在医院里住了近一年，七哥已经久病成医，他对白血病和自己的身体状况已经有了相当的了解。他知道即便进行骨髓移植，也只是后延了三五年的死期，更何况骨髓配型成功的概率又是那么低。他就很清楚自己有着怎样的处境了。

七哥连续多日整夜失眠。他躺在病榻上辗转反侧，寻思着如何度过未来不多的日子。他不想再受折磨了，与其在无望的治疗中被折磨至死，倒不如照了自己喜欢的方式去度过最后的日子。

他便不顾医生的劝阻，强行要求出院。医生再三劝说无果，只好嘱咐他要倍加小心。他此时的免疫力已降至最低，即便一个小小的感冒也有可能要了他的性命。但他一意孤行，逃命似的冲出了病房。

他实在不能再忍受了。在医院里被折磨了整整一年，提心吊胆、小心谨慎，结果还是没能甩掉死神的纠缠。现在他才不管什么感染不感染呢，他要潇潇洒洒地过几日，然后大义凛然地去赴死。他曾经是军人，并不觉得死有多么可怕，可怕的是怀着生的希望等待死亡的降临。

把生死看开了去，心里就忽而坦然了。七哥不再像以前那样，总把那病当了爷，成天小心地伺候着。现在他是爷了，就不再把病放在眼里。他把啥都不放在眼里了，他要想怎么过就怎么过，使劲地往潇洒里去活。紧接着就召集来了哥们朋友，随着性子地玩乐，誓要在所剩无几的日子里榨取最多的快乐。

淘金梦碎

七哥便这样昏天黑地过着日子，直到有一天一位朋友邀他下海淘金。架不住朋友的鼓动，七哥决定随他一同前往海南，去体验一番商战的刺激。

其实，七哥对钱并无丝毫欲求，将死之人，拿钱作甚？他只是对商场充满了好奇，且据说商人都是很忙的，这一忙或许就把身上的病给忘了。再说那风光旖旎的海南也只是在电影里见过，心里便是好生憧憬，若得一游，便是死了也会少一桩憾事。

七哥这便奔去了海南。这一去，他的人生就变了另外一个模样。要不是这场病，要不是朋友的邀约，他必会像大多数大学老师一样，一直在学校里待下去，过着安安稳稳、平平静静的日子。但命运却逼迫并诱使他接受了另一种生活。

且说那年七哥到了海南，方才发现一切都不似想象的那般美好。此前，那位朋友口吐莲花，把未来描绘得锦绣灿烂，却不想，美梦竟都化作了泡影，如落地的蛋糕，一败涂地。七哥陷入了极度的茫然，在这个热带岛屿上他只觉寒彻心底。

那时七哥还很年轻，没经历过多少事情。部队和学校的环境都相对单纯，周围的人也大多实诚，说什么就是什么，大家都按规矩行事。但江湖未必如此，波光潋滟的湖面之下，潜伏着深不可测的幽暗。他无法确知自己真是撞上了霉运还是这原本便是一场骗局。无论如何，这场经历都给他扎实地上了一课，使他对商场这个陌生的领域有了一些粗浅的认识。

七哥被撂在了遥远的孤岛之上，四顾茫然。他没有经济来源，口袋里的钱也所剩无几了。淘金梦碎，他倒也不觉得有什么值得懊悔的，但麻烦的是，身上的钱就快花光了，而他人竟然还活着。

这或许是老天的一个特别的安排，是要用此等极端的方式逼他离开那个万人同行的轨道，抛弃一种庸常的生活，要成全他一个更加绚烂的人生。

七哥只得想法去打打零工，赚点回家的路费。他还是不愿意死在外面，像孤魂野鬼一样，他要叶落归根，他要埋骨家乡。当他忽然回转神思，想起身上的病来，却发现竟然没有进一步恶化。他像个正常人一样地生活着，身体似乎又恢复了原来的强壮。

他觉得这事相当荒唐。在医院里，医生护士和父母都小心地伺候着，在无菌病房里待着，却还是提心吊胆，且经常发生状况。而现在可好，整日都在尘世里打滚，肆无忌惮地挥霍着健康，身体却没有出现异常的状况。他都不知道该不该相信科学了。

七哥忽又想起民间有"回光返照"一说，莫非这是生命最后的挣扎？但不管怎样，他还活着，活着就得做活着的打算。他预感自己一时半会儿还不会去见阎王，就做了下一步的规划。他知道自己迟早是要让这病把命给收了，但他不能因为没钱吃饭而活活地饿死。他得找一份工作来养活自己。他打算再在外头晃荡一阵子，到了最后的关头才回到家里。

百万富翁

根据一则报纸上的招聘广告，七哥辗转去了广州。他要去某啤酒厂家应聘销售员的职位。七哥觉得这项工作门槛相对较低，无须大学文凭，也不必具有专业职称，只要愿意吃苦跑路就能胜任。

但人事部主管看了他的简历之后，却挤出一个爱莫能助的干笑。说他没有相关的从业经历，在广州也没有人脉，想要打开市场几乎没有可能。七哥就极力地争取，说你让我试试，我不要你的底薪，连盒饭也不用提供，只按订单给我提成就行。

主管只得摊手默许。七哥便冲向旧货市场，买了一辆满身作响的二手单车，驮着一大箱啤酒样品，挥汗如雨地去目力所及的所有餐馆酒吧进行陌生拜访。每天他都有十几个小时在路上奔忙。

　　七哥做事有股韧劲儿，还有一副不怕遭拒的厚脸皮，更有一张讨人喜欢的灿烂笑脸。他相信，去叩开 100 位老板的门，总有一位会用他的产品。他从概率上给了自己巨大的信心，他觉得销售没有什么深奥的诀窍，不要命地去跑，不要脸地去磨，绝不吝惜自己的微笑，拿出全部的真诚，就总会闯出一条路来。

　　就这么一两个月下来，七哥拿到了好几笔订单，而且还有两笔大单。主管大人每次接过七哥递上来的订单都是一副将信将疑的表情，因为他手下最优秀的业务员一年下来也未必能有这样的业绩。他不得不对这个年轻人刮目相看了。

　　七哥这一通的辛劳，总算寻到了一条活路。他完全没有料到，自己竟有这么强大的公关能力。真是天无绝人之路啊，不被逼到绝境，真不知道自己有多大的潜能。他就庆幸自己从医院里逃了出来，若非如此，多半已是做了山间的野鬼。当初，医生疾言厉色地警告他，一旦出院，没有医疗手段的干预，最乐观的估计，他顶多也就能活上个一年半载。可现在已经快两年了，他却活得好好的，身体跟在部队的时候一样的"国防"。

　　七哥就觉得自己多半是死不了了。这或许是老天的一个特别的安排，是要用此等极端的方式逼他离开那个万人同行的轨道，抛弃一种庸常的生活，要成全他一个更加绚烂的人生。他便决心遵从老天爷的意思，把这捡来的半条命可劲儿地折腾折腾，多少得弄出点动静，不辜负老天的厚望。

　　此后，七哥又在广州待了一段日子。他的业务越做越好，还兼做了一些别的生意。其间诸事不必详叙，只说七哥决定离开广州返回蓉城的时候已是一位百万富翁了。

　　那时他只有 24 岁。那时正是中国市场经济发育的初期，他无意间闯入了那片尚待开垦的荒地，掘到了第一桶黄金，成了被称作"先富起来"的新新人类。

创富不断

话说那年七哥突然地杀回了成都，把亲戚朋友们着实吓了一跳。

当年，七哥患病住院大家都是知道的。后来，便又听说他从医院里跑了出去，再后来就没了他的消息。照常理推测，得了那么重的病，却跑到外面去晃荡，多半是性命不保了。却不想，忽然间他又神气活现地回来了，还发了大财！听起来就像是美国西部片里讲的淘金故事。

七哥很少跟人讲起自己的这段经历，有人问起来，他也只是打几个哈哈。于是，七哥这些年的不明经历在江湖上便发酵成了各种版本的神秘传奇。

很快，过去的哥们兄弟便纷纷向他围拢过来。在这帮哥们中，按年龄排序，他位居第七，便都称他一声"七哥"。即便排行老大的那位也都这么叫他。兄弟们见了他，神态、语气都极是谦恭，七哥俨然就成了兄弟们当中的老大了。

七哥一时春风得意。少年得志便是容易变得飘浮。在人群中有了地位，受了尊重，就愈是觉得自己牛掰。七哥便常常带着这帮兄弟玩乐，大把地花钱，神气活现地过着极其拉风的日子。

七哥不吝惜钱，钱是拿命挣的，挣了钱就得把命伺候好，把兄弟们伺候好。七哥相信自己即便千金散尽，他还有本事把钱再挣回来。他已经搞懂了挣钱的门道，在他看来，商机无处不在。他一边任性潇洒地过着日子，一边又在筹划着再搞点什么能赚钱的营生。

有一次，他晃荡到了武汉，无意间发现那里的皮沙发售价奇高，竟是成都的一倍，而质量却较为低劣。他就在两地间奔走了数趟，做足了市场调查，对接好了商家，便下本做起了皮沙发的批发生意。

要说这七哥眼光实在很准，胆子也大，这么一倒腾，三年间，又挣了个百十来万。不久，他又发现了新的商机。倒卖沙发利润虽也不薄，但若是自己生产利润岂不更高？七哥立马就对生产厂家进行了考察，迅速搞清了皮沙发制作的全套工艺，还摸清了原料的进货渠道，学会了如何进行成本核算与员工的培训管理。

随后，他便在武汉市郊择地建厂，买设备，招工人，又请来设计师设计新款，找个合伙人管理工厂。而他则把主要精力和时间放在了成都，负责原料购进和了解家具市场的最新动向。

很快，第一批产品就出厂了，甫一上市便是供不应求。七哥便觉得自己确是个经商的材料，自从阴差阳错踏上此道，便是一路顺利。二十四岁已有百万身家，如今不到三十，便又成功转型，做起了实业。他开的是雅阁车，玩的是大哥大，进出的是高档场所，交往的是达官显贵。照此下去，他都不知道自己会变成一个怎样了得的人物了。

七哥的信心越来越足，他差点就把自己的人生目标往霍英东、包玉刚或者邵逸夫的方向去靠了。然而，正当他谋划着如何让事业再上层楼的时候，却遭遇了当头一棒。

一落千丈

这一日，七哥飞到了武汉，去和一位客户洽谈生意。见面之前，他想先去厂里看看。却是万万没有想到，厂里竟是人去楼空，所有设备、原料及成品均不知所踪。他呆立在原地不能动弹，不知厂里发生了什么状况。

过了许久他才回过神来，便去向附近的乡邻打听，才知道那位合伙人已于前几日遣散了工人，搬走了厂里的家当，只留下那一地的狼藉和一条饥饿狂吠的豺狗。

七哥知道自己这回栽大了。建这个工厂他投入了前三年做沙发批发的所有利润，以及之前的大半积蓄，却是瞬间化作了乌有。也就是说，他现在又突然被打回了原形。七哥直后悔当初太过大意，太过相信人了，竟然将工厂的所有事务都交与合伙人去打理，甚至连财务权也不曾控制在自己的手上。

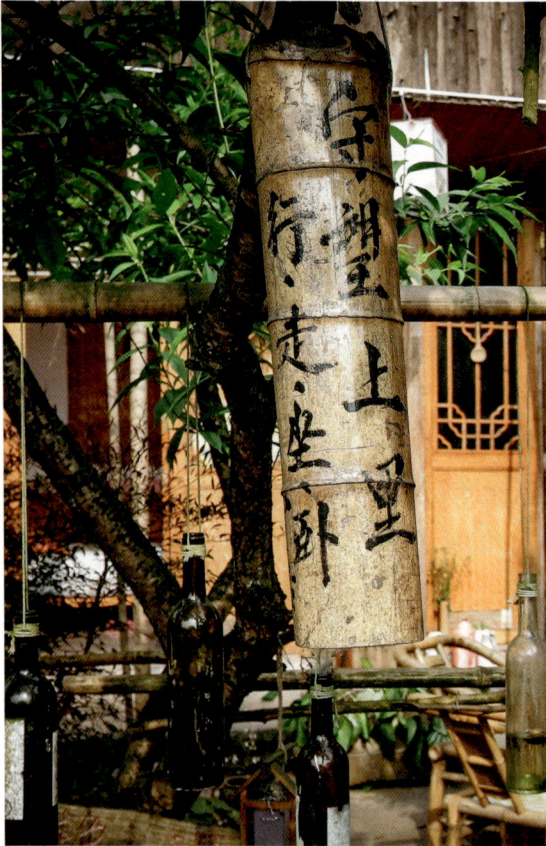

能够坦然地面对生命中的无所事事便是人生此季应有的胸怀。现在，他明白了，走得再远，心都是要回家的；玩得再炫，日子最终是要复归平淡的。

　　七哥这才发现自己其实还相当地幼稚。在江湖上行走，却不能识得真人，就只得交上这昂贵的学费了。之前决定与那人合伙的时候，七哥竟然没有对他进行一番详细的考察，只觉得他人挺憨厚，做事踏实，待人接物也周到细致，还颇有些经商的头脑，便草率地做了决定。七哥是从无害人之心的，便觉得别人也和自己一样的诚实守信，却忘了一句老话——害人之心不可有，防人之心不可无啊！

　　但七哥并不甘心，他发誓要擒住那个贼人，让他不得好死。七哥便在武汉驻扎下来，想尽各种法子，最后查实，那厮躲在市郊一幢破旧的居民楼里。七哥这便火速调集一班人马将那人围堵在了屋里。

　　七哥踹开房门的瞬间，那人僵立在了原地，满眼都是惊恐。七哥跨前一步，揪住他的前襟，猛力拽到窗前，又回头向随从使个眼色，一帮壮汉便上前掀开窗户，正要合力将那家伙扔下楼去。此时，屋里忽响起稚嫩的童音："爸爸，爸爸，求求你们放了我的爸爸！"

　　众人便回头看去，只见从屋角一张破朽的床上爬起来一个瘦弱、肮脏的伢仔。他极力地抑制着抽泣，吸两下流到唇边的鼻涕，眼里盈满了惊恐和泪水。

　　七哥瞬间就心软了。那时，他也刚刚做了父亲，女儿一叫爸爸，他的心便要融化。此刻，要当着这细伢仔的面将他的爸爸扔下楼去，七哥便是怎么也下不去手了。

　　七哥一扬胳膊，示意将那厮放下地来，又往四周扫了几眼，才看清屋里的状况。那屋子仅十余个平米，破旧、阴暗、肮脏，除了一张床、一张桌子和几张板凳，别无他物。七哥心里便有了几分明白，看这状况，所失钱物多半是无法追回了。七哥推想，他黑了厂里的钱物，当是尽可安享荣华的，却是藏身在这狗窝不如的地方，多半也是走投无路了。这杂种要么是让人给坑了，要么是赌博输光了钱物。七哥瞬间便熄灭了心中的烈焰。

　　七哥扬了一下手，众人便退出了屋子。他走到门口，将脚步停住，却并不回头。此时，屋子里静若无人。那厮自始至终没有半句解释，七哥也不曾逼问缘由。这场突袭活像一出黑白默剧，前后不足五分钟便自落幕收场。

沉默片刻，七哥背对着那厮，只轻轻说了一句："好自为之……"便跨出门去。

落魄江湖

七哥遭人算计，心肠却又柔软，追债不成，报复不能，便只好自认倒霉，郁郁地返回了成都。他从成都出发，发迹，落魄，兜转一圈又回到了原点。七哥常常午夜梦回，一时难以确认这是梦幻还是现实。

他的人生跌入了低谷。虽不至于衣食不保，其宏图伟志却被砸了个粉碎，他已是万念俱灰。靠着所剩无多的积蓄，七哥无所事事地混着日子。他闭门不出，抽烟、酗酒，昏睡不起，日子烂得如一摊稀泥。

差不多就这么过了两年。七哥觉得这日子实在是昏天黑地，横竖是找不出一丁点的乐趣来了。他知道，如此下去终归是没个出路的，就想重新再去找些事情来做。但这两年他几乎与世隔绝，便一时不知该从何下手，只觉眼前一片茫然。

七哥慢慢寻思着，这好的营生自是不大好找，就先做些最无技术含量的事情，让自己先醒醒神，算是借此恢复与社会的联系。

春节一过，紧接着就是情人节了。那时，这洋节刚刚为国内的年轻人所接受，七哥脑子里便闪过一个灵感，何不做做小情侣们的生意？他便赶在情人节的头一天，去了近郊的三圣花乡，买了五十块钱的玫瑰花，连夜加了包装，第二天晚上便到那些热闹的街巷里去叫卖。

七哥曾是身家百万的富豪，如今却沦落到沿街叫卖的地步，这落差实在太大了点。都快走到大街上了，七哥又忽而折身回了小巷里。他感觉

　　脸上烧得发烫，要是遇了熟人，特别是以往生意场上的朋友岂不是颜面尽失？七哥在小巷里来回踱了半个小时，不知是否该跨出这小小的一步。

　　终于，他说服了自己。他知道，要怕丢人，这道坎便迈不过去了，那便没有机会再重新站立起来。七哥整整衣襟，昂了头，迈进了车水马龙的街市，消失在梦幻般的霓虹影里。

　　这一夜下来，七哥赚到了一千多块，这个业绩让他十分振奋。他在生意上的嗅觉还是灵敏的，判断也还准确，更能战胜自己的怯懦，保持求胜的信心。他通过了自己对自己的测试，知道自己还可以东山再起。

　　七哥连夜招呼往日的兄弟，要与他们重新聚首。自从他遁迹江湖，便自断绝了音讯。这两年没谁知道他人在何方，也没人知道他是何等状况。这深更半夜的突然冒出来，兄弟们都十分地意外，但还是纷纷赶了过去，与他亲热话旧。

　　见七哥手里还拿着几束玫瑰，大家便都与他打趣，说七哥这是要泡小妹呀？七哥便是苦笑，就讲起了他这些年来起起落落的遭遇。

　　兄弟几个一听，顿时吃惊非小。一边感叹、安慰、鼓劲，一边心里盘算，这七哥是如此落魄，莫非是要向自己借钱不成？这么一想就有些焦躁，不时偷瞄腕表。七哥心说我得意时你们前呼后拥，如今落魄，竟是遭了这般的对待，心里不禁伤感起来。

　　七哥就有意要测试一下这所谓友谊的纯度，便道，几年不见，我们好好喝上一台！但我囊中羞涩，请不起大家了，就来个时髦的 AA 制吧？

　　此话一出，都纷纷躲闪，借故撤退了。只剩下两三个兄弟陪着喝到了半夜。这次七哥醉得不浅，他心里难过。他曾经得意自己有一帮铁杆的江湖兄弟，今日才知，那不过是财富的力量，哪是他个人的魅力。人情冷暖，七哥已然尝遍。

幸遇贵人

自那之后，七哥状态逐渐恢复，只等着一次机遇的垂青。也恰在此时，他接到一位朋友的电话。那来电的朋友原是七哥当年在海南认识的一位商人。说来七哥与他并无生意上的往来，只是因了酷爱篮球而结下了一段缘分。但自七哥离开了海南之后，二人便失去了联系。却不想，十多年之后，他竟又突然出现，这令七哥甚感诧异。

原来，那朋友和七哥在篮球场上相识之后，觉得极是投缘，还羡慕七哥一身精湛的球技，更感佩其以绝症之躯迎战未知命运的勇气，更对七哥的处世为人极为赞赏。但七哥忽然不辞而别，令他深感遗憾。此后多年，他一直未能忘记七哥，不断打听关于他的消息，终于在一位成都朋友那里得知了七哥的下落。得悉七哥近些年来生意受挫，过得颇不如意，便要对七哥出手相助。

电话里，七哥先是一阵支吾，说自己过得很是不错。朋友立即截断了他的话头，说七哥没把他当朋友。七哥倒还记得，那朋友当初确实说过，若遇有急难一定要去找他，他必当全力相助。七哥知道这朋友是诚心要帮他，便将实情一一告知。朋友便说，兄弟，咱们重新开始就是。

那时，那位朋友正在广西北海做房地产开发，事业做得很是兴旺。他新近又拿下一个大的项目，前期工作刚刚铺开，便力邀七哥加盟。七哥虽不曾涉足房地产行业，却颇有商业头脑，是个商界的通才，他相信七哥一旦入行，便会迅速把住市场脉搏。更关键的是，他极为欣赏七哥的人品。多年的商海沉浮，他亦见识了各色人等，愈是觉得选择合作伙伴最为要紧的乃是人的品德。七哥的人品他是信得过的，所以，他力邀七哥出任新项目的 CEO。一方面他是有心要帮七哥一把，一方面他也确实需要像七哥这样得力的干将。

七哥便一脚踏入了房地产界。入行不久他便找到了感觉，业绩也便相当突出。那朋友也觉得自己慧眼识珠，也是颇感欣慰。此君也是豪侠之人，重义轻利，要将利润与七哥五五分成。七哥觉得这太有悖于常理，不敢接受，但几番推脱，却是拗不过他那份坚决的诚意。

这一来，七哥的人生也便走出了低谷，他又重新站立了起来。

复归平淡

那些年搞房地产开发，钱确实好赚。七哥在北海待了近三年，把那个项目做得非常漂亮，自己也便重新做回了土豪。但那几年他也是拼了命地在干，他不能让如此信任自己的朋友失望，努力做出些成绩来，便是对朋友知遇之恩的最好报答。

七哥也因此把自己炼成了这一行里的专家。所以当北海项目成功收官的时候，自然就有了新的项目在等待着他。但这些年他工作太过投入，也极是辛苦，他不想再这么连续地苦拼了，他需要一段时间来进行调整，过一段游手好闲的日子。这便辞别朋友，返回了成都。

七哥回想这些年来，大多数时间都是在外奔忙，已是身心俱疲了。当年离家远走是为了跟老天赌命，后来仅是为了博取一份口粮，再后来是想获得一点成就感，而现在倒是赚了个盆钵尽满，却忽觉心里有了些莫名的惶惑。

为生存挣扎的时候是不会有这种感觉的，活下来即是王道。等不再操心温饱了，就想着要让心里也要得到一些安妥，便会生出些乱七八糟的想法，诸如"人活在世间到底是要求个什么"之类的疑问。七哥便总想去寻得一个答案。

说来有些矫情，他想要寻找的便是生命的意义。其实，生命哪有什么意义，活着就是意义，或者说让身心活得更加自在安逸便是意义。生命只是来这世间行走一程，看看四处的风景，体会人生的各种滋味，而最终是求不到什么结果的。要说结果，那便是死亡。

他其实早就死过了。这后来几十年他都是捡来的，已经是很赚了，何况这辈子他比许多人都要过得丰富，甚至都可以说得上绚烂了。这其实已经很圆满，该有的有了，该体会的体会了，便没有什么是要急着去求取的，所以，便是觉得有些心里虚空，不知下一步该干些什么。

事实上，他不需要再干什么了，经历了这么多，人也不再年轻，是应当学会与平淡日子相处了。能够坦然地面对生命中的无所事事便是人生此季应有的胸怀。年轻时候听姜育恒的歌，反复地唱"平平淡淡从从容容才是真"，总不太明白个中的真意。现在，他明白了，走得再远，心都是要回家的；玩得再炫，日子最终是要复归平淡的。许多人参不透这层理，便是终生都要受尽苦累了。

七哥在悟到这个道理之前，很是迷茫了一阵子。他先是试图去到宗教里寻求答案，但佛法太深，入门极难，他便耗去可观的盘缠，云游四方，遍访高僧大德，智性也便渐得开掘。七哥原本是极有慧根的人，又经历了人生的诸般境况，便是一点即通。心里住了个佛，便哪在乎是否日日打坐诵经，他在俗世里以最寻常真挚的心意去感知佛性的博大与宽厚，便是明心见性，便能心怀慈悲以待世间万物。

他相信佛即是爱，即是心怀善念。于是，他遇人便总是报以一个微笑。他相信微笑犹如阳光，总能给人一丝暖意。遇了困境中的人，他也热心帮扶，就如同当初朋友对他的慷慨相助。他要将自己所获得的，一一奉还给这个世界。

那年夏天，他去乡间避暑，偶遇了一位来自城里的后生。那青年极有志向，不留恋城里的繁华，也不怕吃苦受累，只身到了乡间，只为学习养鱼。七哥便赏识这孩子的那份志气和勇气。虽是素昧平生，七哥却将他视作了子侄，当即就捐了五万元给他去启动自己的事业。

那孩子自是感激涕零，旁人也称赞七哥有高尚的人品。七哥却并不觉得这是多大的恩德，反觉得心里很是快慰。他曾经大把地挣钱，内心却从未有过如此的满足。他觉得，得到固然欢喜，给予更让人甘之如饴。

七哥算不得商界的大亨，但也已跻身了富有阶层，若他愿意乘胜前进，自是可以续掘金山，创富不断。但他越来越觉得，金钱于他已不再重要。人生之种种他已然经历，现在是时候过一种更加简单自然的生活了。

城市已经愈发拥挤，环境与人心也已失去了纯净，他要和大自然贴得更近一些，要与佛祖促膝谈心。于是，他起意要住到乡间去，要按照自己的心意轻松松慢悠悠地过他的日子。

乐做闲人

自从七哥有了遁迹山林的想法，便开始搜寻一方合意的山水。但七哥不把这事看得如当年房地产工程相地那般地急迫。他相信，能否觅到一方佳地，全得靠缘分。他便怀了游山玩水的心情于八方闲走。

这一日，七哥来到了距成都市区一百多公里外的上里古镇。

§ 上里古镇就幽隐在这绵延不绝的群山之中

上里属雅安所辖，此地群山环抱，两条河流交汇于此，取"财源汇聚"之意，便是有极好的风水。

　　此地曾是南方古丝绸之路上的重要驿站，当年商旅不绝，贸易兴盛，一度为繁华之地。如今，此镇格局依旧，古风犹存，是人气颇旺的观光休闲的宝地。

　　古镇上多为明清时期木结构的青瓦民居，古朴典雅有样子。七哥一看便是心下自喜。他原本只是打算在此小住几日的，这一住竟是不愿离去。此地的好，之前倒是听人反复地讲起，此一番亲身体验，便觉得果如其言。

　　七哥想要远离都市，去亲近山水，却也不想隐得太深。这上里古镇地处山中，却又不乏人气，生活也很是方便，正是恰到好处的幽居宝地。七哥就觉得这缘分应该是到了。他便做出一个重大的决定，他要在此定居下来，且愿意终老于斯。

§ 古镇上明清时期的建筑保存完好，格局依旧，民风古朴

但七哥也不想只做闲居，终日里一点事情没有，多少也会显得有些无聊的，到底还是应该找些事情来混混，却又不能太过操心。思来想去，开一间客栈当是上上之选。这样，有客往来，可免孤寂，却又不至于与人发生过深的人际纠扯；有一点收入，也免得终有一日坐吃山空。如此安排倒也很妙，但这么大的动作，七哥还是得去征询一下夫人的意见。

夫人认真想了许久，最终还是决定要留在城里。她承认自己远不及七哥那样超脱，可以飘然出世。她更恋红尘中与亲人、朋友相守的那份快乐。但她也支持七哥的选择。

夫人总是那样善解人意，这让七哥感动不已。想当年，他们正当相恋，七哥却罹患恶病。明知是性命难保，她却对七哥不离不弃，毅然决定与他成婚。后来七哥外出打拼，所有的家务琐事，女儿的抚养教育，父母的赡养照顾，如此沉重的担子全都由她一肩挑起。七哥落魄的那些日子，连经济上的重担也落在了她的肩上，而她却不曾有过半句怨言。七哥就暗叹一句，七哥啊七哥，这样的女人万里挑一，却死心塌地地跟了你，这辈子你怎么会有这么好的福气！

七哥这便在古镇上寻到了一栋满意的房子，建起了一家蛮有格调的客栈，过起了自在悠闲的日子。

但他不是把所有的日子都安放在镇上。那里是他出发和回归的地方。他在镇上待一段时间，忽然来了兴致便会出门去走走。有时也回成都去看看夫人和女儿一家。

待在镇上的时候，他多数时间都在客栈的小院里品茗浴日。七哥甚是好茶，他觉得茶真是一剂灵验的开悟靓汤。泡茶、品茶的过程，心就变得特别地安静，脑子里也会思考许多问题，不知不觉中会悟出许多的道理。他心里的疙瘩也就一个个地被解开了，便是全无挂碍地过着舒展的日子。

有时候他突然来了兴致，还会画几笔山水。现在他满眼都是山水了，这山水就不自觉地入得画来。七哥从前没有练过绘画，也没有很深的手

§ 人在山中，满眼山水，七哥信笔挥洒，满纸水墨氤氲，颇有中国文人画的洒然逸气

上功夫，全凭了胸中逸气而挥洒，像中国古代的文人作画，不那么看中技巧，更在意挥毫泼墨间如何畅抒胸臆。他提笔一挥，淋漓地绘写钟爱的山水，便觉得这是件很能过瘾的事情。他的画，确无一点画工的匠气，有的是突破范式的洒脱与不羁。这是泰然的心境与自然物象给他的一点灵气。

　　客栈有客登门的时候，七哥总是要和他们扯些闲篇儿的。要是投缘了就多聊几句，话不投机，他就会关门睡觉去，决不刻意去讨好任何一位。

　　七哥的人生经历和对人生的解悟，在与客人的闲聊当中不觉就会溜达出来，客人多半爱听，甚而还会受到些许的启迪。七哥也愿意与人分享自己的故事，他觉得若是于人有益，也可算是一种功德善举。

　　话说有一年的夏天，客栈里来了两位女宾。其中一位新近遭遇了重挫，曾几欲寻死。闺蜜就陪她出来散心，却不知如何能解开她心中的郁结，便向七哥去讨一些经验。

　　七哥就取来一张白纸，令那轻生女子在纸上随意画上几笔。她便画了一个自己的头像。说来也巧，她原本在大学里就是学的美术，几笔勾画便已神形兼备。七哥就说：我要你任意作画，你就偏偏画了自己，说明你还是很在乎自己的呀，却何故要轻薄了年轻的生命？

　　七哥就讲起了自己的经历，讲他如何面对生死，如何被人欺骗，又如何重新站起，以及如何理解人生。只见那女子若有所思，频频颔首，双眼便渐渐地明亮了起来。

　　第二年夏天，那女子又来了镇上，她是专程看望七哥来的。她跨过了人生的一道深坎，生命中晦暗的一页早已翻了过去。

§ 客人们离开的时候，都自觉地将房钱放在书柜顶上，再将这个石雕罗汉取来压在上面

§ 一条小溪从大山里奔来，带着苍绿的喘息。到了镇上小溪忽而变得气定神闲，发育成为一条小河。河上建有一座石头拱桥，两岸得以沟通。相传此桥建于清康熙年间，因有人曾见二位仙人经过，因而得名"二仙桥"。其实，如今有一位叫作"七哥"的神仙也常经此桥，往返两岸

　　七哥也就感到欣慰。他发现，人生经历似乎不值一钱，却会在关键时刻帮人推倒挡路的高墙，甚至还能救人一命。他就觉得他的人生没有白过，就不厌其烦地给那些迷茫的客人一些开导。来七哥客栈的人多半都很年轻，七哥也很愿意和他们谈天说地。他能从年轻人身上感受活力，而他们则从七哥那里获取经验。七哥的客栈便总是宾客盈门，许多客人也变成了常来常往的朋友。

　　七哥开客栈实在不像一般的老板将盈利看成了头等大事。他常常兴起即出，神游八方，客栈则请镇上的熟人代为照看，有客住店，便稍作一些安排。常来的也多是些回头的熟客，就当客栈是自己的家了。小镇上人心都干净，客人也多半不会起了歹念。七哥就从不锁门，只挂把小锁在门上做个样子。像是木心诗里说的：你锁了，人家就懂了。

　　有时，客人来此住店，恰遇七哥外出云游，便会自己进屋住上几日。离开的时候便把房钱放在书柜顶上，再取一个石雕的瓷罗汉将钱压住。给多少也都是随他们的意。镇上其他客栈的老板便都佩服七哥的这份洒脱，他从不被生意所捆绑，像个仙人似的，来无影也去无踪。而他们也清楚，七哥的洒脱自己是怎么也学不来的。

　　后来，七哥外出漫游或是回城小住的次数愈加频繁，便觉得这多少还是有些怠慢了客人，便请了个小姑娘来打理客栈。七哥并不把那小姑娘当作雇员，而是合作的伙伴，收入也与她对半平分，像当年北海的朋友待他那样。那姑娘自然便将客栈当作了自己的家来经营。这样，七哥离开多久，心里也都是踏实的。

　　七哥在外面游走一阵，又会回到镇上去住上一段时日。他每日天刚微明就会起床，沿着屋后山溪旁的小路踱步进山。他喜欢在山林间练一套养生功法，让身体吸纳这大自然清晨里升起的阳气。然后，他会在林间泉石上打坐一两个时辰，便会在深度的冥思中领悟自然与生命的某些暗示。

山里的空气比镇上的还要好上许多。七哥就会将身体完全地打开，做深透的呼吸，让身体充盈着这天地间的灵气。他的身体确乎是越来越好了。《黄帝内经》说，正气存内，邪不可干。七哥也真是一身的正气，病邪确实无法再侵犯到他的肌体了。那凶险的白血病与他交手几十年，似乎也奈何他不得，如今也只好不了了之了。

前些年，七哥不再去商场拼打，便闲了下来。他想起自己的病，心里也极是好奇。说是绝症，怎么就没有要了他的命呢？就去当年那家医院做了复查。结果也真是奇了，各项指标竟与当年无异。从医学意义上讲，他仍然是正宗且资深的血癌患者，但身体却没有任何的症状，而且还越来越强壮了。面对此种特殊的病例，医学竟也无法给出一个合理的解释。

就单从这件事情上讲，七哥也便称得上是个奇人了，更何况他还有着那么与众不同的人生经历，以及对生命的彻悟和无可无不可的潇洒。在我看来，七哥还真是难得遇见的可以自由出入尘世与仙界的一位神人了。

补记

刚讲完七哥的故事，便见他在微信朋友圈里晒出一组照片来。他又骑着山地车出门转山去了。我又问七哥此番又去何处？他便回说，只想出去走走，目的地还是没有，且随这脚下的路把我引向任何一处……

后记

    故事已经讲完，情感与观点也已楔入字里行间，而此刻我竟还有好多的话想说，但最终只化作了"感谢"这两枚饱含深情的汉字。

    读罢此卷，读者诸君自当明白，这是一部"非虚构"的文学作品。既非虚构，人物及故事就必当真实，不可闭门杜撰。这便成了涉及面极广的一项浩繁工程，岂是我个人能够完成，没有各方友朋的鼎力相助，怕是早已半途"烂尾"了。

    首先，我需得找到书中的那些人物，但他们皆幽隐于乡野，寻找难度自可想见。一开始，仅有的资料只能显示他们所在的县或乡镇，我便以电视台记者的身份致电当地政府，希望他们配合寻找。但政府职员也往往并不知悉相关的情况，却大多愿意代为打听，或提供进一步的联系方式。我便从县里一级级追踪下去，直至得到他们的讯息。没有这些热心人的帮助，我便断难完成这部作品。

    当然，在此过程中，也常遭到冷遇与怀疑。顺便讲一个小小的插曲，一日，我致电某政府办求帮助，电话里的声音透着高度的警觉，最后是一声冷冷的揶揄："亲爱的，怎么不说你是央视的？我还是CNN的呢！"时下电话诈骗案件频发，被误为骗子亦非稀罕之事。

但更多的人选择了信任与支持，并为我提供了实实在在的帮助。他们没有留下姓名，却把温暖和感动永远留在了我的心里。

然而，当我最终找到想要寻访的人物时，又出现了新的难题。原本这些人就是淡然之士，于名利不甚要紧，又以为是电视台记者的采访，便大多予以了婉拒。他们既已避居乡野，自是不愿为大众所关注。这我能够理解，却绝不放弃，便又不断致信致电，表达我的诚意——是我个人对他们生活方式与价值观的认同而愿与之结识，与电视采访并无关系。

最终，我获得了他们的邀请，前往拜访，并与每一位都有了一次掏心的长谈。

除了他们的配合与支持，在寻访、拍摄、文本创作以及图书出版各环节我还得到了许多朋友的倾力相助。

我要感谢作家聂作平先生对此书选题的认同及大力推荐；感谢编辑李卫平女士、装帧设计郑坤鸿先生令作品倍添光彩的全力付出；感谢范丹先生派出优秀的摄像师张友源、徐楠乔随行拍摄记录；感谢我的夫人红梅女士寻访路上对食宿行及杂务的全面料理；感谢摄像师伍小川先生为本书所附视频的创作而付出的辛劳；感谢出版人黄政及画家刘卫兵先生在提升此书设计品位方面给予的大力支持；还要感谢在长达三年的寻访及创作过程中给予我关心和鼓励的朋友们……

因此我觉得，这本书不是我个人的创作，而是与此相关的朋友们共同努力完成的一部相当"走心"的作品。

在此，鞠躬致谢！

2017 年 5 月 13 日

蓉城花影楼